三民叢刊 3

中國文學講話

王更生 著

三民書局印行

增訂版序

王更生

本書自民國七十九年（一九九〇）文藝節，交由三民書局印行迄今（九十七年四月），似水光陰，忽忽將居二十個年頭。近得書局方面電告，以為：「字體和版材皆已老舊，為嘉惠讀者，希望能在短期內修訂完成，以應需要」云云。

回顧於初版自序時，言本書的編寫，蓋基於「三個理念」，並以「六大部門」為整體布局。現在趁著改版的機會，再將本書通讀一過後，決定除維持上述的基本原則不變外，經揣摩所得，發覺本書尚有以下幾個特點，想以獻曝的心情加以補述，並與讀者諸君分享。

其一，在體例方面：充分擺脫當前一般陳陳相因的政治框架，完全從體裁方面進行分類。使中國韻文、散文、駢文、小說、戲曲、文評等六大部門先後並峙，綱舉目張，極便讀者掌握重點。

其二，在敘述方面：於分章別節的論敘中，嚴格遵行以史實為經，時代為緯，務期經緯交織，系統明備。如此讀者既能觀瀾而索源，又可收執簡馭繁的效果。

其三，在行文方面：堅守雅俗共賞的筆法，於行文措辭時，要求言不甚深，義不甚隱，務期淺白流暢，乾淨俐落，絕不節外生枝，泛濫無歸。

其四，在運材方面：凡於詩、詞、曲、文、小說、戲曲、文評等之敘事說理，必須援例相證處，皆經考量當前讀者諸君的能力、需要和興趣。不僅折衷至當，且以膾炙人口者為準。

其五，在資料方面：中國文學的內涵富如山海，加以時空邈渺，作家紛紜，雖以取精用宏的態度，將數千年的文學史乘，充分濃縮於此一不滿二十萬言的《講話》中，但百密一疏的地方，信所難免。為此，在每一門類之末，或重要環節處，大多附列參考資料，既可補充正文之未備，兼能滿足讀者求知的欲望。

至於本書重修增訂的重點，在維持本書原貌，不大事更張的原則下，有可得而言者，約分、以下數項：一是對本書正文的誤缺、誤衍、誤倒、誤增部分的增、刪、補、改與乙正；二是對本書標點、稱謂欠妥的勘校；三是對本書內容的補充和段落錯置的調整；四是對正文重要環節處參考資料的增補；五是書末增列參考文獻舉要。除四、五兩項因文多辭煩，在此省略不予說明外，其他三項分別例證如下。

對本書正文譌誤的訂正：如原文脫漏，應加增補的：如第十三頁六行引〈江南可採蓮〉，依郭茂倩《樂府詩集》卷二二〈江南・古辭〉，在「蓮葉何田田」句下，脫「魚戲蓮葉間」句，應增補。又原文有因形近致誤，應加改作的：如第二十七頁七行引唐玄宗的〈好時光〉：「天敬入鬢長」，句中「敬」字，乃「教」字形誤，當改作。再原文下字欠妥，應予改字的：如第二十七頁最後一行「修飾音」，此乃曲藝中的術語，應是「裝飾音」之訛，當據改。

對本書正文標點、稱謂欠妥的勘校：如原文因標點誤用，致文義扭曲的：如第三十頁十行「過著求生不得」下，「頓點」實為「逗點」之誤，應改標。又原文標點誤衍，致文義割裂不順的：如第六十五頁九行「但是他們的散文，藝術」，「散文」下衍「逗點」，應刪正。再原文為因應環境需要，而變換稱謂的：如第三十八頁七行「現在的國劇」，句中「國劇」改為「京戲」，即其例。

對本書正文內容的補充和段落錯置的調整：如第八十六頁一段三行文末，順沿上述文義，增益「(4)過渡期」一段文字，即其例。又原文顛倒，致內容受到影響，須加調整的：如第一五二頁第三段「唐代傳奇……有意為小說。」，應改移到第一五四頁最末，作「參考資料」用，即其例。

通觀中國文學發展的脈絡，在時代巨輪的推動下，經常因為受到外來文化的影響而改弦易轍。大抵是先由思想的改變，影響到政體的改變；由政體的改變，影響到文體的改變；再由文體的改變，影響到作品的多采多姿。所以在一時代有一時代的文學裡，作家們永遠生活在「窮」、「變」、「通」、「久」的時代思潮中；為文學的發榮滋長而融舊取新，筆耕墨耘。為中國文學發展的歷史進程，緬往察來，感懷身世，寫下永垂不朽的名篇；閃耀著時代的輝煌！

回想本書出版面世的經過：先是編著者為了響應當時政府復興中華文化的號召，遂本乎探本索源的理想，汲取先進各家的優點，運用精簡扼要的文字，選擇深具代表性的文學樣式，成此一部《中國文學講話》。然後又與門生故舊往還商量，後經漢聲電臺文藝橋的定期傳播，《國語日報・少年版》的分期連載，最後又承三民書局慨允發行。當此修訂完成，再版可待之際，一方面對各方以往的協助衷心感戴，另一方面更以期待的心情，寄希望於讀者諸君的指教，是為序。

民國九十七年四月九日臺北市寓所

自序

王更生

中國文學源遠流長，在以往五千年的歷史長河裡，其發展變化的瑰麗多姿，真乃千門萬戶，無比壯觀。我們不僅目不暇給，更希望能走進它的殿堂，以窺究竟。而坊間介紹中國文學的專門著作中，以中國文學史最具系統；但編者大多運用通史的筆法，以時代先後為序，循著歷代王朝的興滅繼絕，硬把中國一脈相承的各體文學奇葩，推上政治的砧板，支解得面目全非。且久已引起讀者的詬病，而思有所更張。

從文學發展的過程上觀察，中國各體文學的內涵雖然浩如煙海，但如果分支別派，撮其綱領，要不外韻文、散文、駢文、小說、戲曲、文學批評等六大部門而已。六者之中，又以韻文伴隨著可歌可泣的人生百態，在中國文壇上出現最早；其次是散文，介乎韻散之間的為駢文；小說的起源雖為時已久，但真正成熟，卻在駢文之後；戲曲為綜合性藝術，鎔鑄詩詞、散文、賓白、舞蹈、雜技以及故事表演於一爐，其登上文學寶座，造成盛況空前的時間，更遲至宋元以後，所以算起來它還是小老弟；有作品就有鑑賞，有鑑賞就有批評，有批評就有理論，文學批評隨著理論而俱來，在中國文學活動中，始終扮演著推動、催化、刺激和生發的媒劑，幾千年來，它給中國文學增添了不少光彩。

居今經濟掛帥，科技優先的時刻，我們生活的時間和空間十分狹窄，早已不像前輩古人於飽食暖衣之餘，一杯香茗，半窗風月，胸羅萬卷，目送流雲，那樣優游終日的歲月了。所以我們要想把五千年中國文學菁華，介紹給廣大讀者，最理想的作法：首先，要體認文學為學術的一環，必須把文學放在整個學術的天秤上，才能見其真，能知其變，也才能讓讀者清楚了解它的來龍去脈。其次，要突破陳陳相因的政治格局，改採以文學體裁為基據，以紀事本末為寫作的方式，如此讀者才有一氣可成，遊目騁懷之快。最後，要文字精確扼要，不廣徵博引，凡中等程度的知識分子，不分職業和性別，只要想了解中國文學的人，就能一卷在手，雅俗共賞。

本書的寫作，就是照著以上三個理念和六大部門，將中國五千年文學的變遷，架設在縱橫交錯的兩條主流上進行說明。縱向的活動是線，線代表時序和源流遷變的軌跡；橫向的活動是點，點代表作家、作品和文風的興廢。兩相交織，則中國五千年文學的全貌，便如以目視掌，清晰可辨了。

至於各部門的鋪陳，依內容多寡，區分為若干章。如韻文之部有九章，散文之部十一章，駢文之部九章，小說之部十六章，戲曲之部十二章，文學批評之部九章，共六部六十六章。每部開端第一章，例先介紹此一文體的名義、起源、流變，和以後各章敘述內容，安排重點，俾讀者藉此可以預先掌握各體行文的脈絡系統，然後再循序漸進，自可邁入佳境。有時因為資料太多，牽涉過廣，非一章可以結束時，則另外按照實際的需要，區分為二至三章，並在標題之下加注㈠㈡㈢的數序，以資醒目。

為了達成精確扼要的行文要求，每章字數，大多維持二千到二千四百之間，措詞淺白流暢，不拖泥帶水。如不得已，需要徵引成說時，也儘量配合上下文義的需求，作適度的濃縮或潤飾，甚或改寫。但在忠於原著的條件下，絕不牽強附會，使讀者對中國文學有正確的體認。

回憶本書初稿，自民國七十三年（一九八四）九月起，到七十四年十月止，曾經以「中國文學探源」的名義，在臺北軍中（現改稱漢聲）廣播電臺文藝橋節目播出，當時是每週星期日上午八點十分開播，到九點為止，全長五十分鐘，由金鐘獎得主梅少文小姐主持。以後蒙《國語日報・少年版》主編余玉英小姐堅邀，希望將以往在電臺播出的「中國文學探源」縮節改寫，移《國語日報・少年版》分期刊出。於是就在民國七十四年十月的最後一個星期天，仍以原來標題，先刊出韻文之部的第一章〈商周的詩歌總集：《詩經》〉，一直到七十八年十二月三日，才把全部文稿登載完畢，總計連續刊載了五年零兩個月。

三民書局董事長劉振強先生，為我多年好友，承他熱誠相助，慨允出版。為了適應一般讀者的要求，又將本書原名「中國文學探源」改為今名「中國文學講話」，並正式鑄版問世。

在本書即將發行面世的前夕，我以十分誠摯的心情，向軍中廣播電臺負責人，文藝橋節目主持人梅少文小姐，《國語日報．少年版》主編余玉英小姐，以及助我聚材繕稿，甘苦共嘗的學生們，尤其是內子祁素珍女士，在以往漫長的歲月裡，給我不斷地鼓勵和支持。這一切的一切，都使我萬分的感謝，並致上由衷的敬禮。

最後，筆者深感中國文學博大精深，其門類之多，文體之富，作家若林，著述如雨；再加上時代思潮的衝激，支條流派的錯雜，中外文化的交流，內憂外患的叢脞。想在這樣一個變動劇烈，問題複雜的舞臺上，找出一些代表和典型，以及足以反映文壇脈動的作家、作品，與文學風貌，又談何容易！再加上個人的天賦、學養和取材、運辭上的局限，相信不愜人意的地方一定很多，請讀者諸君多多指教。

民國七十九年文藝節序於臺灣臺北退思齋

中國文學講話·目次

韻文之部

散文之部

駢文之部

小說之部

戲曲之部

文學批評之部

韻文之部

商周的詩歌總集：《詩經》

中國文學包羅宏富，真可說是千門萬戶，各有不同。假使加以歸納，還是可以理出頭緒的。以下我們就透過「文體」的觀念，將中國文學區分為四部分：即韻文、散文、駢文和小說。韻文是押韻的文章，包括詩、詞、曲等；散文是不押韻、不重對偶的散行文字，形式上最自由；駢文介於韻文和散文之間，雖然不必押韻，但是重視對偶；小說則為明清兩代蓬勃發展下的產物，受到讀者的重視，和其他三部分性質都不同，所以另外再分一類。以後我們就依照這四部分不同的體裁，和大家共同探討中國文學的淵源和流變。

首先談韻文。韻文範圍涵蓋很廣，凡押韻成篇的文章都是。在中國文學作品中，最早的是《詩經》、《楚辭》，再來是漢賦。賦並非漢代獨有，魏晉六朝到唐宋元明清，也都有各種形式不同的賦。稱「漢賦」只是因為漢代以「賦」為文學的主流罷了。另外，魏晉六朝還有樂府、古詩，唐朝又發展出近體詩，宋朝盛行詞。所以說是「宋詞」；元代盛行曲，所以說是「元曲」。

民國以來，詩詞形式變化很大，句法、押韻都和古典詩歌不同，所以稱作「新詩」或「現代詩」，以後分析唐代的近體詩的時候，會附帶談一談。以上是韻文部分的簡介。下面就開始探討《詩經》。

《詩經》是我國最早的詩歌總集，它的時代距今已經有兩三千年，在韻文中，它一直居於領袖地位，影響既遠且大。在《詩經》以前，相傳堯舜時代有〈康衢歌〉、〈卿雲歌〉，但是很不可靠；我國真正可靠的詩歌作品，還是要從《詩經》開始。

根據《禮記．王制》篇記載，《詩經》三百十一篇，大抵是由太師派出叫「遒人」的官員，到民間採集流傳的歌謠，再加上部分士大夫的作品，以及祭神拜祖的宗廟樂歌，編輯而成的。

因此，《詩經》的體裁分成三類：第一類為「風」：是民間歌謠。此類作品最能表現風土人情，反映百姓的喜樂哀怨。第二類為「雅」：雅有正的意思，在某些正式典禮上使用的樂歌，照前人的說法，「雅」可以表現出政治的隆污。第三類為「頌」：大體上是宗廟祭祀的時候，用來歌頌祖先功德的。

《詩經》的寫作技巧，就是賦、比、興。「賦」是直接的陳述與描寫；「比」是透過種種比喻；「興」是感應興發。由這三種手法的交互運用，三百多篇作品就發出了不朽光芒，啟導了後世無數作家的創作之路。「風雅頌」三種體裁，和「賦比興」三種作法，合起來就是一般人所稱的「六義」。

《書經》上說：「詩言志，歌永言。」是說詩歌是用來傾訴感情的，為了表達得盡情動人，就拉長聲調來唱。因此詩歌包含了三個元素：即感情、文字和節奏感。《詩經》的每一首詩都合乎這個要求。就節奏感來說，後代很多學者都認為，《詩經》中每首詩原本都有樂譜的，但是到底情形如何，今天由於資料不足，我們就很難印證了。

關於〈詩序〉，可分〈大序〉、〈小序〉。〈大序〉據說是孔子的學生子夏所作，擺在《詩經》的開頭，說明詩歌和整個政治、教化的關係。〈小序〉放在每首詩的眉端，解釋此詩的內容主旨。但是有的學者以為〈小序〉的說法太牽合，不足採信，所以朱熹的《詩集傳》有很多地方就推翻了〈小序〉的論點。

進一步，我們再談《詩經》的文學美。大致可從章句、押韻、修辭三方面來欣賞。《詩經》句法變化很多，有一字句，二字句，八字九字句，甚至有長到十一個字的句子。如此自然形成錯落有致的節奏美。押韻有每句押、隔句押，還有前兩句一韻，後兩句換韻的，也有中間隔句換韻的，式樣繁富，給詩歌增加了不少的聲情和韻味。

至於修辭，詩人更多方運用誇張、重疊、呼叫、感嘆等方法，使情感的表達十分鮮活。如《詩經‧關雎》首章：

關關雎鳩，在河之洲。窈窕淑女，君子好逑。

鳩、洲、逑三字押韻，第三句不押，讀來自有諧調流暢的美感。另如〈桃夭〉這首詩：

桃之夭夭，灼灼其華。之子于歸，宜其室家。

用桃樹的柔嫩，充滿生命力，來暗喻這個出嫁姑娘的年輕美麗，真是再貼切不過了。像這些耐人玩味的詩篇，《詩經》中俯拾皆是。

如果各位有興趣研讀《詩經》，除了上面介紹過的朱子《詩集傳》可供參考外，屈萬里先生的《詩經釋義》裡頭有很多新見解。余培林先生近著《詩經正詁》上下冊，對詩義章旨的探求，頗能深入淺出，探源竟委。朱守亮先生的《詩經評釋》上下冊，治各家詮釋、分析、評論、賞析於一爐。以上著作對初學的人而言，應該皆是理想的參考書。

興楚盛漢的辭賦

講到辭賦，必先畫一個範圍。辭指楚辭，賦指漢賦。辭賦濫觴於《詩經》，但是屈原的作品，沒有一篇是以賦名的；使賦正式成為一種文體專名的，以荀況為始祖。

〈離騷〉是屈原二十五篇作品的代表，後人尊之為「離騷經」。劉向輯《楚辭》十六卷，王逸作《楚辭章句》。他們兩位都把這篇文章放在卷首，可知本文在藝術方面的成就如何傑出了。

在章句方面：〈離騷〉的體製介乎「詩」、「文」之間。尤其句法，《詩經》是四言詩。四言句子短，一句一意，變化不多。〈離騷〉的句法，以七字為主。譬如〈離騷〉一開始「帝高陽之苗裔兮，朕皇考曰伯庸」和《詩經・關雎》「關關雎鳩，在河之洲。窈窕淑女，君子好逑」比較，句子長短顯然不同，所表達的感情，自然繁富活潑得多。《詩經》的分章別節，以〈豳風・七月〉為例，全篇分八章，每章十一句，計三百八十一字，是「國風」最長的詩篇。〈離騷〉近四百句，二千四百多字，共換七十多韻，可說是我國第一長篇的抒情詩。由此可以看出《楚辭》脫離《詩經》，獨立成體的情形了。

在遣詞方面：〈離騷〉的形式雖然不像近體詩，充滿鍾鍊的痕跡，但是對於遣詞，如把主語放置在副詞和形容詞之下，形容詞的連用，方言字的普遍，疊字和雙聲疊韻的使用等都非常講究。

在對仗方面：〈離騷〉中有工整的對仗文字。有時候很像唐代的近體詩。如「朝飲木蘭之墜露兮，夕餐秋菊之落英」，「製芰荷以為衣兮，集芙蓉以為裳」。這對漢賦和五七言的句式，有肯定性的影響。

在用韻方面：〈離騷〉的押韻，不是全盤通押。隔句用韻，以四句二韻為常格，此外也有偶爾變換的情形。南宋朱熹曾把〈離騷〉的押韻，作過分類統計，或四句一押，或六句一押，或八句一押，每押一韻就是一個意思。換言之，就是每個意思，只押一個韻腳。如此，我們按韻求義，就可以對〈離騷〉體會到許多過去所不能體會的精義。

關於《楚辭》中虛字的運用，和《詩經》稍有不同。《詩經》中有時候也用虛字，不像《楚辭》那樣多。尤其〈招魂〉、〈大招〉中常用的一個虛字「些」，更是楚國方言的表徵。根據後人的說法，所謂「楚辭」：第一，作者是楚國人；第二，用楚地方言；第三，記述楚國的事物；第四，表達楚國人的感情。可見楚辭的地域性。我們現在提倡「鄉土文學」，《楚辭》便是一部最好的鄉土文學的代表。

賦，是漢代文學的主流，許多偉大作家，如賈誼、司馬相如、揚雄等都投下了不少心力。漢賦興盛發展的原因，不外以下幾個條件：⑴文體本身的發展。⑵政治經濟的反映。⑶君主愛好的鼓勵。⑷科名利祿的引誘。⑸鑽研小學的影響。明朝徐師曾作《文體明辨》，把辭賦的演變分為古賦、俳賦、律賦、文賦四種。古賦就是兩漢的賦，俳賦是魏晉南北朝的賦，律賦是唐代的賦，文賦是兩宋的賦，明清又有八股文賦，直到了遜清，賦才和科舉制度一同告終。

漢賦作家首推賈誼。他的作品如〈弔屈原賦〉、〈鵬鳥賦〉，最得屈原神髓。繼之而起的有枚乘、東方朔、司馬相如等，都是以賦名家的。其中又以司馬相如的作品最具代表性。

司馬相如字長卿，今四川成都人，從小喜歡讀書，因為仰慕藺相如為人，便改名相如。漢武帝讀了他的〈子虛賦〉，深加讚賞，恨不能和此人同時。以後，陳皇后失寵，相如為她作〈長門賦〉。相如為賦，筆法誇張，辭藻豔麗，寫來揮灑自如，有風起雲湧之勢，遂使日後賦家都唯他的馬首是瞻，號為「賦聖」。辭賦對後世文學有深遠的影響：⑴由於辭賦家喜用虛構的故事，編織虛構的情節，姿意鋪張，縱情描述，促進了人們的想像力。⑵辭賦的寫景造情，刻畫細膩，使後世的創作技巧進入新的里程。⑶辭賦家鑄造了許多雙聲疊韻的瑋詞，給予人們對構詞造語的方法以新的啟示。⑷辭賦排比的形式和各種資料的採用，不僅影響「賦體」的發展，唐詩、宋詞、元曲以及明清小說，也都和它有源流本末的關係。(5)辭賦的寫作，不以立意為宗，而以能文為本，使文章和學術分途，文學才逐漸有自己獨立的生命。可見辭賦上承《詩經》的本原，下開後世文學的先路，在中國文學發展史上佔十分重要的地位。

辭賦方面的參考資料很多，如王逸的《楚辭章句》，朱熹的《楚辭集註》，清代林雲銘的《楚辭燈》，今人傅錫壬先生的《新譯楚辭讀本》，各具特色，值得參考。至於李曰剛先生的《中國文學流變史・辭賦篇》，傅隸樸的《中國韻文通論》，是入門的作品，拿來投石問路，是很適當的。

兩漢以後的樂府詩

「樂府」，本是西漢審音度曲的官署名稱。它的職責在採集文人的詩辭和民間歌謠，加以潤色修飾，提供朝廷祭祀或宴享嘉賓時演奏歌唱之用。到了魏晉六朝，把樂府演唱的歌詩也稱「樂府」。

於是所謂「樂府」，便從原來官署的名稱變為帶有音樂性的文體。現在我們談的「樂府詩」，從它的音樂性來看，大別分為兩種：一種是入樂，可以按譜歌唱的；一種是不入樂，無譜可按，只能恬詠密吟，又叫「徒詩」。

樂府詩的起源和《詩經》很相似。例如《詩經》三百篇的體裁分風、雅、頌，樂府詩也有這三種體裁：第一種屬民間歌謠，類似《詩經》的「風」；第二種屬朝廷士大夫的作品，類似《詩經》的「雅」；第三種屬郊廟用的詩歌，類似《詩經》的「頌」。

《詩經》以四言為主，樂府詩不受此限制，有三言、四言、五言、六言、七言；但以五言、七言居多，形式極為自由。從《詩經》過渡到近體詩，樂府詩是兩者之間的橋梁，地位非常重要。

樂府詩的發展大致可分為三個階段：第一，開始於西漢：漢武帝成立樂府，命李延年為協律都尉，搜集民歌，於是樂府就成了我國詩歌的正統來源。第二，興盛於魏晉南北朝：此時兵戈紛擾，佛老思想盛行，許多人目睹國難嚴重，民生疾苦，發而為歌，吐露他們悲歡離合的心聲，造成樂府的蓬勃發達。第三，衰落於隋唐：樂府詩到了隋唐，和音樂逐漸脫節，由於樂譜的散失，只剩下曲牌。如樂、歌、曲、辭、行、謠、吟、弄等名稱，當時的文人才士，往往擺脫舊曲的約束，另立新題，從事創作，美其名曰「新樂府」。

樂府詩既然有入樂和不入樂的分別，那麼入樂的又可以分為「廟堂樂府」：像郊廟歌、燕射歌、舞曲歌等，都是供郊廟宴會時用的。「軍中樂府」：其中橫吹曲，用於軍中馬上，鼓吹曲，用於朝會通路。「民間樂府」：包括相和歌、清商曲，以及部分雜曲等，大都是吳楚各地的民歌。

魏晉南北朝時代的樂府詩特別發達，南北方的作品風格卻完全不同，北方由於地處黃土高原，民性強悍，多輕生尚武的作品。如〈木蘭辭〉、〈敕勒歌〉、〈折楊柳歌〉等。茲以〈敕勒歌〉為例：

敕勒川，陰山下。天似穹廬，籠蓋四野。天蒼蒼，野茫茫，風吹草低見牛羊。

這是北齊高歡命部將斛律金，用鮮卑語唱的民歌，形容山川交錯，天地合一，當風吹草低的時候，看到牛羊成群。一幅塞外牧野風光，展現眼前，直覺得豪放、粗獷，充分表達北方的民族性。南方由於山明水秀，物產豐隆，多委婉溫柔的情歌。如〈吳聲歌〉、〈子夜歌〉、〈大子夜歌〉、〈子夜四十曲〉等。茲以江南古辭中的〈江南可採蓮〉一曲為例：

江南可採蓮，蓮葉何田田。魚戲蓮葉間。魚戲蓮葉東，魚戲蓮葉西，魚戲蓮葉南，魚戲蓮葉北。

寫女子採蓮的情況，作者利用語言的重疊，方位詞的鋪陳，把江南的風光、女子的溫婉和魚戲水清的情狀，寫得唯妙唯肖，入木三分。

樂府詩和古詩、近體詩的不同點有三：(1)樂府詩可以入樂，不可入樂的，不能稱為樂府詩，這是在音樂性方面的不同。(2)樂府詩出於民歌，所以重在運用活的語言，不需要很多技巧，這是在作法方面的不同。(3)樂府詩以敘事見長，突出人物動作的描繪，熔敘事和抒情於一爐，這是在內容方面的不同。

綜觀樂府詩的發展，自兩漢以迄隋唐，一千年來，無數作家投下不可估計的精力和智慧，產生了許多精緻的作品，影響後世文學之大，可以從以下幾方面得到證明：⑴使民間通俗歌曲有寫定的機會。⑵使民間文學有機會同文人接觸，文人的作品，便不能不受民歌的激盪和影響。⑶文人覺得民歌可愛，有時為了合樂的要求，不能不把民歌潤色點化，使它協合音律。⑷因為感情的衝動，文人有時模仿民歌形式，從事創作，因此平添了不少白話，或近於白話的歌詩。⑸樂府詩中的寫實主義，給後世文學注入新血液、新生命。⑹樂府詩的句式，對後世各種詩體，如古詩、近體詩影響很大。尤其近體詩中的「絕句」，更是從樂府詩中的相和、清商、雜舞曲中蛻變而來。

我們今後對樂府詩，應該抱持承先啟後、繼往開來的態度，繼續創作，加強研究。宋代郭茂倩編的《樂府詩集》一百卷，總括歷代樂府歌詩，分由產生的時代，用樂的性質，發生的區域，樂曲的流變等方面，作深入而廣泛的探討，是目前最詳備的一部參考書。此外，師大教授龔慕蘭女士的《樂府詩選註》，言簡義明，李純勝先生的《漢魏南北朝樂府》，內容不多，但確是從歷史的眼光，由考證方面著手，對樂府詩和古詩、近體詩的關係，有較詳細的分析。對初學的人來說，是很有用的兩本書。

古詩的流變與特色

甚麼是「古詩」呢？簡言之，從兩漢開始，一直到唐朝初年，在我國文學史裡，有許多流傳了很久，卻又難確定作者和年代的詩篇。這些詩篇，我們無以名之，就稱它做「古詩」。

「詩」既以「古」為名，那麼《詩經》、《楚辭》更古，是否也可以稱為古詩呢？根據筆者的研究，除了在時代上，「古詩」比《詩經》、《楚辭》要晚了一些時候之外，還有以下兩方面的不同。

在作品形式方面：《詩經》的句型，以四字句為主，所以尊為「四言詩」的鼻祖。《楚辭》的句型，或四言，或五言，或六言、七言，長短不齊，比較複雜。「古詩」的句型，大都以五字句、七字句為主。這是兩者第一點不同的地方。

在作品內容方面：《詩經》、《楚辭》要表達的是豐富的感情，委婉的勸說，所以《文心雕龍》上說：「詩人提耳，屈原婉順。」這句話告訴我們，詩辭可以陶冶性情，淨化人生，達到溫柔敦厚的美善境界。「古詩」在內容上，除了繼承這個傳統以外，還能用不同的角度，不同的句法，以及不同的詞彙，表達純樸的情意。這是兩者不同的第二點。

根據「古詩」的不同點，筆者略舉數例來說明它獨具的特色。如〈上山採蘼蕪〉這首詩：

上山採蘼蕪，下山逢故夫。長跪問故夫，新人復何如？……

這是多麼樸拙和真摯的語言！一個剛離婚的婦女，在山下遇見了從前的丈夫，忍不住探問一聲：「你新婚的妻子可好？」就這麼一問，她對故夫的關愛情意，便表露無遺了。由此可知，情真語質，是古詩的一大特色。

兩漢古詩，以五言居多，魏晉以後，七言詩漸臻成熟。例如魏文帝曹丕的〈秋風辭〉：

秋風蕭瑟天氣涼，草木搖落露為霜，群燕辭歸雁南翔，念君客遊思斷腸。……

辭清文潔，風高骨峻，是一首百讀不厭的作品。可是我們看它的韻腳，通篇同押一韻。也有兩句一押，三句一押，或四句一押的，古詩平仄聲調不像近體詩那麼嚴整，形式也很自由。這是古詩的另一特色。

東晉末年，出現一個古詩的代表作家陶淵明。他才高學廣，胸羅萬卷。因為天下大亂，絕意仕途，每天以讀書、飲酒、種菜、耕田為樂，過著羲皇上人的生活。後人都說他詩中有酒，酒中有詩。例如〈飲酒〉詩第一首：

結廬在人境，而無車馬喧。問君何能爾？心遠地自偏。采菊東籬下，悠然見南山。山氣日夕佳，飛鳥相與還。此中有真意，欲辯已忘言。

淵明自寫他的田園生活，安詳和諧，心境和自然契合，並且陶醉其中，不能自已。他就是這麼一個言真、事真、情真、理真的詩人。淵明的心靈世界，不但富有山水田園的逸趣，更含有家國的隱痛，民生的疾苦。譬如他的〈歸園田居〉、〈詠荊軻〉等詩，都能運用清麗的寫作手法，傾訴悲慨的情感，所以古來都被大家公推為古詩的翹楚。

六朝以後，古詩呈現多樣的風貌。如郭璞的「遊仙詩」，謝靈運的「山水詩」，一直到謝朓、鮑照、沈約、庾信等，都有作品產生。他們措辭更趨華美，格律更為整齊，逐漸走向巧麗精工的途徑，為唐代近體詩奠定基礎。

李白〈宣州謝朓樓餞別校書叔雲〉一詩說：「蓬萊文章建安骨，中間小謝又清發。」杜甫也有「清新庾開府，俊逸鮑參軍」的名句。對謝朓、鮑照、庾信等人的成就，極力推崇。由此也可以知道，「古詩」對唐代「近體詩」的發展是有肯定性影響的。

最後，向讀者諸君介紹兩種關於這方面的參考書：首先是《昭明文選》，這雖然是一部選集，但是搜羅了許多的古詩。像古詩十九首，以及魏晉六朝許多名家的作品，每首詩都附有李善注或六臣注，很值得閱讀。另一本是近人王文濡的《古詩評註》，裡面共錄古詩一百六十多首，首首精粹。他的注解簡明，評語客觀，有瀏覽的價值。讀者如果細心品味，相信對「古詩」溫柔敦厚的特色，必有清晰明確的了解。

唐代的近體詩(一)

「近體詩」又名「今體詩」，和「古體詩」是對稱的。所謂「有古必有今」、「有遠必有近」，從古今遠近方面來看，完全是時間和距離上的問題。因此，我們把古時候的詩，或和古時候體裁相同的詩，稱為「古體詩」，把唐人作的詩，稱為「近體詩」或「唐詩」。如果我們把古體詩、近體詩列一個簡表，就更清楚了。

「古體詩」和「近體詩」最大的不同點，在形式上可歸納為三方面：(1)字數：古體詩每句的字數，或三言，或四言，或五言，甚至七言、九言，不大受限制；近體詩規定嚴格，若非五言，便是七言，受到極大的局限。(2)句法：古體詩句法也不受限制，只要成雙不成單即可。如六句、八句、十句、十二句、十四句等；近體詩則不然，如果是絕句，必定四句。如果是律詩，必定八句，既不可增多，更不可減少。(3)押韻：古體詩可以兩句換韻，也可百句不遷，換韻極自由；近體詩則必須同押一韻，不可隨便更換。

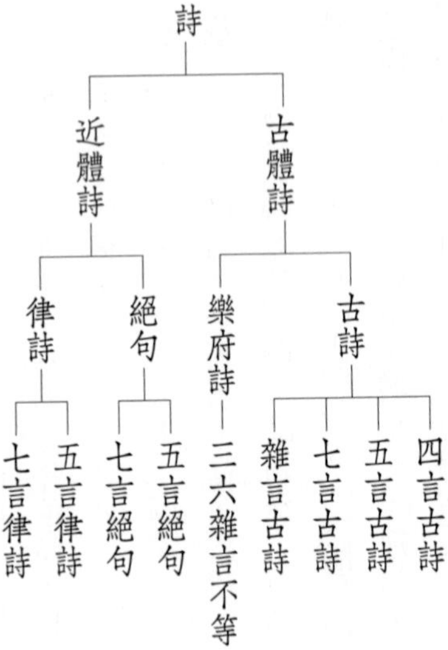

「古體詩」如何演變成「近體詩」呢？說法各有不同。有人說絕句是截取律詩之半而成。「絕」就是「截、斷」的意思，或截取前四句，或截取後四句，或截取中間四句；但是也有人說「絕」句來自兩漢魏晉的「樂府」。如王維的〈渭城曲〉，王昌齡的〈出塞〉，李白的〈清平調〉三首，還有沈佺期的〈獨不見〉，形式上雖然歸入樂府，卻是道地的律詩或絕句。由此可知，唐代的「近體詩」和漢魏樂府的關係。我們由絕句的分析，可以推知律詩也有這方面的相關性。

至於律詩和絕句二者本身的區別，單從形式上看，字數和句數是最大的不同點。絕句每首四句；五絕每句五字，全首共二十字；七絕每句七字，全首共二十八字。律詩每首八句；五律每句五字，全首共四十字；七律每句七字，全首共五十六字。這是五七言律絕在形式上的基本差異。

唐代「近體詩」興盛的原因呢？大致說來，有以下三點：⑴時代的潮流：由兩漢樂府到魏晉南北朝的古詩，再到唐代的近體詩，可說是文學本身演變中的一種自然趨勢，是誰也不能改變的。⑵人為的因素：由於唐代帝王的愛好和提倡，所以帶動了作詩的風氣。所謂「上有所好，下必甚焉」。例如唐太宗、武則天、唐玄宗等，都是作詩的能手。⑶科舉制度的影響：唐代以詩賦取士，凡文人才士意欲求取功名的，必須研習詩賦，作為登庸仕進的敲門磚。如此一來，上自帝王卿相的提倡，下至文人學士的學習，自然就上行下效，蔚成風氣了。

「近體詩」自唐以後，便開始大量創作，各個朝代也有其特色獨具的風格。以下約略說明歷代「近體詩」發展狀況。

根據明朝高棅《唐詩品彙》的分法，把唐詩分成四個時期，所謂「初、盛、中、晚」。初唐的詩壇大致分成兩派：一派依然遵循魏晉六朝末期宮體詩的作法，無論在詩的格調或內容上，一切未能擺脫豔麗的氣息。如號稱初唐四傑的王勃、楊炯、盧照鄰、駱賓王都是此一派中的代表人物。另一派以陳子昂為代表，他痛恨六朝的唯美主義，把中國文學帶上重形式輕內容的境界，因此首先提出反對的呼聲。他的〈登幽州臺歌〉，足以代表他這方面的心情。詩云：

前不見古人，後不見來者！念天地之悠悠，獨愴然而涕下！

彷彿天地間只有他一個人，肩負著文化傳遞的重任，想到古今人物，目睹天地渺遠，便不得不用抑鬱悲憤的語調，發抒「生不逢辰」的傷感。

盛唐作家中，最有名的幾位，如李白、杜甫素有詩仙、詩聖之稱。其造詣之高，自不必說，其他值得一提的是王維。

王維字摩詰，玄宗開元九年中進士，他是繼東晉陶淵明以後，難得一見的田園詩人。又因晚年習佛，禪詩寫得極有曠遠之境，因此贏得「詩佛」的雅號。此外如王昌齡，字少伯，開元十五年進士。這位「詩天子」，也是詩名遠播。他一首〈閨怨〉，所謂：

閨中少婦不知愁，春日凝妝上翠樓。忽見陌頭楊柳色，悔教夫婿覓封侯。

寫盡了閨中佳人當春哀怨的別情，至今還膾炙人口，傳誦不已。以上諸人，堪稱盛唐詩壇的代表。

唐代的近體詩(二)

中唐的詩壇，出現兩位大家：一是韓愈，一是白居易。他們兩位作品的風格，卻完全不同。韓愈以寫古文的方法寫詩，所以詩以詰屈聱牙著稱；白居易力求通俗，務使婦人孺子都能琅琅上口，所以他的詩平易近人。因此，在唐代三百年的詩壇上，李白、杜甫、韓愈、白居易是風格各具的四大作家。

凡事物極必反，詩到盛唐，已經是登峰造極，後人想要勝過前人，唯有另闢蹊徑。因此，晚唐的詩風，便在這種心理下別樹一幟。像李商隱的〈錦瑟〉詩、〈無題〉詩，以及杜牧、溫庭筠的作品，多半採取暗示的手法，來烘托他們的情意，令人讀來，不啻霧中看花，雖有朦朧之美，卻乏清純之象。

詩到兩宋，可以說別開一新天地。由於宋人喜歡獨立門戶，於是造成派別林立。如果依時代先後來分，大致可以分成五派：一是北宋初年的西崑體，這一派的特點，是完全承襲晚唐爭妍鬥豔的詩風，吟風弄月，毫無突破。二是正統派，真正代表兩宋詩風的，如歐陽修、三蘇、王安石、曾鞏等人。三是江西派，黃庭堅、陳師道是此派的中堅；他們沿襲了杜甫、韓愈兩家詩風，而加以融會，幾乎支配了當時詩壇，直到如今，還受到他們的影響。四是道學派，理學家們以理入詩，如二程夫子、朱子等，雖然這不是詩的本來面目，但是卻造成相當的聲勢。最後一派是愛國詩派，陸游、文天祥、謝枋得是其中的佼佼者，當時正當南宋末年，國破家亡，他們為了救亡圖存，詩中充滿悲壯、愛國的激情。

現在值得一提的，是唐詩與宋詩雖然並稱我國詩壇的兩大奇葩，但二者截然不同。從風格上說，唐詩重抒情，宋詩主議論。從形式上說，唐詩筆法多白描，空無依傍，故文字清新感人；宋人說理多引故實，疊床架屋，文字流於晦澀。這又是唐宋詩在小同中的大異之點。

近體詩發展到明代，已漸形式微，除了開國功臣中的宋濂、劉基兩家，尚保有唐宋風骨外，其餘像三楊的「臺閣體」，多屬歌功頌德應酬文字，既沒有真情，又缺乏氣度。因此，以革新文運自命的「公安派」便產生了。此派由袁氏三兄弟共同主持。他們主張作詩以抒發性靈為主，不必太強調學問和拘泥格律。這種論調，和清代學者黃遵憲先生提倡「我手寫我口」的說法，極為接近。

由於「公安派」一味標榜性靈，忽視學力，作品不免流於膚淺，於是有人出而反對，來矯正他們的缺失。這就是「竟陵派」。鍾惺、譚元春便是此派的代表人物。但由於矯枉過正，造怪句，押險韻，反而變得幽深隱晦，把詩導向了另一個窄門。由此看來，整個明代詩壇，便是在這種過猶不及的情況中兜圈子，難怪欲振乏力了。

清代不乏大家作品，但是從乾嘉以後，由於受到科舉取士的桎梏，近體詩就像黃昏時候的落日。在這裡套一句唐人李商隱的名句：「夕陽無限好，只是近黃昏」，恐怕正是它最好的寫照吧？因為當時考試，除了八股文以外，還要寫試帖詩：體裁是五言古詩，不但限韻，而且還限字、限句。詩至此已完全沒有自由、靈感之可言，僅流為升官發財的工具而已！

時間到了清末，特別是鴉片戰爭以後，由於國事日非，作者蒿目時艱，身經世變，發而為詩，多憤世哀時之音。並且在內容上、形式上，又普遍走向江西詩派的老路子。我們只要讀一讀臺灣愛國詩人丘逢甲先生的詩作，就可以略知箇中消息了。

民國以來，西方文學隨著船堅炮利，湧入我國學術思想界，時人以救國的熱忱，掀起了文學改革的浪潮。近體詩一變而為散體式的歐化新詩，當時叫做「白話詩」。民國六年，胡適之先生提出〈文學改良芻議〉後，一直到現在，所謂「新詩」的命運和走向究竟如何？恐怕還停留在十字路口，過著徘徊、焦急和實驗的日子。我們緬懷豐富的詩學遺產，和當前西方文化的衝擊，如何來承先啟後，讓「新詩」的生命開花結果呢？以下幾點淺見，也許是野人獻曝，可供有心人參考：

一、「新詩」創作，文字運用，應力求圓熟、簡明，使人人易懂。

二、詩是音樂的文學，所以「新詩」應特別注意音韻的和諧，讓它鏗鏘有節，聲成自然。

三、詩以抒情為正，故「新詩」創作不可強作姿態，當表達自己的真情實性。

四、文學的發展，要有通變的觀念，所以「新詩」必須植根於傳統文化中，才有發榮滋長的本源活水。

在詩的王國裡，有愛詩的、有讀詩的、有學詩的、有寫詩的，可謂多采多姿。過去胡適先生編過一本《白話詩選》，讀此書，可知「新詩」和傳統詩作的關係。劉大白的《白屋詩話》、《白屋說詩》二書，因為他學有根柢，故能融舊出新，是別具風格的作品，很值得熱衷詩學的朋友參考。

兩宋的詞（一）

詞，是我國詩歌文學的一種，也是一種最優美、最簡鍊、最生動的音樂文學。它的別名很多，但是以「詩餘」和「長短句」兩個別名最為通行。詞是五代、兩宋時期的文學主流，也是中國韻文史上不可或缺的瑰寶。

詞的起源，前人的說法很多，但是以出於樂府和由唐代近體詩變化而來的兩種說法最為有力。我們舉個例子來說吧，譬如唐玄宗填的一闋〈好時光〉，其基本就是兩首五言絕句的組合，加上幾個襯字（加單引號的字），就成了長短句。

> 寶髻「偏」宜宮樣，「蓮」臉嫩體紅香。眉黛不須「張」「敞」畫，天教入鬢長。　莫倚傾城貌，嫁娶「箇」有情郎。彼此當年少，莫負好時光。

所以前人說詞和絕句、音樂是不能脫離關係的。現在的聲樂家唱歌，喜歡加裝飾音，在詞來講，加上些「襯字」，也同樣具有裝飾的作用。

詞是音樂的文學，以曲譜為主。換言之，也就是說先有聲而後有詞，依照曲譜製作歌詞，這就是所謂「填詞」了。填詞必須注意選取「詞牌」。因為每一個「詞牌」都有它象徵的意境。如〈菩薩蠻〉、〈一剪梅〉屬於委婉曲折，幽隱含蓄的詞牌；〈祝英臺近〉、〈滿江紅〉、〈念奴嬌〉、〈水調歌頭〉等詞牌，屬於激昂慷慨，氣象萬千的性質。

依照每首詞字數的多寡和性質，我們可以分為令、引、近、慢四類。這四類再加以組合，又可以歸為「令」、「引近」、「慢」三組。每組都有獨具的特色。以調子而言，「令」多為單調，「引近」多為雙調，「慢」是三調以上。以用韻而言，「令」多為兩個韻或四個韻，「引近」為六個韻，「慢」為八個韻以上。以字數而言，五十八字以內的詞叫「令」，五十九字到九十字以內的叫「引近」，而九十一個字以上的叫「慢」。所以「令」、「引近」、「慢」，彼此不但是調子不同，用韻不同，連字數的多寡也不相同。

詞的發展，可遠溯到六朝。但是真正的「填詞」，就要由盛唐說起了。唐玄宗和李白都是代表人物。李白又被尊為「千古詞曲之祖」。由盛唐到中唐，詞人越來越多。如張志和、白居易便是有名的詞人。到了晚唐，就產生了自成一格的大家作品了。其中最有名的人物就是溫庭筠。由於他的出現，把過去詩人之詞一變而為「詞人之詞」，真正確立了詞的特殊地位。

到了五代，詞中之帝李煜，不僅帶動詞的風格和作法，同時也擴展了詞的意境和領域。時至兩宋，詞很自然的就成為鼎盛局面，呈現出多采多姿的風貌。元明是詞的中衰時期，到了清代，雖號稱中興，但已經如強弩之末，很難和宋詞並駕齊驅了。

李白的詞，保留到今天的有兩首：一是〈憶秦娥〉，一是〈菩薩蠻〉。〈憶秦娥〉至今仍膾炙人口。

> 簫聲咽，秦娥夢斷秦樓月。秦樓月，年年柳色，灞陵傷別。　樂遊原上清秋節，咸陽古道音塵絕。音塵絕，西風殘照，漢家陵闕。

這首詞頗寓國破城春，故宮禾黍之感，王國維《人間詞話》讚為「關千古登臨之口」，恐怕正隱含弔古傷今之意吧？

溫庭筠字飛卿，他文字華麗，多情善感，才華絕世，並且善於音樂。經常出入歌樓妓館之間，所以他的詞充滿了金碧輝煌的色彩，其中不乏成功而富有意境的作品。他的〈菩薩蠻〉：

> 小山重疊金明滅，鬢雲欲度香腮雪。懶起畫娥眉，弄妝梳洗遲。　照花前後鏡，花面交相映。新貼繡羅襦，雙雙金鷓鴣。

讀來細膩動人，趙崇祚稱為「花間之冠」。

五代時期，西蜀作家韋莊，可說是溫庭筠和李後主之間的一個橋梁。他以情詞聞名，卻呈現清新淡雅的氣息。

李煜，字重光，世稱李後主，是南唐中宗李璟的第六個兒子。他即帝位時，南唐已奉宋朝正朔，勉強苟延殘喘於江南一隅。他不是一個成功的政治家，卻是一個成功的詞人。他的詞，由於前後生活環境的劇烈變動，而呈現出前期的華豔清純和後期的血淚交織的強烈對比。〈破陣子〉一詞，便是他前後期作品的分水嶺，淪為囚虜的時候所填的。

四十年來家國，三千里地山河。鳳閣龍樓連霄漢，玉樹瓊枝作煙蘿，幾曾識干戈。　一旦歸為臣虜，沈腰潘鬢銷磨。最是倉皇辭廟日，教坊猶奏別離歌，揮淚對宮娥。

亡國後的李煜，過著求生不得，以淚洗面的日子。感懷身世，遙想故國，這種沉痛哀傷的感情，投射到作品裡，便形成尼采所謂的「以血書之」的文學，強烈的震撼和感人的力量，使他的詞在藝術上達到高度的成就和永垂不朽的價值。王鵬運《半塘老人遺稿》，推崇他是「詞中之帝」，對後主來說，是當之無愧的。

兩宋的詞(二)

詞到了兩宋，在社會的繁榮，文學本身的自然發展，以及君主的大力提倡下，造成空前未有的高潮，取得了光輝燦爛的成績。因此，後人每以「詞」作為宋代文學的代表。

宋代的詞呈現出各種各樣的風貌，和《尊前集》、《花間集》之偏於綺麗風格者大異其趣。然而，北宋和南宋雖然同是詞的極盛時代，但是在風格和表達技巧上，具有明顯的分別。

詞和詩都是以抒情為主的文體。根據抒情性質的不同，一般人把詞分做豪放和婉約兩派，或在兩派以外，另立閒適一派的。大抵而言，詞評家多以婉約為「正宗」，以豪放為「別裁」。

兩宋詞人中，屬於婉約的比較多。像范仲淹、張先、歐陽修、柳永、李清照、姜夔、吳文英、周密、張炎等，都是名噪一時的作家。豪放派以蘇軾、辛棄疾、劉過、劉克莊等人為代表。他們各以充實的內涵，活躍於兩宋文壇。

蘇軾和辛棄疾是所有豪放派詞人中最讓人激賞的。蘇軾是北宋的代表，辛棄疾是南宋的代表。蘇軾的詞，一掃晚唐、五代以來華豔的詞風。他不僅使詞和音樂脫離關係，同時也加強了詞的詩化，詞境的擴大和個性的分明，使詞體達到高度的解放。〈水調歌頭〉是他最為人傳誦的作品。

明月幾時有？把酒問青天。不知天上宮闕，今夕是何年？我欲乘風歸去，惟恐瓊樓玉宇，高處不勝寒。起舞弄清影，何似在人間。　轉朱閣，低綺戶，照無眠，不應有恨，何事長向別時圓？人有悲歡離合，月有陰晴圓缺，此事古難全。但願人長久，千里共嬋娟。

這首詞先寫中秋的寂寞，繼寫人生的失意，最後安於現實，襟懷超逸，令人感悟。

辛棄疾的詞，具有解放的形式，廣泛的內容和多樣化的風格。他不僅突破了詩詞的界限，而且更走到詩詞散文合流的形態。在他的筆下，無論是弔古傷時，談禪說理，論政治，寫山水，講軍事，發牢騷，乃至嘻笑怒罵，他都無所不寫，而都有突出的表現。無怪乎陳廷焯要讚他是「詞中之龍」了。他的〈醜奴兒〉：

少年不識愁滋味，愛上層樓，愛上層樓，為賦新詞強說愁。　而今識盡愁滋味，欲語還休，欲語還休，卻道天涼好箇秋。

豪放中帶有婉約，清新雋永，令人愛不忍釋。

婉約派的詞，大都委婉細緻，耐人品味。范仲淹的〈蘇幕遮〉，便是一首很好的作品。

碧雲天，黃葉地。秋色連波，波上寒煙翠。山映斜陽天接水，芳草無情，更在斜陽外。　黯鄉魂，追旅思。夜夜除非，好夢留人睡。明月樓高休獨依。酒入愁腸，化作相思淚。

情景交融，膾炙人口，尤其「酒入愁腸」二句，就是鐵石心腸，也當灑下同情之淚呀！

自古以來，文學作品總離不開離情別緒，而在離情別緒作品中，柳永的〈雨霖鈴〉該是最深刻而纏綿的。

寒蟬淒切，對長亭晚，驟雨初歇。都門帳飲無緒，方留戀處，蘭舟催發。執手相看淚眼，竟無語凝噎。念去去，千里煙波，暮靄沉沉楚天闊。　多情自古傷離別。更那堪冷落清秋節。今宵酒醒何處？楊柳岸，曉風殘月。此去經年，應是良辰好景虛設。便縱有千種風情，更與何人說？

這闋詞虛實交映，層層緊扣，情真意摯，悱惻動人，是傳誦不絕的名作。

李清照是中國文學史上最偉大的女詞人，由於她不平凡的際遇，她早年的歡樂，中年的黯淡，晚年的哀苦，都明顯地反映到她的作品中。〈武陵春〉一詞，深沉幽婉，可以作這方面的代表。

風住塵香花已盡，日晚倦梳頭。物是人非事事休，欲語淚先流。　聞說雙溪春尚好，也擬泛輕舟。只恐雙溪舴艋舟。載不動，許多愁。

詞中將她老景的淒涼，河山的破碎，異鄉的羈旅，自然地交織成一股濃厚的春愁。

詞經過兩宋的發展，所謂「極盛之下難為繼」，已經逐漸走向衰弱之路。清人的詞，雖然清新雅正，有中興氣象，但是畢竟是「夕陽無限好，只是近黃昏」的總結時期了。

學者想把詞填好，必須經過熟讀作品、選調、命題、架構、造句、鍊字、用典等步驟，不懈地鍛鍊，自能達到渾融的境界。值得我們研究參考的著作很多，比較流行而易得的，如汪中先生的《新譯宋詞三百首》，弓英德先生的《詞學新詮》，林玫儀女士的《詞學考詮》，孔慶鋐先生的《詞學十論》等，都是很好的作品。初學的人，可以此為基礎，精益求精，假以時日，便不難對「詞」有深刻的認識。

元代的曲

曲，正式出現於中國文壇，是金末元初的事，到關漢卿、馬致遠各大家繼興，才步入全盛時間。至於「曲」所以產生的原因，說法極不一致。區以別之，可以歸納成以下四種：

一、文人落魄：蒙古人以外族入主中國，其俗尚弓馬，輕禮教，尤鄙視文人。鄭思肖〈大義略序〉說：「韃法——一官、二吏、三僧、四道、五匠、六工、七獵、八民、九儒、十丐。」試想，文人和乞丐同流，地位如此卑微，既無法廁身朝列，揚名當世，只好流寓民間，託憤懣於聲歌了。

二、詞體式微：文體興廢是自然趨勢，當「詞」發展到某種高峰以後，一切都成俗套，很難再創新機。於是盛極而衰，代之而興的就是曲。

三、外樂影響：北宋末年，由於連年戰爭，邊防失修，外族音樂隨著遼、金、蒙古的南下大量輸入。其腔調歌詞和中原迥異；所用樂器也突破我國傳統的「金、石、絲、竹、匏、土、革、木」八音的範疇。為了適應這種改變，只好別造新聲。因此，曲便應運而興了。

四、君主愛好：凡事上有所好，下必甚焉，元代帝王既然喜愛時調，上行下效，於是曲子就成了當代文學的主流。

曲本音樂的附庸，兩漢樂府中早有大曲、雜曲、相和曲、清商曲等，到唐代，稱宋詞為曲或曲子，這些都指樂譜而言，直至元代，詞衰曲興，曲纔由附庸蔚為大國，成為大家公認的文體。

至於元曲的類別，可分為散曲、劇曲兩種：

散曲，包括小令與散套。小令為市井傳唱的小曲，又名「葉兒」。與近體詩中的絕句，詞中的小令近似。散套又名「套曲」、「套數」、「大令」或「樂府」。是由小令合調，擴大組織而成。

劇曲，包括院本、雜劇和傳奇。院本起於金，為金朝戲劇的名稱，如王實甫《西廂記》的前身《董解元西廂》，就叫「院本《西廂》」。雜劇以表演故事為主，通常一本四折（一折，相當今日話劇的一幕），一曲一套，一人獨唱；如四折意猶未盡，可外加楔子。其中科介、賓白、唱詞等，結構完整。傳奇，指明、清兩代用南曲演唱的戲曲。

散曲的作法，其規則可用元周德清《中原音韻》所載的一首北曲為例：白樸的仙呂〈寄生草〉（飲）。

（長醉後）方何礙，（不醒時）有甚思。糟醃兩個功名字。醅渰千古興亡事。麴埋萬丈虹霓志。
（不）達時皆笑屈原非，（但）知音盡說陶潛是。

此曲作法，用的是「仙呂」宮調，〈寄生草〉曲牌，作的一首小令，題目是「飲」。曲中（長醉後）、（不醒時）、（不）、（但）是襯字。襯字的用法，只可借眼，不能佔板，來彌補文意的不足。思、字、事、志、是為韻腳。全曲一韻到底。「麴埋萬丈虹霓志」，「（但）知音盡說陶潛是」，二句稱為「務頭」。務頭者，曲中文字聲情最美之處。演唱時，其聲音、身段、板眼，都要格外考究。總括來說：元曲在作法上，無論是文字、造句、結構，都較詩、詞來得嚴格。

由於元曲作家多為失意文人，對市井生活體悟深刻，他們好以俚詞、俗語入曲。所以元曲的特色，在於自然和通俗。相對地，也正因為作品中充滿了現實色彩和消極情緒，常被人嗤為庸俗和頹廢。事實上，讀者如果沒有堅定的意志，看多了這種悲觀的論調，是很容易受到不良影響的。

元代散曲的發展，可分前後兩期：前期從金末到元大德年間（一二三七～一二九七），約六十年中的代表作家，有關漢卿、鄭光祖、馬致遠、白樸，號稱「元曲四大家」，後期從大德年間到元末（一二九七～一三五五），又約六十年，其中代表作家有張可久、喬吉、周德清等。若依其作品風格來說，這些作家又可分為清麗、豪放二派。前者如關漢卿、白樸、張可久，作品清俊俏麗，關漢卿的〈一半兒〉（題情），正可作此派代表：

碧紗窗外靜無人，跪在床前忙要親。罵了個負心回轉身。雖是我話兒嗔，一半兒推辭一半兒肯。

後者如馬致遠、張養浩、貫雲石，作品豪放奔逸，馬致遠的〈天淨沙〉（秋思）可以作此派代表：

枯藤、老樹、昏鴉，小橋、流水、平沙，古道、西風、瘦馬。夕陽西下，斷腸人在天涯。

意境高遠、文字老練，深得唐詩絕句的妙諦。

元曲對後世文學影響頗大。因為若無元曲，則無傳奇，就更不會有現在的京戲。同時它促進了明清小說的興盛，開創了白話文學的風氣。如果元曲不是大眾娛樂，文詞淺顯，流傳廣泛，方言俚語皆可入文，那麼白話文必不致成熟得那麼快。所以我們現在能享受語體文寫作，追根究柢，恐怕還要感謝元曲各大家的貢獻呢！

最後，讀者如果想研讀元曲，這一類的參考書籍很多，如羅錦堂編寫的《中國散曲史》，王國維的《宋元戲曲史》，羅忼烈的《元曲三百首箋》，吳梅的《顧曲麈談》，賀應群的《元曲概論》，其中尤其賀著，對初習元曲而又難以入門的讀者來說，是值得細心玩味的著作。

散文之部

經典的散文

甚麼是散文呢？言人人殊，極不一致，有人以為散文就是雜文，像莊子所指的「散木」，荀子所指的「散儒」，有雜而無用的意思。依我看來，散文不是雜而無用，而是無用之用，是謂大用。觀我國經史子集四庫之書，其中用散文寫成的，佔絕大多數，只此一點，就可以看出它在中國文學上的價值了，也正由於此點，我們在「中國文學探源」專欄中，專門闢一個「散文探源」，是有必要的。

以下按照順序，先言「經典的散文」。講到「經典的散文」，勢必要把「經典」一詞的定義、來源、分類，及其對後世的影響，加以詮釋。

「經典」，指永久不變的原理原則。《文心雕龍》說：「經也者，恆久之至道，不刊之鴻教也。」所謂「永久不變，至高無尚的真理，不可磨滅的偉大教誨」，這正是「經典」最恰當的定義。此一定義，不僅可用來詮釋我國的經典，就是佛教的《阿含經》，基督教、天主教的《聖經》，伊斯蘭教的《可蘭經》，也不例外。不過他們的經典，多半依附宗教，而孔子始終不把自己變成教主，後人也不以教主來對待孔子，所以孔子的偉大是平凡，不是超凡。是人，不是神；是萬世師表，不是救世主。

依照一般人的解釋，聖人講的話叫做「經」，解釋「經典」的書叫做「傳」。可是我國的經典，卻不全是聖人的話。因為孔子講學所用的教材，全屬古代史料。「六經皆史」，前人早有定論。孔子取各代史料，經過刪訂贊述以後，成為教學的定本，並被後人尊為經典。《論語・述而》篇曾說：「子不語：怪、力、亂、神。」又說：「述而不作，信而好古。」從孔子自己說的話，更可以證明經典不全屬聖人之言，孔子只是集中國上古文化的至聖先師。

學術界人士對我國「經典」的分類，有許多不同的看法。有人分為五經，有人分為六經，或分為七經，或分為九經，也有人說是十三經、十四經的。我國經典的分類到底如何？這實在是一個有趣的問題。由於今天談的範圍是以「經典的散文」為主題，而經典又和孔子密不可分，因此，我們看孔子當初「刪《詩》《書》，訂《禮》《樂》，贊《周易》，修《春秋》」的內容，不過《詩》、《書》、《禮》、《樂》、《易》、《春秋》，六經而已。至於其他七經、九經、十三經、十四經，大都為後人附加，在此恕不採取。至於六經中的《樂經》，由於秦皇焚書的關係，至今下落不明。所以我們談「經典的散文」，便是以《易》、《書》、《詩》、《禮》、《春秋》五經為主要說明的對象。

講到五經的內容，《文心雕龍》說：

《易》惟談天，入神致用。……《書》實記言，而古訓茫昧，……《詩》主言志，詁訓同書，……《禮》以立體，據事制範。……《春秋》辨理，一字見義。……

這樣看來，《易經》是談天道的書，為哲學要籍。《書經》記述君臣之間的對話，是古代的一部政書。《詩經》以抒情為主，是中國韻文的鼻祖。《禮經》言社會體制，是生活的規範。《春秋》辨別事理，是中國史論的先河。這五部經典的內容，各具特色，天道人事，抒情說理，無一不備。其中除了《詩經》屬韻文以外，其他都是散行的文字。所以綜觀經典行文的風格，蓋以散文為大宗。

經典的文章，自然是兼備眾體，又出於聖人的刪訂，所以對後世文學發展，具有決定性的影響。現在我們僅從體裁、創作兩方面略作鳥瞰。在體裁方面，劉勰《文心雕龍》說：

論說辭序，則《易》統其首；詔策章奏，則《書》發其源；賦頌歌讚，則《詩》立其本；銘誄箴祝，則《禮》總其端；記傳盟檄，則《春秋》為根……。所以百家騰躍，終入環內。

所謂「統其首」、「發其源」、「立其本」、「總其端」、「為根」，都在說明五經為一切文章體類的濫觴，後代作家們再怎麼樣搬弄才華，就像孫悟空翻觔斗雲，無論如何也打不出如來佛的手掌心的。所以他說「百家騰躍，終入環內」。

在創作方面，《文心雕龍》也說：

> 文能宗經，體有六義：一則情深而不詭，二則風清而不雜，三則事信而不誕，四則義貞而不回，五則體約而不蕪，六則文麗而不淫。

所謂「情深，風清，事信，義貞，體約，文麗」，是寫作的六大要件，而「不詭，不雜，不誕，不回，不蕪，不淫」，是宗經的成效。他從內容和形式，正面和反面各種不同的取向，論經典對文學創作的影響，其間相激相盪的關係，是很容易理解的。

至於經典散文的特色，實在多不勝舉，以下我們姑且用以管窺天的方式，挑出《禮經》中的《禮記》，而又為大家所熟知的部分加以分析。如《大學》首章：

> 大學之道，在明明德，在親民，在止於至善。知止而後有定，定而後能靜，靜而後能安，安而後能慮，慮而後能得。物有本末，事有終始，知所先後，則近道矣……。

看首章這段散文的結構。孔子一出手就以「大學之道」四字籠罩全局。然而何謂大學之道？他說「在明明德，在親民，在止於至善。」連用三個目的補詞「在」字，而「明德、親民、止於至善」，又是由近及遠，自內而外，以漸次開展的手法加以敘述，運筆極有次第。以下就末句首字行氣，一疊出現五個排句，並用「止、定、靜、安、慮、得」六個字從中繫聯，接著以「物有本末，事有終始」略作停頓，最後以「知所先後」收束前文，「則近道矣」，點出首句「大學之道」，作一回應，前後兩個「道」字最見章法。文中有起有承有轉有合，如大氣運行，滄海揚波，真是起伏有致，井然不紊的了。

對中國傳統散文有系統研究的學者不多，著作尤少，必不得已，近人陳柱的《中國散文史》，方孝岳的《中國散文概論》，陳必祥的《古代散文文體概論》，魏怡的《散文鑑賞入門》，和馮永敏的《散文鑑賞藝術探微》，都是深入淺出、探源竟委的作品，作為參考借鑑的資料，還勉強可用。有志於散文研究的朋友們，不妨拿來作為入手的法門。

先秦諸子的散文

所謂「先秦諸子」，前人的解釋很多，依我看來，就是指先秦時代的偉大思想家，如果依西方學術界的名稱來說，就是所謂「哲學家」。

我們中國的文化，尤其在思想方面，是一個先進或早熟型的文化。就像一個人的成長一樣，當歐亞非大部分地區的人民，正處於洪荒未泯，少不更事的時候，中國學術文化於先秦時代早已經亭亭玉立，相當成熟了。譬如我們現在有時候談到思想方面的種種問題，都還離不開先秦諸子，甚至更根深柢固，受到他們的影響。由此就足以證明在二千多年以前，我們中國的思想界已經是百花齊放，萬壑競流了。

這些先秦思想家，為甚麼在二千多年前突然之間會蠭出並作，造成空前未有的盛況呢？其中原因可從以下三方面找到合理的評估：(1)從社會經濟發展方面看：春秋戰國四百年的變局，是周朝封建政治解體，農業、商業、工業各方面齊頭並進，貴族沒落，平民覺醒，經過漫長時間的演進，交通發達，經濟繁榮，知識分子逐漸抬頭，所以社會上出現了一種特殊階級。這種特殊階級，就是靠著授徒講學，游說四方的「士」。⑵從教育文化方面看：在夏商周三代，中國學術文化大都由王官保存，只有貴族才能受教育。春秋以後，由於周朝政治解紐，王官失其所守，一般平民子弟也享有接受教育的機會。像孔夫子門下的顏回，窮到簞食瓢飲，「人不堪其憂」的地步，竟成了孔門高足。又如智商頗低的曾參，患有惡疾的伯牛，在「有教無類」的主張下，都是孔子的學生。大家都可以接受教育，一般人的文化水平自然就慢慢地提高了。⑶從政治軍事方面看：春秋戰國是一個諸侯力征，群雄爭霸的局面，於是各國諸侯為了培養自己的政治勢力，無不以招徠人才為急務。例如有名的信陵君、春申君、孟嘗君、平原君，每一個公子的門下，都養了上千名的食客，給知識分子找到了「白衣可致卿相」的出路。於是游說之士大增，所謂「大思想家」就應運而生了。

戰國時代雖然只有一百五十年左右的時光，可是在學術思想界卻大放異采。東漢的班固寫《漢書・藝文志》時，便純粹從學術思想的觀點，把先秦諸子分成九流十家，各家的代表作品如：儒家的《晏子春秋》、《孟子》、《荀子》，道家的《老子》、《莊子》、《列子》，陰陽家的著作，今天雖不多見，但對我們的社會禮俗、思想言行影響很大；法家的《韓非子》，二十卷五十五篇，是一部震古鑠今的巨著；名家的《尹文子》、《公孫龍子》，也都是一時之選；墨家的《墨子》，縱橫家的《蘇子》、《張子》，雜家的《呂氏春秋》等，如同精金美玉，光芒四射。

民國初年，有些學術界的前輩，大倡疑古之論，以為先秦諸子的作品，沒有一本是真的。此說一出，全國譁然，使中國人崇古、好古、信古的思想，發生根本上的動搖。事實上，春秋戰國也許不是一個私人著述的時代，卻是一個大開大闔，學術集結的時代，將各家作品視為某一學派的代表，應該是毋庸置疑的。

有人把先秦諸子的散文分成哲理性、政論性、寓言性、語錄性四大類。這種分法是否合理，姑且置而不論，單拿儒、道、墨、法四家的作品來看，有的是「氣偉而采奇」，有的是「意顯而語直」，有的是「理懿而辭雅」，有的是「著博喻之富」，各有自己的面目，各有自己的風格，沒有任何兩家的作品是相同的。這種多樣性、獨特性、自我性，真是多采多姿，令人如臨滄海，歎為觀止。

現在我們拿儒家的《孟子・梁惠王》篇第一章的文字作個實際的說明吧！

孟子見梁惠王，王曰：叟！不遠千里而來，亦將有以利吾國乎？孟子對曰：王何必曰利？亦有仁義而已。王曰何以利吾國？大夫曰何以利吾家？士庶人曰何以利吾身？上下交征利而國危矣。萬乘之國，弒其君者必千乘之家；千乘之國，弒其君者必百乘之家。萬取千焉，千取百焉，不為不多矣；苟為後義而先利，不奪不饜。未有仁而遺其親者也，未有義而後其君者也。王亦曰仁義而已，何必曰利？

本節全用逆勢轉接筆法，先由梁惠王提出「有以利吾國乎」的主題，孟子立即以「何必曰利」加以勁駁。以下扣緊主題，作正反兩面的證明。而兩證各作小結，「未有仁」以下兩句，因前文逆提，使文字更上層樓。結尾處「何必曰利」，直與起頭處「利國」針鋒相對，手法異常敏捷。吳闓生說本文「雄快駿厲，如層山峻嶺，排疊而下」，但其轉接的靈活，辭意的醒豁，確實令人歎為觀止。

研究「先秦諸子散文」的作品極少，有系統的著作更不多見。雖然有《先秦散文選》、《先秦諸子菁華錄》，以及「批指」、「評點」類的讀物，但只能聊備一格。最近有兩位學者作了補苴缺漏的工作：一位是譚家健先生的《先秦散文藝術新探》，另一位是章滄授先生的《先秦諸子散文藝術》，這一片荒原，終於等到有心人來開墾了。

史傳散文

史傳的意思，分開來講就是「史」和「傳」。所謂「史」，根據許慎《說文解字》的講法，是「記事者也，從又持中」。所以「史」，是指古代記載人君言行的官員。「傳」字可分兩層來解釋：第一層為記載的意思，屬動詞。第二層指根據經書所言加以詮釋或引申的意思，屬名詞。所以「史傳散文」就是指過去的史官或史學家記載的那些言行史實的作品。如《春秋》三傳、《史記》、《漢書》等。

我國文化在兩千年前，其發榮滋長，就已經登峰造極了。所以在經典散文講完之後，我們講先秦諸子的散文。今天又另闢一個專題，專門來介紹史傳方面的散文，就是這個原因。

關於史傳散文所指的時代，我們仍然局限於先秦，並把重點放在戰國。此一時期大約有一百七十年，從周威烈王二十三年，韓、趙、魏三家分晉開始，到秦王政兼併六國，自稱始皇帝止（前四〇三～前二二一），不僅百家競鳴，諸子散文發達，就是史傳散文，如《國語》、《戰國策》、《逸周書》以及鐘鼎彝器的銘文，在中國散文史上，都有不可抹殺的地位。

說到這裡，本人感到十分詫異，因為當今學者研究鐘鼎彝器，除極少數的人，如黃公渚、于省吾以外，大都重視它的史實、釋文、書法、圖案、造形等，卻很少留心它在文章方面的藝術特徵，更沒有人把它當成史傳散文看待。但不可忽略的是這些作品也是歷史的一部分，歸入史傳散文來講，應該是不容置疑的。

《左傳》是春秋內傳，屬編年記事的編年史；《國語》是春秋外傳，是分國記錄的國別史。在《國語》這部書上，記載了八個國家：所謂周、魯、齊、晉、鄭、楚、吳、越。據說此書是左丘明和他的兒子左史倚相，孫子左人郢，以及郢的子孫，歷經數代纔撰述完成。其中〈周語〉、〈楚語〉先成，〈吳語〉、〈齊語〉次之，〈魯語〉、〈晉語〉是根據《左傳》的史料增修的，〈越語〉、〈鄭語〉最後成。書中重視言論，略於記事，是非常特殊的一種體裁。

《戰國策》是一部偏重記事的書。西漢劉向依照《國語》分國別記的體例，將古人關於縱橫長短的作品，加以整理分類完成的，全書共三十三篇。

現在先以《國語》為例來說。《國語》的分國別錄，好像《詩經》的十五國風，然而十五國風是有韻的詩歌，《國語》卻是無韻的散文。唐代柳宗元〈答韋中立論師道書〉，說自己作文章，經常參考《國語》，以開拓作品的內容旨趣，並且推崇《國語》的行文「深閎傑異」。不過，依本人看來，《國語》的文章有精彩的篇目，也有疏漏的地方，讀的人應該謹慎選擇。

〈召公諫厲王止謗〉，就是《國語．周語》中的一篇精妙絕倫的文章。這篇文章共分四段：第一段直言周厲王嚴禁人民的反對意見有害。第二段指出辦政治當廣採民意，斟酌施行。第三段是說人民提出反對意見，是國家之福。第四段揭示厲王不尊重民意的後果。全文前後都是假設的比喻，只有中間一段是正論，夾喻夾議，融成一片。在那筆意縱橫的中間，突出了「明珠千乘，不如一言」的主旨。這篇散文極富感性，令人百讀不倦。

《戰國策》的散文，清代劉熙載〈文概〉，說「《國策》之文既雄而雋」，又說「《國策》文有兩種，一堅明約束，賈生得之；一沉鬱頓挫，司馬子長得之。」或以為《國策》的文體，近於矜才使氣，或縱或橫，苟非曉暢兵機，熟悉地形，必不能傾動王侯，而破他立己。像西漢賈太傅，唐代杜牧之，宋朝陳龍川，明代唐順之，近代魏默深，無不得力於《戰國策》。可見這本書對後世文壇和作家影響之大。

〈鄒忌諷齊威王納諫〉是《戰國策．齊策》中的名作。其本事是說，齊威王的相國鄒忌，假借自己的妻妾朋友因為想討他的歡心，讚揚他容貌美麗之言為例，現身說法，諷諫威王，勸他自作反省，多納臣下之言，方能不受蒙蔽之事。全文六段：第一段言妻妾都以為自己美於徐公。第二段因客人有所求，也說自己很美。第三段窺鏡自視，方悟妻、妾、客人稱美自己的緣故。第四段以妻、妾、客人稱美自己的事為例，入朝諷威王納諫遠蔽。第五段敘下令受諫，進諫的人門庭若市。第六段言威王納諫後，四方來朝，齊國富強。

人往往「闇於自見，謂己為賢」，所以喜歡別人奉承，就成了大家的通病。本文記述鄒忌將自己之美，徐公之美，細細比勘，最後參悟臣諂君蔽，國家興亡的至理；而此種至理，又專從閨房私語處解剖開來，見微知著，這真是大快人心的作品。至於從頭到尾，全用三疊法，層層推展，步步逼進，更是《戰國策》散文的藝術手法。

《逸周書》又稱《汲冢周書》，劉知幾說它和《尚書》相類，是孔子刪約百篇之外。今書共七十一章，其中真偽雜廁，正誤相參，在此只好略而不詳了。史傳散文對後世有極大影響，我們不能因為是史傳，就忽視了它表情達意的語言形式啊！《國語》、《戰國策》二書到處有售，讀者如果拿來和本文所講的各點一一對勘，就知道史傳散文的優美為何了。

兩漢的散文（一）

兩漢散文的範圍包括西漢和東漢，上從漢高帝劉邦稱帝起，下至桓靈遜位止，即西元前二〇六年到西元二二〇年，共四百三十年左右。本文就以這四百多年作範圍，來取材說明。

俗語說「唐詩晉字漢文章」，所謂「唐詩」是指唐代近體詩；「晉字」是指東晉王羲之的書法；「漢文章」當然是指司馬相如、揚雄的辭賦而言。過去本人在講我國韻文的時候，曾經提到屈、宋騷辭和兩漢的賦頌，實際上，兩漢散文的盛況，也不亞於辭賦。所以在中國散文探源中，把兩漢散文拿出來談，自然是有必要的。

研究我國散文發展的學者，曾經把中國散文劃分成幾個不同的時代；兩漢散文便是上承先秦，下開魏晉六朝，逐漸擺脫學術羈絆，為文學而文學的時代。當時的作品雖然駢體散文逐漸形成，但是最大特色是：⑴多有辭賦化的傾向；⑵西漢散文比東漢散文更為蒼勁古樸；⑶受經典的影響很大；⑷各體具備，其中的「奏議」一體，可推為兩漢散文的代表，如賈誼、鼂錯、司馬遷等人是其中翹楚；⑸措辭工穩，結構嚴謹，如大將布陣，有條不紊。司馬遷《史記》一百三十篇，五十二萬多言，句不虛設，事不空談，千錘百鍊，可為一家之學；⑹由於兩漢近古，其散文往往或用籀文，或用或體，或用通假字；在《史記》、《漢書》中，這種例子隨處都是，多不勝舉。

兩漢散文不僅特色獨具，在作家方面，根據各人的好尚和作品內容，可分為以下幾類：

第一類：辭賦家的散文，如陸賈、賈誼、司馬相如等人。其中陸賈的《新語》，賈誼的〈過秦論〉，司馬相如的〈難蜀父老〉，都是家喻戶曉的。他們同時也是大辭賦家，司馬相如更是一代辭賦之宗。

第二類：政治家的散文，如賈誼、鼂錯、劉向等人。其中賈誼的〈治安策〉，不僅被推為後世萬言書之祖，原鳴堂主人曾國藩更稱頌為：「千古奏議，推此篇為絕唱。」

第三類：史學家的散文，如司馬遷的《史記》，班固的《漢書》，荀悅的《漢紀》，趙曄的《吳越春秋》，袁康的《越絕書》等。其中《史記》、《漢書》，更是不華不俚，文質事賅。他們雄偉的創作力，真能映照千古。

第四類：經學家的散文，如董仲舒、匡衡、劉向、劉歆、馬融、鄭玄等人。就以劉歆的〈移太常博士書〉來說，主旨在責備太常博士抱殘守缺，拒絕古文經典立於學官的不合理。運辭警策，有雷壯兵威的聲勢，後人說他「文氣峻厲，過於厥考」，實在是大有見地的評論啊！

第五類：碑版家的散文，東漢的蔡邕可說是這方面的大家。例如被讀者一致稱道的〈郭有道碑〉、〈翟先生碑〉。他的文章「簡而肆，樸而華」，沒有一篇不是經過字斟句酌的。

除了上列五家以外，還有著《論衡》八十五篇的王充。此人膽大心細，是傳統的叛徒，時代的新銳。他有很多駭人聽聞的話。可是他既不是政治家，也不是辭賦家和碑版家，把他的散文歸入思想家，也許比較適當些。

明朝的前後七子如李夢陽、何景明等人提出擬古主義，以「文崇秦漢，詩必盛唐」相號召。雖然他們句擬字模，走上捨本逐末的形式主義，但是從另一方面看，也可以領悟到兩漢散文受後人重視的程度了。

我記得唐代柳宗元在〈西漢文類序〉裡說：「殷周以前，其文簡而野；魏晉以降，則盪而靡；得其中者漢氏。」是說兩漢散文既沒有殷周以前的簡野，又沒有魏晉以下的盪靡，文質彬彬，銜華佩實，正是這四百三十年文章的本色。這樣的散文，我們自然有深入探討的必要了！

現在我們先看辭賦家的散文。其中讀者最耳熟能詳的，要算賈誼了。賈誼是洛陽人，他的辭賦有〈弔屈原賦〉、〈惜誓賦〉、〈鵩鳥賦〉等，上承屈原、宋玉，下開枚乘、司馬相如，領一代風騷。他還有《新書》十卷，五十八篇；〈過秦論〉就在《新書》卷一，屬於「事勢」類部分。〈過秦論〉是賈誼散文的代表作，文分上中下三篇，目前在坊間各種古文選本中只選三篇中的上篇，主旨在論秦始皇因為「仁義不施」，導致國家速亡，借以譏諷時政。通篇文字敘事多於說理，由於能充分剖析史實，因此水到渠成，引出「仁義不施，攻守勢異」的結論，具有強大說服力。

至於本篇行文的關鍵，只看文中的「然而」一轉，就可以悟出很多寫作的道理。在未轉之前，重重疊疊，只是論秦國的強；既轉以後，又重重疊疊，只是論陳涉的弱；強弱異勢，眾寡對比，互相映照，烘托主題。同時，他又善於運用誇張、鋪排的筆法，和大量的駢偶句型，飽含感情，節奏明快；往往於山窮水盡之際，得絕處逢生的妙趣。這等筆力，當然有傳誦千古的價值了。

兩漢的散文(二)

兩漢散文作家是多采多姿的，歸納起來有辭賦家散文，政治家散文，史學家散文，經學家散文，碑版家散文等五大類。兩漢散文值得講述的地方很多，甚至每一類中都可以提出好幾位代表作家，每一個作家又都可以找到若干代表性作品，每一篇作品也都有特殊的風格和作法。所以想要面面顧到，講得點滴不遺，是非常困難的。為了適應讀者的愛好，此處特別拿史學家的散文作說明；而史學家中司馬遷的《史記》，更是我們分析討論的焦點。

在我國二十五史中，大家都推崇四史──《史記》、《漢書》、《後漢書》、《三國志》。可是依我看來，《史記》又是四史的冠冕，不僅是二十五史之一，也是一部前所未有的傳記文學。以下就從傳記文學的觀點來透視它的散文特色。

自古以來，學術界推崇司馬遷《史記》的不少。例如唐朝韓愈，說柳宗元的文章「雄深雅健似司馬子長」，柳宗元自述寫作的經驗，也說「參之太史以著其潔」，太史指太史公司馬遷。

韓愈以「雄深雅健」許柳文，而柳氏又以「潔」評《史記》，足見司馬遷散文具有「雄深雅健」和「乾淨俐落」的特色。

宋朝蘇轍，於〈上樞密韓太尉書〉說：「太史公行天下，周覽四海名山大川，與燕、趙間豪俊交游，故其文疏蕩，頗有奇氣。」清代曾國藩也說過類似的話，且更為詳盡。他說：「自漢以來，為文者莫善於司馬遷，遷之文，其積句也皆奇，而義必相輔，氣不孤伸。」他們兩人都一致讚譽司馬遷學養有素，無論是內容思理，或文辭字句，都有一種疏暢排蕩，與眾不同的氣勢。

正因為這個緣故，明代的茅坤，就說司馬遷《史記》出於《詩經》，入乎〈離騷〉，如同韓信點兵，進退開合，無不如意，說它是「自〈西京〉以來，千年絕調」。近人李長之作《司馬遷的人格與風格》一書，也說「司馬遷的文章，是可以永遠不朽」的。

我們按照《史記．太史公自序》的說法，《史記》這本書是上起黃帝，下終漢武。按照西元計算，大約是從西元前三千年起，到西元前九十年止。包括將近三千年之間的史實。全書一百三十篇，五十二萬多言，可以稱得上是我國紀傳體的通史。

《史記》一書的內容，按照編纂的性質歸類，可以分成五部分：(1)「本紀」十二篇；(2)「世家」三十篇；(3)「列傳」七十篇；(4)「書」八篇；(5)「表」十篇。各篇前後配合，互相挹注，構成一套生動活潑的整體，散發文學生命的火花。

關於《史記》散文的風格，如果我們首先從思想方面看，它具有非常統一的思想。例如〈五帝本紀〉寫大舜的生平作為，便以孝為中心，說明他的忠謹；〈始皇本紀〉寫嬴政的一生，便以剛、毅、乖、戾四個字敘述他的殘暴；〈項羽本紀〉言楚霸王的驍勇善戰，並以此為中心，把項羽成敗得失寫得有聲有色，如在目前。其次是重點突破。例如他寫戰爭，敘述戰敗後的頹喪，勝利時的歡呼，都能用精簡扼要的字句，掌握短兵相接，或志得意滿的氣氛，令人有身臨其境的感受。又如寫纏綿悱惻之情，像〈屈原賈生列傳〉，用委曲婉轉的筆法，透視一個滿腔赤忱的國士，抑鬱而死的悲憤，動人心弦。再如在〈滑稽列傳〉中，他傳述淳于髡、優孟、優丹的幽默、滑稽，都能用疏朗的筆觸，刻畫人物的神情，令讀者為之捧腹。第三，強烈的比較。例如他寫〈孟子荀卿列傳〉，先講孟、荀兩個大思想家為了實現自己的理想，不計成敗，寧可安貧樂道，也不折節事人。同時又寫當時一般縱橫之士，逢迎取巧，見利忘義的心理。他一面寫大思想家的作為，一面寫小頭銳面的醜態，使讀者沉浸於正反對比，善惡相較的氣氛中。第四，文情的對稱。例如他在〈管晏列傳〉裡，把重點完全放在一些微不足道的小事上，先講管仲和好友鮑叔牙的交往，再談晏嬰和越石父論交的經過，所謂「君子之交淡如水，小人之交甘如醴」，反襯出「善與人交，久而敬之」的友情本質。

除了以上四種特殊的風格外，《史記》的散文更具有色彩美，看上去有聲有色，濃淡得中；音樂美，讀起來聲轉辭靡，鏗鏘有節；充實美，玩味時，更是內容充實，絕無架空虛設的毛病。所以自古以來的文人才士，推尊此書為中國散文之祖，是很有道理的。

至於《史記》散文對後世文學上的影響，也可以分成四方面看：⑴唐宋八大家，明代歸有光，清代桐城派各家，一致尊奉此書為寫作的範本。⑵唐宋傳奇，明清小說，宋元雜劇，其中有很多題材，都取自司馬遷《史記》。⑶民國以來，各大學中文系、歷史系，都開設《史記》為專書，並請專人講授。⑷中外學術界，以司馬遷和他的《史記》作為研究對象，並發表論文或專門著作的，這些年來，更如恆河沙數，不勝枚舉。由此可見，此書對後世影響的一斑了。

本文要講的地方還很多，因為限於篇幅，不得已就此結束。讀者如果對兩漢散文有興趣而請教無門的話，可參考陳柱的《中國散文史》，吳契寧的《兩漢散文選》，孫德謙的《太史公書義法》，韓兆琦主編的一本《史記賞析集》，孔鏡清、韓泉欣兩位注釋的《兩漢諸家散文選》，也許可以得償你求知的心願。

魏晉南北朝的散文

魏晉南北朝的散文和兩漢散文不同，只要你把兩種文體接近的作品拿來逐一比較，就可以知道了。像司馬遷的〈報任安書〉和孔融的〈論盛孝章書〉。前者平實，後者浮誇。再以賈誼的〈過秦論〉和江統的〈徙戎論〉比較，一以氣勢勝，一以析理勝。又如鼂錯的奏議〈言兵事書〉，諸葛亮的〈前出師表〉，兩文合觀，鼂錯文簡練而有神理，諸葛亮文氣韻流動，上變西漢的樸茂，下開六朝的雋爽。綜觀魏晉南北朝三百八十多年的散文，是面目獨具，與眾不同的。

魏晉南北朝的散文，由於跨有幾個不同的朝代，加以此時胡人南下，牧馬中原，政府偏安江左，南北文學發展的分道揚鑣，久成學者研究的重點。今天我們要想看清此一時代散文的真象，勢必得撇開政治的因素，純粹從風格上著眼。這樣，我們就可以把當時的作品分成下列五派。

一、藻麗派的散文：此派專門講求辭藻華麗，豔采動人。以陸機、潘岳為代表。

二、帖學派的散文：此派兼有書法和散文之長，作品任天而行，極自然之巧，以王羲之為代表。

三、自然派的散文：此派專事模山範水，富有田園的樂趣。其中大放異采的是陶淵明。

四、論難派的散文：此派身當清談玄學極盛之時，能以論辯精微，取勝對方。范縝、沈約可稱名家。

五、寫景派的散文：此派長於白描，往往不假事類典故，獨抒胸臆，借山水的清音，體自然的妙趣。南朝吳均、陶弘景，北朝酈道元、楊玄之，算是箇中的高手。

這個時代的作家很多：如曹魏時候的曹操、曹丕、曹植父子；西晉的張載、張協、張亢、陸機、陸雲、潘岳、潘尼、左思；東晉的陶淵明、王羲之；南朝的劉義慶、范曄、沈約、蕭統；以及北朝的楊玄之、顏之推、酈道元等。他們的作品，大別來說，或多或少都具有以下的特色：從思想上看，因為兵荒馬亂，民不聊生，政治上又極度的動盪不安，所以在思想上呈現逃避現實的傾向。如劉伶的〈酒德頌〉，嵇康的〈與山巨源絕交書〉，便是顯例。從形式上看，由於此時駢文興盛，散文受駢文的影響，所以散文中都帶有駢文的色彩。如李密的〈陳情表〉，王羲之的〈蘭亭集序〉等。從取材上看，此一時期的散文，多偏重於山光水色、旖旎風景的描寫，有些作品膾炙人口，歷久彌新。例如陶淵明的〈桃花源記〉，吳均的〈與宋元思書〉，陶弘景的〈答謝中書書〉等，都是這方面的佳選。從篇幅長短上看，秦漢以前的散文，多屬長篇大論。像《孟子》、《莊子》、《韓非子》，固然如此，就是賈誼、司馬遷的散文，也不例外。可是時到魏晉南北朝，散文作品傾向短小精賅，有尺幅千里之妙，和以往的迥然不同。

魏晉南北朝時期的散文小品，值得玩味的很多，以下僅就王羲之的〈蘭亭集序〉為例，分析其寫作特色和風格獨標、傳誦千古的原因。根據《晉書》卷八〇〈王羲之傳〉說：羲之素來喜愛服食養性，剛好浙江會稽一帶山明水秀，當代名士大多居住於此。羲之初次南來，便和同好宴集於會稽山陰的蘭亭，特撰此序，申述自己的情志。

本文通篇可分四段，自「永和九年」，到「亦足以暢敘幽情」為第一段，敘述此次集會於蘭亭的情況；從「是日也」至「信可樂也」為第二段，說明盛會的可喜可樂；由「夫人之相與」到「豈不痛哉」為第三段，從歡樂的遭遇，談到人生的悲苦；「每覽昔人興感之由」以下至文末為第四段，述《蘭亭詩集》彙編的動機。

這是一篇文情並茂，理趣盎然的作品。它語言簡潔，文筆流暢，把寫景、抒情、狀物、言志融成一體。全文雖然寥寥三百多字，可是對於宴遊之樂，死生之悲，竟然說得點滴不遺。如果沒有過人的才華，是很難辦到的。近人曾經對本文有過這樣的評論：

〈蘭亭集序〉擺脫了散文駢儷化的桎梏，為我國白話散文奠定了堅實的基礎。對當時和後世散文創作，產生過很大的影響。如陶淵明的〈桃花源記〉和李白的〈春夜宴桃李園序〉，便是在〈蘭亭集序〉的影響下寫成的。

這當然不是溢美之詞，只要讀者細心玩索，相信會有同感的。

魏晉南北朝是中印學術交流，駢儷大行的時代，唯美主義和形式主義已給中國文學帶來病態的陰影，散文就像巨石擠壓下的一株小草，在狂風駭浪中搖曳掙扎。雖然它沒有得到最後的全面勝利，但這株疾風中的勁草，對唐宋八大家的散文，明代公安派的小品，以及徐霞客的山水遊記確實發生過一些積極性的導引作用。至於劉義慶的《世說新語》，干寶的《搜神記》，雖然是以小說的姿態出現，但是他們的散文藝術，對後世文壇更提供了不少的創作經驗。

關於魏晉南北朝散文方面的參考書籍，截止到目前，還沒有看到過類似的專門著作，臧勵龢的《漢魏六朝文》，陳中凡的《魏晉六朝散文選注》和今人韋鳳娟的《魏晉南北朝諸家散文選》，恐怕是當前僅有的幾本書了。說到這裡，還真有點兒令人遺憾！

唐宋八大家的散文(一)

唐宋八大家散文，是中國散文發展史上的重要課題。這不僅因為唐宋八大家和古文運動有關，更重要的是自從唐宋八大家提倡「文道合一論」後，給中國文學樹立了「文統」的觀念。

唐宋八大家散文，是從時代和作家兩方面綜合來談的。原因是基於八大家確實是唐宋時代堪資代表的作家。我們從唐高祖李淵武德元年（六一八）算起，到南宋端宗二年（一二七七）為止，其間共六百六十年。在這段漫長的歲月中，散文家雖然多如過江之鯽，但是真能薈萃眾長，獨樹一幟的，只有韓愈、柳宗元、歐陽修、曾鞏、王安石、蘇洵、蘇軾、蘇轍八家。至於把唐宋兩代合而不分，更是基於八家在時代上雖有先後，而精神上卻血肉相連。因此，本人把此一六百多年的散文發展，以作家為經，時代為緯，管它叫「唐宋八大家散文」，就是這個道理。

講到唐宋八大家，就聯想起古文運動。所以我們要想了解八家散文的產生和特色，勢必要了解古文運動的本質。我認為：(1)古文運動可稱為文化革新運動，亦即正末歸本，除舊習、開新運的運動。⑵在魏晉南北朝三百八十四年的文學發展中，由於我國傳統學術消沉，一經印度佛教文化衝擊，儒家思想顯然不能發生導正的作用。⑶此期作家在中印文化交流中，拋棄了文學為人生服務的觀念，崇尚唯美，把中國文學推向形式主義的路線。⑷由於作品之過分重視形式，忽視內容，於是便產生所謂「連篇累牘，不出月露之形，積案盈箱，唯是風雲之狀」的作品。文學走進了這樣的窮巷，勢必需要改造。⑸當時憂時憂國人士，發出救亡圖存的訊號，由弱而強，由點而面，終於掀起了波瀾壯闊的古文運動浪潮。⑹唐宋八大家由於本身的力行實踐和等身的著作，以及傑出理論，足以擔負革新的使命而影響後世。所以有了古文運動的溫床，遂產生唐宋八大家。

在中國散文史上，唐宋八大家雖然替古文運動作出總結，完成了正末歸本的任務，但是他們確實是假借復古之名，而行革新之實。雖然名曰復古，事實上並不是恢復三代兩漢之古，而是「師其意，不師其辭」，「惟陳言之務去」的一種開中國文學發展史上曠古未有的新境界。

古文運動的發生，既然是其來有自，那麼在唐宋八大家以前，此一運動的先驅者又有那些人呢？我們發現在南朝方面，首先發出革新訊號的，就是裴子野。他著〈雕蟲論〉，反對六朝的唯美作品，說它們是「亂代之徵」，亡國之音。其次是劉勰。勰著《文心雕龍》，提出徵聖、宗經的口號，為中國文學找到了生命的本源活水。希望走入死胡同的中國文學能起死回生，但是當時很少有人注意他這種微弱的呼聲，作出回應或挑戰。

在北朝方面，也有一些學者，如模仿《書經》作〈大誥〉的蘇綽，和寫《顏氏家訓》的顏之推。尤其顏之推作〈文章〉篇，對崇尚唯美的南朝文學，提出無情的撻伐。

隋文帝時候的李諤，在開皇九年（五八九）上隋文帝〈論文體輕薄書〉，以為「江左齊梁，文筆日繁，其政日亂，良由棄大聖之軌模，構無用以為用」，痛斥六朝文學的流弊。

唐朝初年陳子昂出，更以雅正的散文，發表改革的主張。他的〈與東方左虬修竹篇序〉，可以說是激越唐代古文運動的重要宣言，所以韓愈稱讚他說：「國朝盛文章，子昂始高蹈。」時至盛唐，有獻章六藝的蕭穎士，作〈弔古戰場文〉的李華，寫〈大唐中興頌〉的元結，以及和韓愈有師生關係的獨孤及，提倡文章本於經術的梁肅、柳冕等。這些人都是古文運動的先驅。如果不是他們鍥而不捨地高唱於前，韓愈、柳宗元要想集大成於中唐，恐怕還是力不從心的。

韓、柳兩家所以能集前人的大成，蔚為古文運動的盛世而登峰造極者，有幾點最基本的原因，很少被後人所注意。第一，他們均有文學創作的主張。例如在韓愈〈答李翊書〉、〈答劉正夫書〉、〈答尉遲生書〉、〈送孟東野序〉，柳宗元〈答韋中立論師道書〉中，關於作家的基本修養，用功的節奏，立言的宗旨，創作的技巧，無一不有周詳的說明和深入的見地。第二，兩家均有重要的著作。如李漢編的《昌黎先生集》四十一卷，其中除詩與聯句外，純屬文章部分，就有將近四百篇之多。柳宗元的作品見於《增廣注釋音辯唐柳先生集》四十三卷，別集二卷，外集二卷，附錄一卷，書中除古今詩以外，光是文章部分也在四百篇左右。同時他們作品的體裁，計分賦、論、議辯、碑誌、行狀、銘誄、表碣、墓銘、對問、說、傳、箴戒、題序、記、書、啟、奏狀、祭文等，真乃多采多姿，各式各樣，令人目不暇給。第三，他們的親朋故舊，弟子門生，多能承先啟後，光大他們的緒業，這更是韓、柳二家所以成為古文運動主流的重要因素。

蘇軾說：「匹夫而為百世師，一言而為天下法；是皆有以參天地之化，關盛衰之運。」如果我們純粹站在中國文壇上回憶過去，這幾句話用來推崇韓愈固然正確，就是對柳宗元和其他各家來說，也並無不當的。

唐宋八大家的散文(二)

唐宋八大家中，有六家都在北宋。第一位是歐陽修，其次是曾鞏、王安石，再其次是三蘇，即蘇洵、蘇軾、蘇轍。六家之中，又以歐陽修最具代表性，原因是：(1)他能承先啟後，開拓了兩宋文學的新運，光大古文運動的勳業。(2)他個人在中國文學上，無論是詩、詞、散文，甚而經學、史學方面，均有卓越的成就，領袖風騷，蔚為一代文宗。(3)他提倡散文，排斥豔麗虛浮的西崑體，轉移了文學風尚，收到正末歸本的效果。(4)曾、王、三蘇五家，都經歐陽修一手提拔，他們不僅志趣投合，且具有師生的情誼。

北宋六家的散文，所以能一時並出，超邁前代，是因為歐陽修以前，有不少優秀的散文家，先作出了掃除障礙，廓清文路的工作。例如柳開，自以為能廣開聖道，仰慕韓愈、柳宗元為文；因而改名肩愈，字紹元。所以宋人之作古文，應當從柳開始。

繼而有穆修。修字伯長，他的散文雖然尚未擺脫駢儷的習氣；但是刻印韓、柳二家的文集，廣為流傳；見地卓越。所以前人一致認為宋人真正對韓、柳加以表彰的，實以穆修居首。而且一傳而得尹洙，洙又影響歐陽修。因此《四庫全書總目提要》說他對北宋散文的發展，具有導引的貢獻，功不可沒，這不是無稽之談。

當時還有一個反對西崑體的人叫石介，散文作品也奇險可觀，在穆修以前又有王禹偁，字元之。為文簡雅澹遠，他的〈黃岡竹樓記〉，久已膾炙人口。和歐陽修同時而稍早的范仲淹，散文更是一幟獨樹，其〈岳陽樓記〉，散中帶駢，佳句天成，更是萬口流傳。至於尹洙，字師魯，為文平易明暢，開歐、蘇的先河。歐陽修自言，他作散文是受到尹洙的影響。

唐宋八大家作品的特色，雖然他們在「文道合一」的思想上，有共同一致的論點；但是在遣詞上、風格上、神韻上，顯然更有異采紛呈之趣。

大體而言，唐代兩家的散文雄健奔放，奇崛簡峭。宋代六家的散文，平易順暢，委曲婉轉。其次，同屬唐代的韓、柳，同屬宋代的歐、曾、王，甚至文風比較接近的蘇氏父子，也各有他們自己的特點。

宋人李塗，在他的《文章精義》中說得好：

韓如海，柳如泉，歐如瀾，蘇如潮。

清人吳振乾在〈唐宋八大家類選序〉裡也有進一步的評論，說：

> 奧若韓，峭若柳，宕逸若歐陽，醇厚若曾，峻潔若王，既已分流而別派矣；即如眉山蘇氏父子、兄弟相師友，而明允之豪横，子瞻之暢達，子由之紆折，亦有獨樹一幟，各不相襲者。

這些評鑑的話，雖不一定確切，如果我們能冷眼諦觀，則韓愈的雄奇，柳宗元的峻潔，歐陽修的委婉，曾鞏的醇厚，王安石的勁峭，蘇洵的恣肆，蘇軾的豪放，蘇轍的澹遠，的確是各成一體，反映了八家分流別派，絢爛多姿的面貌。

我們先看韓愈的散文，現在以他極短篇的〈雜說四〉和〈送董邵南遊河北序〉來說，兩文各自不過一百五十來字，其間不僅起承分明，主旨突出，而且還極盡曲折跌宕的能事，有尺幅千里之妙。這些都達到了他自己說的「豐而不餘一言，約而不失一辭」的要求。

至於柳宗元的散文，以他成就卓著的遊記文「永州八記」來說，這八個短篇為一組的作品，按所作時間先後排列，前四篇是〈始得西山宴遊記〉、〈鈷鉧潭記〉、〈鈷鉧潭西小丘記〉、〈小丘西小石潭記〉，作於元和四年（八〇九）秋天；後四篇是〈袁家渴記〉、〈石渠記〉、〈石澗記〉、〈小石城山記〉，作於元和七年（八一二）。它們各有特點，而又互相連續，像一卷精工的山水畫長軸，把自然景色，形神畢肖地捕捉出來，達到了「文中有畫」的境界。

生當弱宋的歐陽修，由於背景和遭遇的不同，使他終生關心國事，不滿現實。例如他的《五代史・伶官傳序》，借古鑑今，感慨淋漓。〈朋黨論〉精悍犀利，論辯剴切；飽含親「君子之黨」，遠「小人之黨」的強烈理念。至於〈醉翁亭記〉、〈秋聲賦〉，措詞平易自然，明曉通暢，一種妙麗輕柔的神韻，撲人眉宇，又是另一種風格。

其他各家如曾、王、三蘇的散文，雖然各具特色，但由於人多詞繁，限於篇幅，在此恕不一一列敘。唯唐宋八大家無論是在思想方面、文體方面、創作方面，對後世文壇均具有深遠的影響。同時，由於他們的作品富有多樣性，也推動了唐代的傳奇，兩宋的平話，明清的小說。尤其重要的，是唐宋八大家古文運動的成功，給中國文學在「文道合一」的主張下，開創了一條嶄新的康莊大道。

關於整體研究「唐宋八大家散文」的參考用書，頗不多見，勉強說來，在理論方面，有張樸民的《唐宋八大家評傳》，在讀本方面，有沈德潛的《唐宋八家文》上下冊，近年編注出版的有謝先模主編的《唐宋八大家文選評注》，包敬第、陳文華二位的《唐宋八大家散文選集》，此書分冊發行，極方便閱讀。

元明的散文

散文講到唐宋，自然就會聯想到遼、金、元、明。其中遼、金、元三代在中國政壇上，是個變數；在學術文化方面，更是一個黑暗時代。「遼」起於中國北部，始稱契丹。其太祖耶律阿保機乘中國群雄爭霸之際崛起，遼太宗曾侵併我燕雲十六州，直到北宋徽宗聯金攻遼，遼纔滅亡。代之而起的叫做「金」。金始稱女真，古為肅愼氏。金太祖完顏阿骨打，滅遼亡宋，盤踞中國北部和中原一帶，和南宋相對峙，直到蒙古南下，一百二十年的大金王朝纔全部結束。遼、金二代因為雄據北疆，歷史文化短，又旋起旋滅，所以文章多不足觀。

蒙古統一中國後，他們破壞了中國傳統的文化制度和經濟生活，對於文化的建設和發揚，完全置若無睹。根據謝枋得〈送方伯載歸三山序〉、鄭思肖〈大義略序〉，當時我們讀書人的地位僅和乞丐同流，比娼妓還不如。一般文士只好乞食四方，寄養於豪強之門。不過在武功方面，由於太祖、太宗、憲宗的相繼遠征，擴張領土，其疆域橫跨歐亞二洲，北逼莫斯科，西至地中海，南到馬來西亞、爪哇，東邊降附高麗，建立了欽察、察合臺、窩闊臺、伊兒四大汗國。其幅員的遼闊，可說亙古未有。他並利用驛站和海運，作為對外交通的工具，對促進中西文化的傳播，關係至為重大。

綜觀遼、金、元三代，遼人無文，而對文又不重視；蒙古雖佔有中國，除經略四方以外，並不關注中國學術文化的發展。所以在此五百年北人南下，華夏衰亡的變局中，我們想要從中探討當時的散文狀況，求之舊典遺籍，於金有黨懷英、趙秉文、王若虛、元好問四家。他們的作品，意到筆隨，盡情揮灑，喜豪壯，厭婉曲，充分表現燕趙慷慨激昂的民族性。於元，北有許衡，南有吳澄，師友相傳，大綱巨脈，不過此兩條路線；澄的弟子虞集，衡的門人姚燧，皆負一世盛名，而為散文的中堅。明代的學者以為遼、金、元人無文，固然有點兒誇張，但是如果拿它來上比唐、宋，下擬明、清，顯然是不能相提並論的。

雖然如此，金、元散文對後世也不無影響。如明初散文家宋濂，文章昌明雅健，抑揚節度，有醇無疵；而濂學於吳萊、柳貫、黃溍。三位都是元末散文大家。劉基和濂齊名。其作品鋒穎特出，深閎有神，氣象不凡，其因襲元代作家的筆法，更顯然有跡可尋。

時至明朝，散文的演變，可以分成好幾個派別：首先是太祖開國的時期，這個時候的著名作家有宋濂、劉基、王禕、方孝孺等人。他們有的俊奇多姿，有的閎肆豪放，那種近乎「陽剛」

的風格，頗具開國氣象。這就是所謂的「開國派」。

其次是成祖以後，經過仁宗、宣宗、英宗三代的太平時期，政治安定，社會繁榮，生活富足，造成文學上一種和平典雅的風格，如楊寓、楊榮、楊溥號稱「三楊」的散文，便有雍容紆徐的氣度。後人稱之為「臺閣體」。

又明朝自太祖以「八股」取士後，文章多陳腔濫調，澹而無味，於是在孝宗弘治、武宗正德年間，有李夢陽、何景明、徐禎卿、邊貢、康海、王九思、王廷相等七人，提出「文必秦漢，詩必盛唐」的口號，以藥「臺閣體」的萎弱平庸。這就是所謂的「秦漢派」。

到了明世宗嘉靖年間，王慎中、唐順之、茅坤、歸有光發出反抗剽竊秦漢的呼聲，主張模仿唐宋八家的作品，一時之間，頗受歡迎。此即所謂「唐宋派」。

至於既不摹擬秦漢，也不仿效唐宋，卓然自成一體的，有陳白沙、王陽明二先生。他們的作品浩氣流行，令人感發，這種絕去依傍的風格，被人稱為「獨立派」。神宗萬曆中葉，有散文作家袁宗道、宏道、中道兄弟三人起，和前後七子對壘。他們主張筆法清新，抒寫自我。此即所謂「公安派」。同時，對「公安派」表示異議的，有竟陵人鍾惺、譚元春，故意走幽深孤峭一路，而被稱為「竟陵派」。

綜觀有明一代散文，雖然七派林立，作家蠭出，而真能承前人優良的統緒，開後世文運先河的，只有歸有光。他以平易流暢的文字，寫家庭社會的瑣事，而神態生動，風韻悠遠。學司馬遷、歐陽修而能化，有三楊的明順而不同其空虛。雖然他的作品，多屬單篇散文，但論其見解和風骨，卻不能說不是光嶽氣完，高人一籌。如〈先妣事略〉、〈項脊軒志〉、〈寒花葬志〉、〈思子亭記〉、〈野鶴軒壁記〉等，都可以說是天下頭等文字。清初黃宗羲尊他「為明文第一」，姚鼐《古文辭類纂》以之直接唐宋八大家之後，元明兩代除歸有光以外無第二人，真可說是推崇備至了。

研究元明散文方面的參考書不多，如孔德成先生選注的《明清散文選注》，只可聊備一格而已。另外近年由劉世德選注的《明代散文選注》，王榮初、徐沖二人合注的《明代諸家散文選》聚材排比，頗具功力，尚可提供參考的需要。至於明末作家，有以「小品」為名的，如陳繼儒的《晚香堂小品》，華淑之的《閒情小品》，述事言情，通心適意，頗有塵外之音。對民初白話文影響不小，近人陳少棠著有《晚明小品論析》，值得參考。

清代的散文

中國散文的發展至唐宋而登峰造極，至遼金元而產生變數，至明而中衰。清代兩百六十八年，在整個學術上看，由剝而復，因此造成散文的中興。本文內容就是以清代為重心，說明其上承下啟，散文活動的真相。

清代散文蓬勃發展的原因，大別有以下三點。首先是學術發達：因為任何文體的成長，都和學術有密切關係。散文既是文學的一部分，那麼散文作品的優劣，勢必也以作者學術的水平為斷。清代正是我國學術上集大成的時代，無論是經學、史學、子學、文學，甚至所謂的「漢學」、「宋學」，以及文學中的散文、駢文、韻文、小說、戲劇，每一門類都有專門的學者苦心耕耘，所以一時之間，盛況空前。其次是國勢強大：由於清初三帝勵精圖治，對外擴張領土，對內加強控制，將近兩百年的羈縻政策，使社會安定，經濟繁榮，大有凌漢轢唐之勢；文學的發展，也因此取得醞釀的溫床。第三是政府獎勵：清帝出身邊陲，自知文化荒陋，於是由向慕而學習，進而為了達到政治目的，不惜集全國的財力、人力，開博學鴻詞科，纂修《明史》，成立四庫館編輯《四庫全書》；雖然宗旨在籠絡學者，減少反抗的情緒，但是對學術研究的推動，確實做了正面的貢獻。所以散文到了清代，能夠獨樹一幟，成為文學的主流，這也是原因之一。

清代散文發展，其初期如顧炎武、黃宗羲、王夫之，都是主張經世致用，反對「平時袖手談心性，臨難一死報君王」的學者。三家雖然不以散文名世，可是因為他們才高學博，浩氣干雲，所以在他們的著作中如《日知錄》、《南雷文定》、《船山遺書》，有很多作品都飽含著議論風發的思想，明潔動人的語言，直可以驚天地，泣鬼神，傳百世而不朽。

侯方域、魏禧、汪琬，號稱「國初三大家」，侯有《壯悔堂文集》，魏有《魏叔子文集》，汪有《堯峰文集》。而侯氏之文浮誇閎博，善於敘事；魏氏之文縱橫雄健，精於說理；汪氏之文疏淡迂迴，長於傳狀。他們在散文上的共同特色，是力追韓、歐，繼踵唐、歸，下開桐城，對清代散文的發展，有很大的影響力，其地位的重要，是不容忽視的。雖然同時並出的文士，還有金人瑞、邵長蘅、姜宸英、朱彝尊等，但是除了金人瑞筆下迴環往復，別具隻眼，還能自成一家之外，其他多依傍前人，缺乏創新的風格。

到了乾、嘉時期，散文中有所謂「桐城」、「陽湖」二派出現。陽湖雖然獨立成派，和桐城分庭抗禮，究其脈絡，卻導源於桐城。所以我們說真能左右清代文壇，影響後世於無窮的只有「桐城派」。桐城派散文家雖多，其作品足以支配士林，橫絕一代的，不過方苞、劉大櫆、姚鼐、曾國藩四人而已。

方苞字鳳九，一字靈皋，號望溪，安徽桐城人。為文取法韓愈、歐陽修，謹嚴簡潔，氣韻深厚。他提出「學行繼程朱之後，文章在韓歐之間」的口號，可以想見其品節。在其有物有序，有倫有脊的作品中，充分洋溢著惻怛懇款的情趣。其傳世的作品，有《方望溪文集》十八卷。袁枚說他「一代正宗才力薄，望溪文集阮亭詩」，可說近實。

劉大櫆，一字才甫，號海峰。跟從方苞學散文義法，由於才高筆健，頗能擷取前代各家的優點而自成一體。從他有名的〈論文偶記〉之中，不僅可以領略他散文的寫作，特別講求神氣、音節的特色，同時更可以了解他在散文理論方面的獨到成就。

姚鼐字姬傳，也是安徽桐城人，早年就以散文名揚天下，親受文法於劉大櫆，加上家庭朋友的切磋，進步神速，戛戛乎臻於古人造作的勝境。他的作品高簡深樸，氣韻內斂，近於司馬遷、韓愈。其《古文辭類纂》，既是散文的重要選本，又是貫徹他散文理論和主張的傑作。

湖南湘鄉曾國藩，清朝中興名臣，任武英殿大學士，封一等毅勇侯。他在〈聖哲畫像記〉裡，自言「國藩粗解文章，都是受姚先生啟發」，並推尊姚氏為聖哲三十二子之一，由此可以想見他們的關係。至於曾氏的散文，其創意造言，直有上逼韓歐、摩肩漢賦的氣勢。他在〈與劉霞仙書〉云：「欲學為文，則當掃蕩一副舊習，赤地新立。」這又是何等胸襟！

「百日維新」對晚清政治是一大轉振，在散文方面也發生了空前未有的丕變。文學是時代的尖兵，人生的反映，當時如梁啟超、譚嗣同、唐才常等，由於文章的犀利，成為一代名家。不過由於他們的作品過分喧囂，一瀉無餘。表達時代的心聲尚可，行之於久遠則未必；可尊之為政論家，不一定稱得上文學家。真正長於政論而又兼擅文學的，恐怕只有龔自珍、康有為、嚴復、林紓數人。自此以後，中國散文隨著政局的動盪，就像天上的氣候似的，物換星移。到了民國開元，西學東來，又展現出另一番新的景象了。

綜觀上述，可知清代散文發展，大致是以「桐城派」為主流的活動。其對當時和後世的影響，從整體上看，桐城派散文不僅為唐宋八大家的真傳，更充分發揮了「古文義法」的特點。從八股文的反動上看，桐城派作家雖不拋棄利祿，自鳴清高，但是輕利祿，重道藝，對八股文始終抱持攻擊的態度。從歷史價值上看，桐城派散文和語體文有前後承接的關係。近人周氏曾說：「白話文運動，是上繼桐城的遺緒。」所以桐城派散文，即令是在語體盛行的今天，也是應當受到大家肯定的。

研究清代散文的不多，而清代和我們時代接近，聲氣相通，關係密切，其散文活動的情況，實有加強認識的必要。早年陳鏞先生編選詳注的《清代散文選》，原名《清文觀止》，所選雖欠完備，但頗具實用價值。又羅東昇、何天杰、鄭會為合寫的《清文比較評析》，選材嚴謹，方法客觀。以上二書，提供讀者參考。

民國以來的散文

民國以來的散文發展，固然隨時代的動盪而波譎雲詭，但是總地說來，有幾個基本觀念，頗有預先認知的必要。(1)在傳承方面：民國以來的散文和傳統散文的關係，其原委本末如先河後海，是一脈相承的。(2)在行文方面：傳統散文多用文言，民國以來的散文多用白話，除書寫用語不同外，兩者在思想上、作法上、理論上並無二致。(3)在評價方面：有人認為傳統散文是死文學，現代散文是活文學。此說顯屬以偏概全，忽略了文學前後傳承的真相。(4)在新舊方面：文學不分新舊，不分傳統和現代，單以作品的價值為斷。有價值雖舊猶新，沒有價值雖新猶舊，所以作品的優劣既不以新舊作裁判標準，傳統和現代便不是本文特別關心的主題。

講到民國以來的散文，胡適先生在新文學運動中發表的〈文學改良芻議〉，其中所提的八項主張，顯然是現代散文的發端而十分重要。這八項主張：

一、須言之有物。
二、不摹仿古人。
三、須講求文法。
四、不作無病之呻吟。
五、務去爛調套語。
六、不用典。
七、不講對仗。
八、不避俗字俗語。

如果把此八項略作歸納和分析，前面的四項，所謂「須言之有物」，「不摹仿古人」，「須講求文法」，「不作無病之呻吟」，和桐城派古文學家講的「言之有物」，「有倫有脊」之意完全脗合。第五、六項所謂「務去爛調套語」，「不用典」，和韓愈〈答李翊書〉上說的「惟陳言之務去」，〈答劉正夫書〉的「為文能自樹立」，以及明代唐荊川〈答茅鹿門論文書〉中「一段精神命脈骨髓，具千古隻眼」意思相同。至於第七項「不講對仗」，更同乎劉勰《文心雕龍・麗辭》上說的「迭用奇偶，節以雜佩」。第八項「不避俗字俗語」，如和清代黃遵憲〈雜感〉詩所說的「我手寫我口，古豈能拘牽？即今流俗語，我若登簡編。五千年後人，驚為古爛斑」的詩句相較，不會更露骨。可見胡先生的〈文學改良芻議〉，儘管其精神、背景和古人不同，但是無一不是從傳統來的。所以我們要想肯定胡先生現代文學上的地位，恐怕就必先肯定胡先生所作的正面影響。

民國七年四月，胡先生又相繼發表〈建設的文學革命論〉，文中把〈芻議〉裡的八項主張，歸併成四大原則：

一、要有話說，方纔說話。
二、有甚麼話，說甚麼話。
三、要說自己的話，不說別人的話。
四、甚麼時代的人，說甚麼時代的話。

推究胡先生以「建設」代替破壞的目的，不外是想用「國語的文學，文學的國語」十字真言，解決散文在語言方面遭遇的困難。假使我們把現實問題丟到一邊，深入一層體會，他的這四大原則，基本上仍然和唐荊川「文章本色」說暗合。

民國以來的散文發展，大致可以分為四期：(1)草創期：由民國六年胡先生發表〈文學改良芻議〉開始，到民國十七年止，以小品文創作為主。(2)衰微期：由民國十七年至三十八年，因日寇侵略，政局動盪不安，作品以雜文和報導文學居多。⑶轉型期：從民國三十八年政府遷臺到七十九年，由於國富民樂，加上美式文化壓境，人心日益媚外，我國散文雖蓬勃滋長，但情辭純粹的作品並不多見。⑷過渡期：由民國八十年以後，迄今為止，將近二十年的台灣文壇，已蛻去反共抗俄和三民主義統一中國的假象，走向為民主自由而掙扎的階段，此時因為外有國際強權壓力，內有意識形態的徬徨，再加上省籍的情結，族群的糾葛，兩岸的矛盾，文化的取舍，尤其政治上的口水，又不斷冒用民主自由的美名，不時的挑動著抑鬱難伸的民心士氣。當前的散文家，正失根的蘭花，所謂「文變染乎世情，興廢繫乎時序」，在此滿懷希望的「過渡」年代，真期待他（她）們以飽含感情之筆，創造雅俗共賞，震駭心魂的作品。

檢討近百年來的散文園地，隨著國勢的強弱而起伏輾轉，其間消息又和傳播媒體與作家們的集會結社大有關係。回想自從胡先生登高一呼，提出「八大主張」、「四個原則」後，一時之間雲集響應，很多文藝團體，如雨後春筍般地出現。其重要者如文學研究社：代表刊物是《小說月報》、《文學週報》，領袖作家計有沈雁冰、鄭振鐸、許地山等。他們打出為人生而藝術、接受傳統的口號。創造社：刊物有《創造週報》，領袖作家有郁達夫、郭沫若，他們標榜為藝術而藝術。新月社：刊物有《新月雜誌》，領袖作家有徐志摩、梁實秋、胡適等，皆一時之選。他們強調人性文學，內容必須健康。語絲派：可說是當時小品文的王國，其刊物是《語絲周刊》。代表作家有孫伏園、周作人、錢玄同、林語堂等，他們主張破舊立新。此外還有左翼作家聯盟：簡稱「左聯」，刊物是《文學月刊》、《現代小說》，領袖作家如魯迅、田漢等。此派主張革命的旗幟，從事散文創作。

民國以來的作品，稱得上是純粹散文的不少，但真正寫得有血有肉，曾經被選入中學國文課本的，像胡適先生〈我的母親〉與朱自清〈背影〉，可說是其中一例。

胡先生的作品，全文從「我母親管束我最嚴，她是慈母兼任嚴父」展開寫作序幕，文中或用嚴厲的眼光一望，或睡醒時候的教訓，或「罰跪」，或「擰我的肉」，或「用舌頭舔我的病眼」，萬變不離，且無一事不真，無一句無情，可說是情真、事真、意真之作。只有像這樣真情實性的文章，纔能感人肺腑。

朱自清的〈背影〉，是藉著「最不能忘記的是他的背影」，把父親那股關心兒子的心情，毫不保留的加以吐露。加上行文的乾淨俐落，首尾一體，令讀之者如見其人，如聞其聲，直是一篇用血和淚交織而成的散文雋品。

民國以來的散文發展，至今已有近百年的歷史了。懲前毖後，對現在甚而今後的散文創作，筆者願意就管見所及，提出三點自以為十分中肯的意見供諸君參考：⑴希望散文作品，能夠徹底淨化，減少西方文字的污染。⑵希望散文創作，不要過分強調文字技巧，速謀充實作品的思想內涵。⑶希望散文家回顧傳統，並能從傳統中創新，從創新中綻放奇葩。以上均為老生常談，願就教於知音。

散文部分寫作既竟，深覺它在中國文學上是最重要的一個區塊，可是研究的學者和卓有內容的著述不多，近讀傅德岷著的《散文藝術論》一書，由「文類論」講到「創作論」、「鑑賞論」和「修養論」，尤其偏重「現代散文」和「古代散文」的承繼與開展，很有參考價值。另外由所謂「現代散文研究小組」編著，經蘭亭書店印行的《中國現代散文理論》，內分五輯，選錄的全屬當代作家的理論著作，對中國現代散文理論建設與發展，有廣泛深入地探討。

駢文之部

先秦的駢文

一篇文章通體多作對偶的就叫「駢文」。「駢文」的異名很多，如駢體文、駢儷文、駢麗、駢偶、麗文，《文心雕龍》稱之為「麗辭」。因為這種文體盛行於六朝，所以又叫「六朝文」，轉型於兩宋，所以又叫「四六文」。柳宗元〈乞巧文〉曾說：「駢四儷六，錦心繡口。」可見駢文的優美，所以又叫「美文」。但是真正把它當成專門名詞，通行於著作之林，稱做「駢文」的，卻是清代以來的事。

「駢文」既然和「韻文」、「散文」不同，勢必有它獨自成立的條件，檢其最重要的來說約有五項：第一是對偶，第二是用典，第三是華辭，第四是和諧，第五是靈動。如果缺了這五項中的任何一項，都不能說是純粹的「駢文」。

所謂「對偶」，又稱「對仗」，因為駢文是由許多「對聯」組合而成。對聯必須講求對仗。所以對仗是駢文的靈魂。劉勰在《文心雕龍．麗辭》曾經列舉四種對偶法，唐代上官儀將四種增加到六種，釋皎然又增加到八種，日本學者空海《文鏡祕府論》更擴充為二十九種，這些洋洋大觀的方法，都是為駢文寫作而設。「用典」又稱用事，也就是《文心雕龍》說的：在文辭章法以外，引據各種事物，來比類義理，援用往古舊聞，以證驗當今實況的一種寫作技巧。例如曹植〈與楊德祖書〉：「人人自謂握靈蛇之珠，家家自謂抱荊山之玉。」上句用靈蛇報恩的事，見《淮南子．覽冥訓》高誘注，下句用卞和獻璧事，見《韓非子．和氏》篇，這就是用典。「華辭」，是說辭藻華麗。因為駢文是唯美文學，文字不美，就不能稱之為駢文。孔子說：「言之無文，行而不遠。」所以華辭是駢文的重要特色。「和諧」，指聲調諧美，音和律調。沈約在《宋書．謝靈運傳論》裡說：「一簡之內，音韻盡殊，兩句之中，輕重悉異。妙達此旨，始可言文。」所謂「音韻盡殊」、「輕重悉異」，目的就在達到和諧的要求。「靈動」，指句法靈動。句型的錯綜變化，是一切文章的共同要求，而駢文於此尤加強調。所以劉勰《文心雕龍．章句》說：「四字密而不促，六字裕而非緩。或變之以三五，蓋應機之權節也。」是說在四字句六字句中，用三字句或五字句加以調劑，是適應機宜，通權達變的方法。可見句子的靈動，也是駢文的重要條件。

「駢文」萌芽於先秦，結體於兩漢，全盛於六朝，繼響於隋唐，轉型於兩宋，衰落於元明，復興於清代，潛伏於民國。本單元將按照駢文演進的順序，分先秦的駢文，兩漢三國的駢文，魏晉六朝的駢文，隋唐的駢文，兩宋的四六文，元明的駢文，清代的駢文，以及民國以來的駢文等八個單元，探討中國文學中的「駢文」發展與各期作品的特色。

先秦時代是駢文的萌芽期。後世學者每逢談到駢文的起源，往往追溯到屈原的〈離騷〉。以為它詞采豔耀，蓄意深長，被奉為不祧之祖。其實，早在屈〈騷〉以前的經傳諸子裡，就充滿了駢偶文字的跡象。例如《書經．大禹謨》皋陶讚揚帝舜說：「罪疑惟輕，功疑惟重。」伯益向大禹陳謀云：「滿招損，謙受益。」前為四字句，後為三字句。「罪」與「功」，「輕」與「重」，「滿」與「謙」，「損」與「益」，「招」與「受」，詞性相應，對仗工穩，已經具有駢儷的雛形。至於《易經．文言》，敘述乾卦所代表的「元亨利貞」四德，幾乎句句相銜。講到「龍虎風雲同類感召」的時候，前後文句更是字字匹儷。又〈繫辭上〉敘述「乾卦易知，坤卦簡能」時，句法委婉曲折，彼此承接；〈繫辭下〉說明「日月寒暑，迴環」的規律時，句法隔行遙對，此呼彼應。雖然這些句子的形式，長短或有不同，然而它們駢偶對仗的用意，卻是完全一致的。

經典中的對偶文字既然如此豐富，史傳中如《山海經》、《逸周書》、《左傳》、《國語》、《戰國策》類似的例子更是指不勝屈。先秦子書裡面像儒家的《晏子》、《孟子》、《荀子》，道家的《老子》、《莊子》，墨家的《墨子》，法家的《管子》、《韓非子》等，沒有一本書的行文，不是駢中帶散，散中帶駢。正像劉勰《文心雕龍》上說的：駢麗的詞句與濃豔的文采一起流露，對偶的意思和飄逸的韻味同時生發。真是錦心繡口，令人有玩味不盡的感覺。

現在我們就拿《管子．牧民》論「四維」的一段文字為例，看一看先秦子書中駢文的真相：「何謂四維？一曰禮，二曰義，三曰廉，四曰恥；禮不踰節，義不自進，廉不蔽惡，恥不從枉，故不踰節則上位安，不自進則民無巧詐，不蔽惡則行自全，不從枉則邪事不生。」本文在句法上有三字句、四字句、七字句、八字句，極富變化。在對仗上，末四句中，一三相對，二四應合，有隔句相偶之美。至於修辭，有問答，有類推，有演繹，有歸納，一層一層的變化，一層比一層深入，參互錯綜，極富藝術之美。這無疑地給駢文奠定了堅實的基礎。

中國文學所以優美，大抵本於文字。中國文字，具有單音、方塊兩個特點，一旦用偶句加以組合，便很容易形成「音節美」與「整齊美」，引起無限的聯想與美感，遂造成「駢文」這種唯美的作品，而為西方文學所不及。

專門研究先秦駢文的著作不多，如果讀者有興趣，可以先讀一些入門的書籍，如劉麟生《中國駢文史》、金秬香《駢文概論》，也許對你有投石問路的幫助。

兩漢三國的駢文

論「先秦的駢文」的時候，曾說駢文「結體於兩漢」，而兩漢是辭賦盛行的時代，駢文又何能結體於此時呢？根據班固《漢書・藝文志・詩賦略》，和沈約《宋書・謝靈運傳論》的說法，其所以如此，正和「辭賦」的盛行有關。

屈、宋是兩漢辭賦的初祖。屈原賦二十五篇的句型，大抵是以四、六言夾「兮」字為定式，宋玉的〈高唐〉、〈登徒子好色〉、〈風〉、〈釣〉諸賦，駢散夾雜，又可以謂之創格。以此求之於兩漢，像賈誼、淮南小山、司馬長卿、班固、張衡等，他們在行文措辭的時候，或假借主客對話的方式，指事類情；或寄託諷寓的微旨，出入風雅，文中多半偶儷為體，語出成韻，為後世駢文家所崇尚。

三國是個世衰亂離，人未盡才的時代，曹魏承建安文風，辭以清綺為主，和兩漢鋪張揚厲的格調，迥然不同，當時辭賦多屬六言，這雖然也是本於屈宋楚騷，但華辭麗句，用事運典的特質，已漸開六朝駢體的先聲。這種情形，我們也可以從曹植的〈幽思〉、〈節遊〉、〈閒居〉諸賦中看出端倪來。

劉勰在《文心雕龍．詮賦》裡，曾經把枚乘、司馬相如、賈誼、王褒、班固、張衡、揚雄、王延壽等，推為「辭賦的英傑」。所謂「辭賦的英傑」者，實際上就是駢文的極軌。因為他們運用駢儷之言，行馳騁之勢，使偶體為文的條件，到此粲然大備。究其所以在辭賦流行，而別開生面的原因，大概有以下兩點：(1)社會安定繁榮：自西漢武、宣以來，國泰民樂，民生富裕，文人學士為了迎合帝王的好大喜功而粉飾昇平，往往以華麗的辭藻，揄揚德意，用瑰瑋的文字，誇張聲貌，來上邀帝王的寵遇。(2)辭賦家精於小學：兩漢辭賦家大多精通文字、音韻、訓詁，所以在他們的作品裡，率多奇文瑋字，動人視聽，如司馬相如著有〈凡將篇〉，揚雄有〈訓纂篇〉，班固更有〈別字十三章〉。因此，他們措詞準句，寫氣圖貌，采麗聲諧，聯類不窮。這不僅使作家輩出，而辭賦也成駢文的極軌了。

兩漢三國的駢文，從性質上看，約可分為四類：首先是辭賦家的駢文：這一類的作品，文詞瑰麗，局勢宏偉，富有縱橫排宕之氣。此可以司馬相如的〈上林〉，賈誼的〈鵩鳥〉，枚乘的〈七發〉，班固的〈兩都〉為代表。其次是奏議家的駢文：奏議，指公牘文字，我國公牘文字，向來喜用駢體，有人以為導源於陸宣公，實際上，和兩漢三國的奏議大有關係。試觀賈誼的〈陳治安策〉、鼂錯的〈言兵事書〉、劉向的〈條災異封事〉、曹植的〈求自試表〉、〈求通親親表〉等，無不在對句排偶中，曉暢易解，誠摯動人。三是論說家的駢文：這一派的作品，論事說理，義貴朗爽，但由於駢詞蕪累，往往斲喪本真。此可以賈誼的〈過秦論〉、班彪的〈王命論〉、嚴尤的〈三將論〉、曹冏的〈六代論〉、阮籍的〈達生論〉、曹丕的《典論・論文》為巨擘。四是碑版家的駢文：碑版駢文，向以渾樸質重為主，李斯要推為此中作手。時至兩漢，如班固的〈燕然山銘〉，文字更加整麗。以後蔡邕出，碑版文字始成專門絕活，為駢文開創一新紀元。東漢文章為六朝駢文的先聲，蔡邕又是東漢文豪，所以近人劉麟生《中國駢文史》說：「東漢文字已漸趨整齊畫一，若非蔡邕的金石文字動人，則駢文的發展，尚有待也。」可見蔡氏在兩漢三國駢文界的地位是如何了。

辭賦家的駢文，自以司馬相如為不祧之祖，他的作品可說是結合了《戰國策》、《楚辭》的奇變，而又以造字清新，描寫細密見長。漢武帝讀了他作的〈子虛賦〉說：「朕獨不得與此人同時哉？」大有相見恨晚之感。如文中言山則「交錯糾紛，上干青雲。」言水則「橫流逆折，轉騰潎洌。」他喜歡用三字句四字句，有時往往在對偶中，忽然插一單句，使它讀來如激水上揚，氣勢迴盪。奏議家的駢文中，鼂錯的〈言兵事書〉，幾乎全是對偶，且將中國當時所處的形勢，和匈奴兩兩照應，這不僅是句駢，文意更駢。如言中外形勢云：

卑身以事強，小國之形也；合小以攻大，敵國之形也；以蠻夷攻蠻夷，中國之形也。

言中國在地形上的弱點說：

上下山阪，出入溪澗，中國之馬弗與也；險道傾仄，且馳且射，中國之騎弗與也；風雨罷勞，饑渴不困，中國之人弗與也。

文字迴環，理圓事密，頗具有駢文特色。論說家的駢文，曹丕《典論・論文》所謂：

文章經國之大業，不朽之盛事，年壽有時而盡，榮樂止乎其身，二者必至之常期，未若文章之無窮。

其中有言對、有正對、有反對，理雖不同而旨趣相合，可說是相當標準的麗辭。碑版家的駢文以蔡邕〈郭有道碑〉為例，文中言郭林宗敦品勵學的一段文字：

若乃砥節厲行，直道正辭，貞固足以幹事，隱括足以矯時；遂考覽六經，探綜圖緯，周流華夏，游集帝學，收文武之將墜，拯微言之未絕。

鋪陳有序，多偶少奇，並有一股蒼勁遒逸之氣，洋溢於字裡行間。

綜觀兩漢三國的駢文，和辭賦有血肉相連的關係，而一代文風的改變，又受作家的學養，時代的風尚，民生的憂樂所影響。而東漢是駢散分合的關鍵，三國不過是過渡的橋梁罷了。兩晉以後，文風隨著國勢急轉直下，到了六朝，駢文便擺脫辭賦，一躍而登上文壇寶座了。

魏晉六朝的駢文(一)

孫吳、東晉、宋、齊、梁、陳相繼以建康（今南京市）為國都，於是文學史家就管這個時期叫「六朝」。六朝的作品特別講究綺麗、排偶、和諧，甚而大量地使用典故，所以駢文極盛，並取得了這個時代文學主流的地位。

駢文既然形成了一代文學主流，則一切作品無不受到它的影響，而富有駢偶色彩。現在就拿曹植在魏文帝黃初三年（二二二）來朝京師後，歸途經過洛水的時候，寫的〈洛神賦〉為例來看。

賦中有一段描述洛神美貌的文字。他先說洛水女神體態輕盈，用驚鴻翩翩，游龍婉轉來比況，次讚其容貌之美，說遠遠望去，嬌豔絕倫，像東升的朝霞，近而細觀，亮麗照人，如綠波中的芙蓉。再描述她的身段，是不胖不瘦，不高不低，兩肩圓削，小腰纖細，尤其修長的脖子，扁貝般的牙齒，就是不施脂粉，由於麗質天生，自然動人。因為原文很長，不能照錄，但是從句型上來看，這段文字，大致是以四四對偶做基調，間或雜入九個字或七個字的長句，其作用一方面是使其上下離落，產生錯綜的美感，一方面是想在輕靈活潑中，仍然不失駢偶的形態。而且作者儘量運用白描的詞彙，使那個秀外慧中的洛神，在聲音笑貌中，展現她超塵脫俗的嫵媚。

過去介紹先秦駢文的時候，曾經提到駢文的條件，那就是對偶、用典、華辭、和諧、靈動五種，現在我們如果拿曹植的〈洛神賦〉來比對的話，便立即發現這篇文章已經相當接近這個標準了。此外，如蜀漢諸葛亮的〈前〉、〈後出師表〉，西晉李密的〈陳情表〉，陸機的〈文賦〉，陸雲的〈歲暮賦〉，東晉孫綽的〈遊天台山賦〉，以及陶潛的〈歸去來辭〉和被文選家一致認為是散文佳作的王羲之〈蘭亭集序〉，試問其中那一篇作品沒有染上駢偶的色彩呢？至於南朝的鮑照〈蕪城賦〉，沈約《宋書．謝靈運傳論》，江淹〈別賦〉、〈恨賦〉，孔稚圭〈北山移文〉，丘遲〈與陳伯之書〉等，這些駢文盛行時候的妙品，當然更是不在話下了。

駢文的用途是多方面的。它可以敘事，可以抒情，可以寫山水遊記，可以作人物特寫，施之廟堂，雍容華貴，放言高論，精理密察。不過，依我看來，駢文中的極品倒不是長篇巨幅的〈遊天台山賦〉、《宋書．謝靈運傳論》，而應該是短小精賅的名家書啟。譬如陶弘景的〈答謝中書書〉，劉峻的〈追答劉秣陵沼書〉，吳均的〈與宋元思書〉，梁簡文帝的〈與蕭臨川書〉，劉峻的〈送橘啟〉等，每篇都不超過一百五十字，尤其像〈答謝中書書〉、〈送橘啟〉二文，更精簡到六七十字，恐怕這是世界上最短、最精、最美的小品了。現在我們就以吳均〈與宋元思書〉為例子，向讀者們作一個簡單的賞析。

風煙俱靜，天山共色，從流飄蕩，任意東西。自富陽至桐廬，一百許里，奇山異水，天下獨絕。水皆縹碧，千丈見底，游魚細石，直視無礙；急湍甚箭，猛浪若奔。夾岸高山，皆生寒樹，負勢競上，互相軒邈，爭高直指，千百成峰。泉水激石，泠泠作響。好鳥亂鳴，嚶嚶成韻。蟬則千轉不窮，猿則百叫無絕。鳶飛戾天者，望峰息心；經綸世務者，窺谷忘返。橫柯上蔽，在晝猶昏；疏條交映，有時見日。

這封應酬的書信，全部一百四十四字，把由富春江到桐廬一段沿江景色，描繪得淋漓盡致。這裡沒有客套話，一出手就把此行的時刻，從遊的心情，行程的距離，記述的重點先行鋪敘。然後作者乘舟而下，逐次地寫下順流所見。時而細緻工巧，現出碧水游魚；時而雄偉挺拔，湧出急湍猛浪；時而清秀幽雅，聽到泠泠水聲，嚶嚶鳥語；時而忽暗忽明，看到枝條交錯，含混朦朧，合成了一幅瑰麗迷人的山川美景，像一張橫在目前的動態畫，令人有身在船上，應接不暇之感。

同時作者寫景，並非靜止的畫面，他在多變的沿江景色中，寫水寫鳥，有形有聲有色；寫浪寫山，有生命有活力有氣勢。多變的景物更不是孤立的，如碧水游魚，相映成趣；猛浪高山，負勢競雄；水聲鳥語，和諧成韻，充分展現了大自然的多采多姿。

文到結尾，作者的慧思又輕輕地點破忘情山水的逸趣，同時更對那些陷身名韁利鎖的人們，報以輕蔑的目光。整個文字吐屬雅麗，妙語如珠，真可以說是美不勝收了。

駢文在魏晉六朝，所以極一時之盛，究其原因，大概有以下幾點：⑴文體演進的結果：先秦為發源期，是駢散不分，渾然一體的時代。兩漢可謂胚胎期，是駢散略分，端倪展現的時代。經過長期的醞釀，到了魏晉六朝，便瓜熟蒂落，掙脫傳統的羈絆，成了獨立的文體。⑵四聲八病的發現：我國文學向來重視聲律，又都是氣韻天成，非由人為的運作。魏晉以後，因為佛經的梵唄吟唱，於是有四聲八病的發現，給駢文的成長提供了充分的補給。⑶辭賦的影響，自屈原、宋玉以下，所有辭賦家的作品無不重視鋪張揚厲、對偶排比，這些都和駢文構成的要件相脗合。所以到了魏晉六朝，整個文壇便急轉直下，掀起了一股駢文的狂熱。最後，是帝王的愛好：如東漢獻帝、靈帝，曹氏父子兄弟都喜好排偶鋪張的文字，所謂「上有所好，下必甚焉」。駢文的風行，恐怕帝王的愛好更是一大助力。

魏晉六朝的駢文(二)

從前文的介紹中，可知隨著駢文創作的狂熱，投身其間的作家之眾多，作品之宏富，實在如恆河沙數，難以估計。他們作品的共同特色如何？這當然是一個重要問題。特分五項說明於後。

一、重氣勢：駢文特別強調形式美，不過凡講求形式美的，往往容易忽略內在美。細檢六朝駢文中的佳作，不僅重視辭藻的華麗，同時也強調作品的氣勢。近人孫德謙作《六朝麗指》，便鄭重指出：「麗辭之興，六朝稱極盛焉。見其氣轉於潛，骨植於秀，振采則清綺，陵節則紆徐，緝類新奇，會比興之義，窮形描寫，極絢染之能。」他從氣、骨、采、節四方面，得出潛、秀、清綺、紆徐的結果，可見六朝駢文既會比興之義，又極絢染之能。所以重氣勢是六朝駢文的共同特色之一。

二、篇幅小：六朝駢文雖受漢賦的影響，但是像司馬相如、揚雄、班固的那種京都大賦，動輒數千字的作品，在六朝駢文裡很少見。如曹丕的《典論・論文》，曹植的〈與楊德祖書〉，王粲的〈登樓賦〉，李密的〈陳情表〉等，無一不是短篇小品，有的甚而小到接近「袖珍」的地步。這可以說是六朝駢文的共同特色之二。

三、書札多：魏晉六朝傳世的書札小啟，內容多屬尋常應酬，不過每一篇都流利俊逸，妍雅自然，文中更蘊藏了大量的「辭趣」，讀來有回味無窮之感。今觀《昭明文選》卷四〇、四二、四三，近人葉楚傖主編的《三國晉南北朝文選》，育民出版社印行的《廣註駢文讀本》，各書選入的魏晉六朝書札小啟多屬精品。《文心雕龍・書記》說：「詳總書體，所以散鬱陶，託風采，故宜條暢以任氣，優柔以懌懷。」正指這些作品說的，所以書札小啟之多，是六朝駢文共同特色之三。

四、辭采華美：劉勰《文心雕龍・明詩》上有這樣的幾句話，指「宋初文詠，體有因革，……儷采百字之偶，爭價一句之奇；情必極貌以寫物，辭必窮力而追新」，意思是說到了六朝劉宋初年，詩文吟詠，體式風格，較前大有改變，談玄說理的老莊思想，暫時退出文壇，模山範水的詩作，卻十分流行。當時的作品，多半匹儷成采，連用百字的對偶，為了沽名釣譽，尋求一句的新奇。在內容方面，必窮極外界事物的狀貌，以刻畫其微妙。在形式方面，竭力修飾文辭，以追求新奇的采藻。就拿丘遲的〈與陳伯之書〉來證明吧，這雖是一篇文情並茂、淺白如話的駢文，如果你細讀他的第三段言朝廷寬大為懷，希其迷途知返；第四段言文武勳舊，皆膺重任，何必靦顏事敵；第五段曉之以民族大義，言其處境危險，宜速定計。這三段文字或四言，或六言，或以五、七言雜於四、六之間，其行文無論是敘事、抒情、說理，辭藻的華美，就像成串的珍珠，動人心弦。所以近人王文濡說：「此書妙態環生，清詞奔赴，抑揚合節，跌宕生姿，是之謂舌本有蓮花，腕下生冰雪。」正是指辭采說的。所以辭采華美是六朝駢文共同特色之四。

五、四六定型：六朝駢文的另一共同特色，是四六句的屬對。尤其四六句的間隔作對，給駢文創造了新形式。觀古人行文對仗，多半是上句對下句，即令隔句對仗，也往往運用四言，像劉勰在《文心雕龍・麗辭》裡列舉的事對之例，「毛嬙鄣袂，不足程式；西施掩面，比之無色」。反對之例，「鍾儀幽而楚奏，莊舄顯而越吟」，前者用四言，後者用六言，很少四、六言間隔作對的。可是徐陵的《玉臺新詠・序》，一出手就說：「凌雲概日，由余之所未窺；千門萬戶，張衡之所曾賦。」又云：「楚王宮內，無不推其細腰；魏國佳人，俱言訝其纖手。」再看庾信的〈哀江南賦序〉：「山岳崩頹，既履危亡之運；春秋迭代，必有去故之悲」，全屬四、六言間隔作對。後人稱駢文為四六，則四六定型當然是六朝駢文的又一特色了。

駢文到魏晉六朝始稱極盛，六朝到徐陵、庾信駢文發展達到巔峰。所以徐陵、庾信的作品，可謂集我國駢文的大成，麗辭的頂點。對這兩位大手筆不能不作簡單介紹。

庾信字子山，南陽新野（今河南新野）人，父名肩吾，任梁代散騎常侍。信自幼聰敏絕倫，博覽群書，尤善《春秋左氏傳》。以後奉使北周，被留住長安不放。雖然周世宗對他十分禮遇，但瞻念故園，常有鄉國之思。他在〈哀江南賦〉裡，一則說「燕歌遠別，悲不自勝」，再則說「莫不聞隴水而掩泣，向關山而長歎」，感時傷世，淒婉欲絕。

徐陵字孝穆，東海郯（今山東郯縣）人，父名摛，在梁簡文帝為太子的時候，父子二人均在東宮，頗受禮遇。後來出使北魏，適逢齊受魏禪，淹留北方很久，以後雖然南還，但是不久又遭梁亡，於是出仕於陳，很受陳後主的賞識，當時凡國家的文檄軍書，都由徐陵一手包辦，儼然是一代文宗。

庾信的〈哀江南賦〉，徐陵的〈致僕射楊遵彥等書〉，可說是他們的代表作。兩人所以有崇高造詣，固然是由於他們有文學上的天才，但是家學的淵源和身世的滄桑，也是他們寫出哀豔作品的重要原因。同時他們敘事用典能活能化，流動自然，不假雕琢之筆，就能增加文學上的美感。所以他們每一篇文章出手，無不令人傳寫成誦。因此駢文之有徐庾，如同近體詩之有李杜，可以想見他們在中國文學史上的地位如何了。

最後附帶說明的是，專門研究魏晉六朝駢文的作品不多，如不得已，讀者可向《中國駢文史》、《中國韻文概論》，或早期蔣伯潛的《駢文與散文》，張仁青的《中國駢文析論》裡去找，也許可以滿足你求知的渴望。

隋唐的駢文

本文將隋唐合論，是因為中國的取士制度起於隋唐，而駢文的發展，和這個制度的風行結下不解之緣。從六朝的俳賦而隋唐的律賦，前後一脈相承，使三百年的唐代文壇掀起了革新文運的散文浪潮。這就是將隋唐兩代駢文合論的主要原因。

當隋文帝楊堅一統全國之初，曾經詔令天下，無論公私文書一律實錄，不許用華麗的詞藻。當時四川刺史司馬幼因為表文華麗，立即交付有關機關法辦，作為懲戒的榜樣。隨後有一個擔任侍御史的李諤，為了迎合文帝旨意，上書論文體輕薄，對駢文提出批評。他說：「（駢文）遺理存異，尋虛逐微，競一韻之奇，爭一字之巧，連篇累牘，不出月露之形，積案盈箱，唯是風雲之狀。」建議政府嚴加禁止。可是重形式而輕內容的文壇風氣，想要改弦更張，一時之間相當困難，所以終隋之世，朝野上下仍然盛行齊梁風格的作品。

唐朝三百年的駢文大勢，可以分為初、盛、晚三期。初唐以六朝的麗辭為基礎，流利有餘，而簡重不足；盛唐由於文治武功，均稱極盛，作家吐氣揚輝，寫出了博大昌明的作品，燕、許大手筆，就成了一時之選；晚唐溫庭筠、李商隱英挺特出，造成唐代駢文的極軌，然而和六朝相較，雄厚或有過之，雅麗自然，終有所不及。這就是唐代駢文因科舉取士而益形活躍的大致狀況。

初唐駢文家以四傑——王、楊、盧、駱為代表。這也正是杜甫在〈戲為六絕句〉中說的：「王楊盧駱當時體，輕薄為文哂未休；爾曹身與名俱滅，不廢江河萬古流。」指的正是這四家。他們四家作品的共同特色是措辭清麗，屬對工整，平仄協調，多用四六句法，絕少單行之調。例如王勃的成名作〈滕王閣序〉，相傳是他十四歲，往交趾省親，路過南昌，當時適逢九九重陽，都督閻公和僚屬大宴滕王閣。閻公本屬意於自己的女婿吳子璋作序，藉此誇耀賓客的，想不到王勃抗顏不辭，竟然興到筆隨，寫出了這篇雍容華貴、音調鏗鏘的妙品。文中最引人傳誦的名句如：

落霞與孤鶩齊飛，秋水共長天一色。

老當益壯，寧移白首之心；窮且益堅，不墜青雲之志。

像這種千錘百鍊的文字，不僅如都督閻公的評語：「此真天才，當永垂不朽。」更是時代的精氣，人如果有此一篇，已足以代表一切了。

駱賓王以〈代徐敬業討武曌檄〉一文而名噪天下。文中首斥武后居心險惡，為天地所不容，接著說明興師的緣故，以及軍容的壯盛，最後勗勉內外群臣，共勵忠誠，殲此兇殘。全文氣勢如虹，措辭貼切，屬對自然，在文學技巧上，可說是難得的巨構，無怪乎連武則天看了也要歎服不已。其中膾炙人口的文字如：

海陵紅粟，倉儲之積靡窮；江浦黃旗，匡復之功何遠。

一抔之土未乾，六尺之孤何託？

請看今日之域中，竟是誰家之天下。

這真是一篇鋪陳事實，妙極情文，雖著墨不多，而能使九重動色，天下懾服的文章了。

燕、許大手筆，指的是燕國公張說和許國公蘇頲，當時正是玄宗開元的盛世，兩人以名相而雅擅文章，天下號稱「燕許」。初唐四傑是上承六朝的文風，以流麗著稱，燕、許處太平盛世，以典重見長。由此也可以看出作品的風格和時代背景，兩者互為表裡的關係了。張說的〈大唐西域記序〉，蘇頲的〈大唐封東嶽朝覲頌〉，都可以說是他們的崇文鉅製，粲然成章的代表作。孫梅《四六叢話》曾說：「張燕公筆力沉雄，直追東漢，非獨魏晉以下，然堪相匹，即令唐宋諸家，自柳州而外，未有能相提並論者。」說蘇頲「一覽千言」，「思若泉湧」。

晚唐的駢文，溫庭筠、李商隱集其大成。尤其李商隱，劉昫《舊唐書》說他：「能為古文，不喜駢儷，後從令狐楚學偶對，始有今體奏章。」他的《樊南甲乙集》，開四六定名的先河。孫梅《四六叢話》推崇他的作品是「駢文的準繩，章奏的玉律」，可以想見他在晚唐駢文上的成就和地位。

其他如王維、李白、杜甫、韓愈、柳宗元、劉知幾、白居易等，無一不是駢文中的能手。就拿李白來說吧，他的〈上韓荊州書〉、〈春夜宴桃李園序〉，俊詞麗句，早就騰播士林，膾炙人口了。而〈春夜宴桃李園序〉更是文中的翹楚。如「天地者」二句，「陽春召我以煙景」四句，「開瓊筵以坐花」二句，不僅屬對工整，而逸趣幽懷，流連光景，更引人無限遐想。只有像李白這種謫仙的才華，才能寫出如此曠懷古今的佳構。

唐德宗時候，曾經擔任監察御史的陸贄，有《翰苑集》二十二卷，被蘇軾捧成「智如子房，而文則過；辯如賈誼，而術不疏」的大駢文家，我們應當加以特別關注。從他的作品〈奉天改元大赦制〉、〈環節賦稅恤百姓六條〉、〈論敘遷幸之由狀〉、〈奉天論尊號加字狀〉，可以體會到他的作品不僅切乎實用，純任自然，而且一掃用典浮誇的惡習，使駢文走向散體的境界，得與韓柳當時倡行的古文分庭抗禮。劉麟生於《中國駢文史》稱他是「人傑」，持論公允，深得我心。

兩宋的四六文

「四六」這個詞彙，早在劉勰《文心雕龍・章句》裡就提到過。他說：

四字密而不促，六字裕而非緩。或變之以三五，蓋應機之權節也。

是說四字一句，雖結體緊密，但是讀來毫不急促；六字一句，雖行文寬緩，但是還不至於鬆散。若在四六兩種句型中間，用三字句或五字句加以調節，這是適應寫作需要、通權達變的最好辦法啊！可見「四六」一詞，其來已久，只是當時還沒有把「四六」看做文章的體裁而已。

唐朝柳宗元，曾經作過一篇〈乞巧文〉，文中「駢四儷六，錦心繡口」二句最是突出，清朝孫梅《四六叢話》凡例第一條，曾經推此為「四六」的開山，但是柳氏也和劉勰一樣，還是不認「四六」為一種文體。

真正以文體的態度對待「四六」這個詞彙的，要數晚唐的李義山了。李義山著《樊南甲乙集》各二十卷。在《樊南甲集・序》裡，他說：「作二十卷，喚曰樊南四六。」所以近人孫德謙《六朝麗指》就直截了當地說：「文以四六為稱，乃起於唐之李義山。」又說：「〈樊南甲集序〉申言之曰：『四六之名，六博格五，四數六甲之取也。』使古人早名駢文為四六，義山不必為之解矣。」可見唐朝以前，以「四六」為文體之名的，沒有比李義山更早的了。

李義山既以「四六」為文體之名，後來宋祁、楊億、劉筠、錢惟演等人，都奉他為圭臬，號稱「西崑體」。故宋興一百多年，文章體裁完全承襲晚唐的風氣，直到宋仁宗天聖以後，歐、王、曾、蘇各家大倡古文，才運用古文氣格，行於「四六」之中。於是風起雲湧，蔚成有宋一代的文風。

想知道兩宋「四六」文的真象，必先了解「四六」這種文體所呈現的風格。

一、在氣勢方面：文章沒有氣勢就沒有精神，所以孟子重養氣，曹丕主張文以氣為主，韓愈也說氣盛言宜，蘇轍更肯定文為氣之所形。可見為文的要領，首重氣勢。而駢文的最大缺點是卑弱板滯，不能奇偶互用，可是兩宋「四六」卻能以散文氣勢，行於駢偶之中。

二、在用典方面：以自然流露，沒有斧鑿痕跡為尚。可是駢文家往往喜歡引事用典，以對仗為工巧，或一句為一典故，或二三句為一典故，讀來礙手礙腳，叫人氣竭。但是兩宋「四六」的用典方法，頗能消化典故，為我所用，意到筆隨，毫不牽強。

三、在對仗方面：對仗是駢文的靈魂。沒有對仗，就沒有駢文。駢文既名「四六」，當然以「四」字「六」字的句法為主，或正對，或反對，或事對，或言對，總是在這個範疇裡翻騰。可是兩宋「四六」在對仗方面，卻打開了傳統的僵局，特別喜歡用長聯作對，有的聯語長達數十字，更有以十多句為一聯的。這種現象，正反映出「四六」散文化的特徵。

四、在議論方面：駢文和詩詞一樣，長於抒情，短於說理，所以議論是駢文弱點。反觀兩宋「四六」，由於用散文的氣勢去運作駢文，有時候雖不免措辭迂腐，但是頗能議論風發。這更是「四六」的又一特色。

兩宋「四六」文的代表作家和作品很多，筆者準備採取概括的方式，作重點性的介紹。首先是「西崑體」方面的作家和作品。在楊億、劉筠、錢惟演諸人的互相標榜下，此派在北宋初年可說炙手可熱；而此期的駢文家真正得李義山的神髓，不為後人詬病的，要首推徐鉉。尤其徐鉉為吳王李煜作的墓誌銘，能以老臣之心，表達對故主的哀思，措辭相當得體。如篇末二語：「孔明罕應變之略，不成近功；偃王躬仁義之行，終於亡國。」典故的運用非常貼切，並出之以感慨的語氣，隱含國遭巨變的悲痛，可稱為一代作手。

其次是「歐蘇體」方面的作家和作品。歐陽修是「四六」散文化的鼻祖，蘇軾卻是發揚光大的後起之秀。大家都知道，歐陽修的古文運動，目的在救當時散文的「論卑氣弱」，而當時駢文的卑弱，較之散文更有甚焉。所以歐公的「四六」，就是在駢文之中，運用散文的氣勢，一時蹊徑獨闢，風靡天下，文章為之一變。所以吳子良《荊溪林下偶談》說：「本朝四六，以歐公為第一。」陳善《捫蝨新話》也說：「以文體為四六，自歐陽公始。」孫梅《四六叢話》更以為「至歐公倡為古文，而駢體亦一變其格。」歐公以後，王安石、曾鞏、蘇軾、蘇轍無不群起仿效，唯蘇軾能以豪放的筆墨，揮灑得淋漓盡致。東坡自稱：「吾文如行雲流水，初無定質，但常行於所當行，止於所不可不止。」他的散文如此，他的駢文也是如此。

至於南宋的「四六」作家的作品，初年要推汪藻為第一。他有《浮溪集》三十六卷，〈為隆祐皇后告天下詔〉一文，曾被羅大經的《鶴林玉露》評為「事詞的切，讀之感動，蓋中興之一助也。」中葉以後，南宋的「四六」大家，就算周必大和真德秀了。周必大以文學身登顯爵，他的〈謝復益國公表〉，岳珂《桯史錄》說可以當故事讀。真德秀的〈進大學衍義表〉，孫梅《四六叢話》說是「華而有骨，質而彌工，南宋駢體，西山為一大家。」西山，指的就是真德秀。

兩宋「四六」文的盛行，同時也促進了四六批評著作的發達。如宋徽宗宣和四年（一一二二）王銍首先發表了《四六話》一書，南宋高宗紹興十年（一一四〇）謝伋完成了他的《四六談麈》，以後王應麟的《辭學指南》，楊囦道的《雲莊四六餘話》更相繼問世。到了清朝，彭元瑞又把宋人有關「四六」方面的評論加以整理彙編，成《宋四六話》，還選了一部《宋四六文選》，後出的兩部書就成了研讀兩宋「四六」不可或缺的法門了。近人從事這方面研究的不多，江菊松的《宋四六文研究》，可說是難得的一種，可供參考。

元明的駢文

駢文發展到元明，幾乎形同絕響，追究原因，是由於元以異族入主中原，雖然武功彪炳，建立了地跨歐亞非三洲的四大汗國，但是在學術文化方面卻十分落後，甚而繳了白卷。尤其種族歧視，把中國的讀書人列於乞丐之上，娼妓以下，文運衰落是可以想像的。西元一三六八年，朱元璋逼走元順帝，建立大明王朝。雖然明初諸帝，留心學術，但是在八股文盛行，如日正中天的時候，真正合乎水準的駢文作品，實在不多。所以談到元明兩代的駢文，回顧六朝的麗辭和兩宋的四六，那種稱霸文壇的局面，真教人有不勝今昔之感了。

講到八股文，由於時代的差距，說不定有些人對它很陌生，實際上這種文體是駢散混合的產物。如就它整段作對而論，固當隸屬於駢文；從它的句法單行來看，又可稱為散文。總而言之，它可以說是為了達成政治上的某種需要而發明的文字遊戲。近代周作人先生說：「八股文不但是集合古今駢散的菁華，凡是從漢字的特別性質演出的一切微妙的遊藝，都包括在內。所以我們說他是中國文學的結晶。」周先生的話固然具有真實性，但是由於八股文對章法的要求過分嚴密，格調太過僵化，內容又十分板滯，只重外形，不求實質，所以顧亭林先生曾沉痛地說：「此法不變，則人才日至於消耗，學術日至於荒陋；而五帝三王之天下，將不知其所終。」可見在八股文風行下，作品只是漁獵名利的工具，沒有甚麼文學可言。

雖然元荒明陋，久成定論，但是在荒陋之外，仍有一些文人學士寄身翰墨，見意篇籍，展現了他們的才華。單就駢文來說，在元就有王惲、姚燧、王構、趙孟頫；在明有宋濂、解縉、楊士奇、李東陽、王守仁、歸有光、王世貞、湯顯祖、盧象昇等。以下就依此再分別敘述。

元代學者歐陽玄曾經說，元人文章於中統、至元之間，文龐而雜；於元貞、大德之間，文暢而腴；於至大、延祐之間，文麗而貞；於泰定、天曆之間，文贍而雄。王惲號秋澗，他正是元成宗大德（一三〇〇）以前的人，著有《秋澗集》一百卷。《四庫全書總目提要》說：「惲文源出元好問，其波瀾意度，皆不失前人矩矱。」尤其他在論事、論政方面的作品，凝麗典重，尚保有元初四六的風格。

姚燧字端甫，自號牧菴，他是元仁宗延祐（一三一四）以前的人。有《牧菴集》五十卷。和他同時的吳善，稱牧菴的文章，是一代宗匠。張養浩也說：「牧菴才驅氣駕，縱橫捭闔。」所以單看牧菴典冊詔令的文字，就知道他駢散兼長，有不可多得的才華。

王構字肯堂，活躍於元武宗至大（一三一〇）前後。他的《修辭鑑衡》二卷，上卷論詩，下卷論文，是後人評文論藝的重要參考著作。蘇天爵《元文類》輯錄詔制冊文的時候，對王構的文章相當推崇。

元末趙孟頫字子昂，號松雪道人，能書能畫。書法稱雄一世，畫也列入神品。觀《松雪齋集》首卷，所收的辭賦五首，其對仗用韻，無一不臻於駢文的上乘。可是一般人只知道他書畫的造詣，完全忽視了他在駢文方面的成就。

明太祖朱元璋生於憂患，長於畎畝，以布衣號召天下，卒能驅除胡虜，重開一統的大業。自明成祖永樂以後，到明憲宗成化以前（一四〇三～一四八七），這八十多年間，四海昇平，民殷國富，於是詩文風騷，盛極一時。其中的駢文家宋濂、解縉和楊士奇，都是明朝初年人。宋濂字景濂，著述豐富，有《宋學士全集》三十六卷。他作的〈文原〉上下篇，是專門論文的著作。大抵而言，宋濂的記敘文，能以渾灝之氣，對仗之句，行於排偶之中，例如〈進元史表〉，就是他用四六行文的代表作。

解縉字大紳，自幼聰敏，因為率性而行，被人目為狂生。不過他學問淵博，下筆千言，倚馬可待，有《文毅集》十六卷傳世，他的〈進太祖實錄表〉，儷體成文，可謂佳構。

楊士奇在海內宴安的政壇中，身居高位，德隆望重，當時的制誥碑版，大部分出於楊氏之手。他的〈兩朝實錄成史館上表〉一文，雍容華貴，有典有則，紀文達說：「其文雖乏新裁，而不失古格。」

明代中葉的李東陽、王守仁、歸有光、王世貞等人，允稱駢文大家。例如李東陽的〈重進大明會典表〉，被人推為皇華巨麗，高文典冊之作。王守仁以學者而平定宸濠之亂，不僅天資異敏，治學也有本有原。今觀《王文成公全書》，其中奏疏部分，多用偶語，行文極為自然。歸有光學本經術，平生喜好太史公書而得其神理，所作雖多為散體，但於公文小箋，多用駢詞儷句。王世貞號弇州山人，才富學飽，高唱「文必兩漢，詩必盛唐，大曆後書勿讀」，可是他的辭賦，如〈靈洞石賦〉，遣詞造句，典麗沉博，可見他是一位散文大家而兼擅駢體的能手。

湯顯祖、盧象昇都是明代晚期的學者。湯氏專擅詞曲，他的「臨川四夢」久已膾炙人口，蜚聲騷壇；但是他的駢體小簡，更雋美可誦，被人推為極品。盧象昇，精於將略，有曠世奇才。由於迭破李自成而聲威遠播，他的〈寄訓室人〉、〈寄訓子弟〉，雖然是橫槊作書，但文字雅麗，動人心弦。吾師成惕軒先生的《駢文選注》，曾錄有各代駢文作品的代表作，並精選詳注，值得參考。

清代的駢文

駢文發展到清代，有再度興盛之勢。究其原因，不外以下六點：

一、清初國富兵強，政局穩定：任何一種文體的發展，所以有獨特成就者，多半得力於民生富庶，社會安定。清初三帝，正是民殷國富的極盛時期，給駢文準備了一個發榮滋長的溫床。

二、當政者的提倡：所謂「上有所好，下必甚焉」，如果當政者竭力提倡，響應的人士便如雨後春筍，風氣為之丕變。清初三帝精力過人，博涉群書。他們對漢學都具有相當根柢。如《康熙字典》、《淵鑑類函》、《子史精華》、《古今圖書集成》、《四庫全書》、《唐宋文醇》，大都完成於此時，為學術研究做了鼓吹和示範的作用。

三、實行奴化政策：滿清為避免漢人反對，加強控制，便實行高壓手段，大興文字獄。文人學士既不敢放言高論，便轉而走向故字堆中，借考據之名，行避禍之實。有的並且採取低姿態，向滿清政府靠攏。駢文這種雍容華貴的文體，剛好就成了這班人歌功頌德的最佳工具。

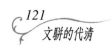

四、科舉取士：駢文和科舉是孿生的兄弟，不能脫離關係。凡是參加科舉考試的舉子生員，必須熟練八股文。作者在〈元明時代的駢文〉中，曾經說過八股文雖然不是駢文，但是並非散文，是介乎駢散之間的一種文字遊戲。科舉考試既以八股文為決策發科的標準，其作法剛好和駢文接合。駢文受此影響，因此再度抬頭。

五、江南富庶，人才輩出：根據前人的統計，在清代兩百六十八年的統治下，以駢文成名的作家多達一百多位。其中八十三人都屬江、浙人士。其他安徽省的八位，河北、山東、河南、湖南、福建、江西等省各一二一人，足徵地靈人傑，是和文風攸關的。

六、考證學的興起：駢文既以用典為特色，就必須取用前人的材料。所謂「據事以類義，援古以證今」者是也。這些材料的甄擇，都和類書的編輯有關。類書正是清代考證學家整理、編纂和據以考古證今的重要工具。所以駢文家大都是考證學家，足徵駢文得到考證學家的幫助，不啻如虎添翼了。

清代駢文的發展，到了道光、咸豐以後，隨著政局的動盪，又由盛而衰，最後終於走上一名存實亡的悲局。它演變的過程大致是這樣的：首先是由於道光、咸豐以來，清廷內憂外患，紛至沓來，尤其在道光二十二年（一八四二）「中英鴉片戰爭」，滿清戰敗，訂立「南京條約」以後，國勢一蹶不振，再加上太平軍的起義，捻黨的叛亂，其初年的政治安定，民生富庶的盛況，已經如雲煙過眼，可望而不可即了。當時整個的大環境已經土崩瓦解，駢文的發展當然受其影響也陷於衰微狀態。

其次，是中英鴉片之戰，洋人以船堅炮利的優勢，瓦解了中國幾百年來的閉鎖政策，使中國海疆解體，藩籬盡撤，西洋文化遂乘機大量輸入。西洋文化以科技見長，國人既為西方的船堅炮利所震懾，當然認為中國傳統文化不足以應付未來的變局。於是原本以研究傳統文化為志趣的傑出之士，現在轉向科學技術的研究，駢文的發展遭到封殺。

再其次是傳統文體的廢棄。在清帝遜位，民國成立之後，由於政治體制的改變，文章體製也隨之而變。在封國建君的時代，原來所謂的「章表奏議」，「記傳盟檄」等文體，在民主自由開放的社會裡，注定遭受淘汰的命運。文體改變了，駢文的華辭麗句也派不上正式的用場了。

至於清代的駢文作家和作品，過去劉麟生編的《中國駢文史》裡，從作品的風格上，把當時的作家分為博麗派、自然派、常州派、六朝派和宋四六派，各派又各有代表的作家和作品，如博麗派的陳維崧、胡天游、袁枚、吳錫麒。自然派的毛奇齡、紀昀、王太岳、邵齊燾。常州派的洪亮吉、孫星衍、李慈銘。六朝派的孔廣森、汪中、王闓運。宋四六派的張之洞，都各樹一幟，抗衡千古。乾隆時，吳鼒輯有《八家四六文鈔》，清末，王先謙又輯有《十家四六文鈔》，在這些集子裡，還完整地保留著他們的作品。

綜觀清代駢文，雖然有上百個作家和不可計量的作品，如果加以類聚群分，他們行文的風格，大別言之，約分以下四點：⑴清俊：大多數的作品都能追摹古人自然的風氣，六朝的遒麗和兩宋的靈巧，將駢文帶入一個嶄新的高潮。⑵精鍊：他們雖然模仿兩漢魏晉的作品，但是不強調新奇，不堆砌典故，平鋪、自然，有一種精整鍊達的情致。⑶博麗：有些作家模擬盛唐燕許大手筆，和明代初年的三楊頗接近，雍容華貴，典雅不群，具有臺閣體的風範。⑷圓熟：這類作品雖然比較平庸，但是完備老到，玲瓏剔透，讀來令人有處處妥貼，無懈可擊之感。

另外，還有一點必須附帶說明的，就是關於評論性的著作，也隨著駢文的盛行而掀起了寫作的狂熱。例如專事批評駢文論著的，有陳維崧的《四六金鍼》，內容在集中討論駢文的寫作技巧。如謀篇、遣詞、體製、格式等，是研究駢文作法的重要作品。其次是孫梅的《四六叢話》，書中不僅詳述駢文的演變，更推闡駢文的思潮，具有特識。至於李兆洛的《駢體文鈔》，提出駢散不分的主張，陳義極高，足為後世駢文評論的借鑑。吾友香港大學教授陳耀南先生的《清代駢文通義》，深入淺出，初讀而有興趣者頗可留意。

民國以來的駢文

民國是一個嶄新的時代，無論是政治、經濟、社會、學術文化都有突破傳統的發展。駢文既是中國文學的一體，如果容我們回顧以往講過的內容，發現自三代以迄民國，三千年來的成長過程，可以分成八個階段。

(1)發源期：時代約在周秦，當時的作品，如經典、諸子、史傳，它們共同特質就是駢散不分。(2)萌芽期：又叫醞釀期。時間約當兩漢。假使我們把《史記》與《漢書》，賈誼《新書》與《蔡中郎集》，加以比較，顯然已有駢散兩分的跡象。(3)成長期：或名定型期。大致是在魏晉六朝，前有曹丕、曹植，後有庾信、徐陵，他們都是駢文的龍鳳，詞壇的瑰寶。(4)全盛期：約當隋唐之世。其間初唐四傑，盛唐燕許，尤其中唐的陸宣公奏議，更把駢文帶向新高潮。(5)革新期：又名轉型期。約當初宋時代。兩宋的「四六」為駢文開創了新模式，同時也是駢文由盛而衰的先兆。(6)衰微期：元明兩朝學術荒陋，駢文至此已呈老態，雖有三楊的臺閣體支撐殘局，但已無力回天。(7)復興期：由於清代學術鼎盛，駢文為學術的一環，因而造成迴光返照的局面。(8)潛伏期：民國以來由於政體的改變，影響到文體，形勢所迫，遂使駢文如龍潛藏，無用武之地了。

民國以來的駢文發展，如果和前代相比，有不堪回首之悲。究其原因：一方面由於風氣的轉變，另一方面也因為價值觀念的不同。今天是一個科技掛帥的時代，自中英鴉片戰敗，迄今一百五十多年來，西方的政治、經濟、社會、文化挾其船堅炮利的威勢，沛然東來，甚而淩駕我傳統文化之上而日趨嚴重。因此，在大家一致效顰的狂瀾下，整個學術研究價值的觀念，發生了根本上的動搖。「駢文」這個如同強弩之末的文體，至此便不得不宣布瓦解冰消了。

政府自民國十七年，實行新學制以後，八十年來，教育文化政策所強調的只是英文、數理，國家語文和社會學科，久已淪為學校課程表上的花瓶，不要說是中國文學中的駢文，就是其他如詩歌、小說、散文，凡所謂的傳統文化，民族遺產，又無一不是江河日下，乏人問津了。

雖然如此，一些有心的人士，仍然在鍥而不捨地默默耕耘，企圖為中國古典文學保留一線血脈，觀錢基博的《現代中國文學史》，張仁青的〈六十年來的駢文〉，他們所列的駢文家，計有劉師培、李詳、王式通、孫德謙、孫雄、饒漢祥、梁啟超諸人。劉師培有《左盦文集》，雄麗可誦。李詳師法鄉賢汪中，為文注重隸事，以辭藻華贍著稱。孫德謙著有《六朝麗指》，推崇氣韻，力主泯除駢散之爭，文章析理精微，能言人之所不能言。孫雄有《師鄭堂駢體文存》，文辭典雅高潔，可謂一時宗主。饒漢祥曾經擔任過袁世凱、黎元洪的祕書，喜歡用四六為公牘文字，多有佳篇傳世。梁啟超以新民叢報體獨創一格，而他作的〈孝定景皇后祭文〉卻純屬駢體，雅麗黼黻，有逸韻之美。

至於當前以駢文名家的有成惕軒、謝鴻軒、張仁青、陳松雄等。成惕軒先生字楚望，湖北新城人，著有《楚望樓駢體文》內外篇及續編。他作的〈山房對月記〉、〈美槎探月記〉被時人評為「構思綿密」，心裁別出，雋永可誦，與謝莊〈月賦〉，張若虛〈春江花月夜〉，李白〈把酒問月〉，蘇軾〈水調歌頭〉相較，雖然時地不同，寄情各別，但是皆為傳世名篇。謝鴻軒先生，安徽人，著有《駢文衡論》上中下三冊，凡十八章，五十多萬言。他作的〈第一屆國民大會第四次會議全體代表祭告　國父文〉，時人以為「繩其世緒，宏玄暉希逸之餘音；方以楚辭，得子政叔師之遺志」，獲得很高的評價。張仁青先生，有梅山逸士的雅號，平生專攻駢文，有理論，有創作，如《駢文學》、《中國駢文析論》、《駢文觀止》，早期又有《歷代駢文選》上下冊的編纂。《粹芬閣麗體文》是他的重要文集，書中所收的〈山房尋夢記〉、〈瑞安林尹先生六秩華誕頌〉、〈陽新成惕軒先生六秩華誕頌〉，雅麗欲流，都是膾炙人口的上品。陳松雄先生，華仲麐、成惕軒兩位先生的高足，並深得其駢文神髓，曾任東吳大學中文系主任，著有《齊梁麗辭衡論》。他自謂「承良師之雨化，慕敬輿之風標；心好麗辭，允執不厭。」人或美其作「步武徐庾，清麗可誦」，信非溢美！

另外有的人雖然不以駢文名家，卻對駢文極具素養，如孫中山先生。先生為我革命建國之父，他的《三民主義》早就家喻戶曉，成為《中華民國憲法》的最高指導原則了；可是很少有人注意到他在中國古典文學上的功深養到。譬如〈心理建設自序〉、〈黃花岡烈士事略序〉及〈中華民國臨時大總統就職宣言〉等作，駢中有散，散中有駢，所謂「麗句與深采並流，偶意共逸韻俱發」，文章之美，可謂觀止。又有新文學界的領袖，以語體散文名世的，如朱自清先生。先生字佩弦，他的〈背影〉，久已騰播士林，而〈匆匆〉一文，卻是有意以語體形式，表現對仗排偶的駢儷效果，讀開頭幾句，「燕子去了，有再來的時候；楊柳枯了，有再青的時候；桃花謝了，有再開的時候」，細加品味，可以體會朱氏在中國古典文學上的工夫。

在今天來說，展望未來，駢文所面臨的已不是有用無用，或應存應廢的問題，而是語體與駢文如何接合的問題，這不是駢文的自救，而是大有可能的事實。例如《楹聯叢話》記茶亭的一副對聯：「四大皆空，坐片刻無分你我；兩頭是路，吃一盞各自東西。」吐詞平淺，莊中帶諧，極富情趣。假使今後的駢文作品，能以這種平易淺明的面貌呈現，我想很可能會脫胎換骨，受大家重新肯定的。

小說之部

先秦的小說

——神話、傳說和寓言

「小說」這個名詞，最早出現於《莊子》的〈雜篇・外物〉。所謂「飾小說以干縣令，其於大達亦遠矣」，是說修飾小行，利用言說，以求高名令譽，和治國安邦的大道相較就差得太遠了。很顯然的，這裡的「小說」是指小行瑣語講的。東漢桓譚著《新論》，以為「小說家合殘叢小語，近取譬喻，以作短書，治身理家，有可觀之辭」，稱小說是「合殘叢小語」、「短書」，頗有輕視之意，但對小說的概念，已有顯著的進步。班固的《漢書・藝文志》，在九流十家之末，列出了「小說家」一類。說它是「出於稗官，街談巷議，道聽塗說者之所造也」。看樣子，小說在班固眼裡，是沒有學術根源的玩意兒。劉向也說它「淺薄不中義理」，所以千百年來，儘管有不少人寫小說、讀小說，但大多數的作者和讀者仍然以為它是小道。這便是造成中國古典小說起步晚，發展慢，障礙多的重要原因。

因為中國文學的源遠流長，本人準備在這個小說系列裡，分成九個層面進行介紹，並特別突顯各代小說發展的重點。如先秦的小說，大抵以神話、傳說和寓言為主；兩漢的小說，卻傾向於神仙故事；魏晉南北朝，四百年的時間，由於受佛教影響，鬼神志怪的作品，形成小說中的一大特色；唐代是傳奇的天下；兩宋小說的「話本」，是比較特殊的文體；元代由於蒙古人入主中原，小說大致轉向於講歷史故事；明代小說，除了四大奇書以外，神魔鬼怪的作品，成一時風尚；清代小說，無論是言情、諷刺、狹邪、公案、武俠等樣樣俱全，可說是多采多姿；時至民國，因為西方文化的影響，作風完全改變，取傳統而代之的就是「新小說」了。

先秦小說是中國小說演變中的萌芽期。當時的神話、傳說和寓言，可說是我們祖先為小說藝術創造的最早形式。神話，是以神為中心的古代迷信；傳說，即憑口耳相傳的先民神話；寓言，為寄託勸喻或諷刺意義的各種故事。三者雖然同源異流，但都是中國文學的巨匠，人們的良師益友，而且它們的客觀意義又往往能突破時間和空間的局限，膾炙人口，歷久彌新。

上古神話和傳說散落於各種先秦典籍中，現存資料最多而且較為完整的著作，就是《山海經》。此書共分十八卷，原題為夏禹、伯益的作品，其實，情形相當複雜。根據近人袁珂《中國古代神話》的考訂，以為〈五藏山經〉是東周時代的作品，〈海內外經〉可能作於春秋戰國，〈大荒經〉及〈海內經〉當係漢人所作。由此看來，《山海經》簡直就是後人輯錄而成的一部神話的總集。

〈五藏山經〉又簡稱〈山經〉，〈海內外經〉和〈荒經〉又簡稱〈海經〉。尤其〈海經〉部分，保存中國古代神話傳說的資料很多，向來被推崇為研究中國古代神話傳說的瑰寶。例如在〈海外南經〉、〈海外西經〉、〈海外北經〉、〈海外東經〉裡，講了各式各樣許多有趣的國家和異人。像大人和大人國的傳說，講龍伯國大人，一釣竿就釣上來六隻背大如山的餓烏龜。長翟國的人身長三十多丈，橫著躺下來，就佔了九畝寬的地，割下一個死人的腦袋，用車子拉著，他的眉毛都冒出車子前面的橫木上來，這恐怕是世界上有史以來最長的人了。

在蜮民國的東邊有個貫胸國，貫胸國的人胸前都有一個圓圓的窟窿，從前胸透到後背，看起來雖不十分雅觀，但是有一項實用價值，就是出門走遠路，如果沒有轎子代步的時候，他們只要用一根長竹竿，當胸一貫，抬起來就走，既輕便又省事。至於貫胸國的人，胸前那個圓圓的窟窿，到底是怎麼來的呢？據說這和夏禹王有關，那更是另一個有趣的神話，在這裡是說不完的了。

《楚辭》中如〈離騷〉、〈天問〉、〈九歌〉、〈招魂〉裡，也保存了不少中國神話傳說的資料，尤其〈天問〉，更是光怪陸離，無所不包。另外，《穆天子傳》也是一部神話傳說的專集，裡邊講周穆王駕著八駿馬，由造父為御，巡行天下，北到流沙河，西登崑崙山，還曾經和西方王母大會於瑤池之上呢！

寓言在先秦子書裡，蘊藏量相當豐富，《莊子》更是寓言的大本營。可以說離開寓言，《莊子》就不能成書。《莊子》的寓言，大都想像奇偉，出人意表。例如在〈逍遙遊〉中講「鯤鵬海運」的故事，十分壯美，令人神往。又如「坎井之蛙」、「運斤成風」、「痀僂承蜩」、「庖丁解牛」，每一個故事，都想像豐富，極盡誇張的能事。

《孟子》書的寓言，大致平實淺顯，文字不多，卻生動有力。如「揠苗助長」、「王良嬖奚」、「楚人齊語」、「逢蒙殺羿」、「齊人一妻一妾」等。《列子》書中的寓言，富於科學幻想。如「扁鵲易心」、「小兒辯日」、「偃師造人」、「杞人憂天」、「愚公移山」等約九十多則。《韓非子》全書三百多則寓言故事，都是用來宣揚自己的政治主張，在文學創作史上是很突出的。如「和氏獻璧」、「鳴必驚人」、「南郭吹竽」、「守株待兔」等。其他像《晏子春秋》、《呂氏春秋》、《戰國策》，這些先秦著作中，寓言故事之多，可以說是指不勝屈。

先秦時代的神話、傳說和寓言，對後世小說創作的藝術構思，發生過很大的影響。如《西遊記》、《聊齋志異》、《儒林外史》中的某些題材，還都是向它取樣的。甚而被稱為古典寫實主義小說頂峰的《紅樓夢》，開頭的地方，不也是從「女媧補天」的神話故事，激發了作者的神思，去經營謀篇的嗎？

兩漢的小說

——神仙故事

時代到了兩漢，班固《漢書・藝文志・諸子略》以為小說家「出於稗官」。如淳注：「細米叫稗，街談巷說多屬細碎之言，王者想知里巷風俗，故改立稗官，負責講述這些不登大雅的小故事。」根據這個說法，我們再看班氏在「小說家者流」中，所著錄的十五家，一千三百八十篇作品，大別可分三類：有依託古人的，如伊尹說、鬻子說、師曠、務成子、宋子、天乙、黃帝等七種；有記故事的，如周考、青史子等二種；有確知為漢人寫作的，如封禪方說、待詔臣饒心術、待詔臣安成未央術、臣壽周紀、虞初周說、百家等六種。時至今日，由於它們全部亡佚，詳情如何？已經很難深考了。

現在所謂的漢人小說，多屬後人依託。

如相傳為東方朔撰的《神異經》、《十洲記》，班固撰的《漢武帝故事》、《漢武帝內傳》，郭憲撰的《漢武洞冥記》，劉向撰的《列仙傳》，揚雄撰的《蜀王本紀》，陳寔撰的《異聞記》，伶玄撰的《飛燕外傳》，以及撰人不詳的《徐偃王志》等，為數確實不少。但如從內容上加以考察，卻又大都環繞著兩個主體進行：一是以「漢武帝」為主要的對象，一是以「神仙故事」為敘述的重心，這種有趣的現象，很值得玩味。

漢武帝身為一國之君，所以能成為神仙故事中的關鍵人物，他的迷信鬼神，追求長生，和富有神話色彩的宮廷生活，當然是「上有所好，下必甚焉」的重要關鍵，於是陰陽五行，災害變異，以及「服食求神仙」的種種荒唐無稽之談，形成了一種社會風氣。遂給漢武帝和他周邊大臣如東方朔之流的人物，披上一層神祕性的外衣，而活躍於小說家的腕底筆端了。

相傳東方朔撰的《神異經》，是繼《山海經》以後，最早的一部以地理而兼博物體的神仙故事。書中最富趣味的如「東王公」、「尺郭」、「樸父」、「山𤢖」以及「河伯使者」等，都是膾炙人口，玩味不厭的作品。《十洲記》又名《海內十洲記》或《十洲三島記》，據說也是託名東方朔撰。書中記鳳鱗洲所產續弦膠的功用，極富神話色彩。事情發生在漢武帝天漢三年，帝巡幸北海，祠恆山，四月，西方王母派使者獻續弦膠四兩，吉光毛裘兩件。武帝以為是平常之物，不加重視。有一次，武帝在上林苑射虎，弓弦折斷，於是抹上續弦膠少許，弓弦馬上就黏得十分牢固，武士們用力拉掣，也不會斷。帝此時始知續弦膠不是普通物件。至於吉光毛裘，穿到身上能入水不沉，入火不燃，更是人間的至寶了。

前人題為班固撰的《漢武帝故事》及《漢武帝內傳》兩書，內容多屬神仙怪異的事，尤其對西天王母降臨敘述得特別詳細。說是七月七日，武帝在承華殿齋戒，施設帷帳，燒兜末香，香如大豆，氣如蘭麝，聞到它，可以起死回生。當天夜漏七刻，夜空如洗，雷聲隱隱，天泛紫光。不久，王母乘紫車，玉女夾馭，頭戴七勝冠，腳穿鳳文鞋，青氣如雲，此時有兩青鳥侍立王母身旁，下車後，武帝迎拜，請賜不死之藥。王母拿出仙桃七個，母自食兩個，五個送帝，並且說：「此桃三千年一熟，非下世凡品，吃了可得極壽。」兩人談到五更時分，王母方纔起身離去，帝依依不捨，惆悵良久。另外「金屋藏嬌」的故事，雖非怪談，倒屬奇聞，由於眾所周知，在此就略而不論了。

又有《漢武洞冥記》，據說出於東漢郭憲之手。全書共六十則，講的全是神仙道術和遠方怪異的事。例如其中〈宮人麗娟〉一則：記漢武帝所幸宮人名麗娟，年十四，玉膚柔軟，吐氣如蘭，身體輕弱，即令衣裳輕拂，也會傷及肌體。每當啟唇輕歌，必請大音樂家李延年唱和。有一次，在芝生殿唱〈迴風〉之曲，弄得庭中花樹如同秋風掃葉，翻落滿地。帝經常把衣帶拴著麗娟的袖子，閉在重重帘幕之中，原因是怕她隨風吹去。試問世上有這樣體態輕盈的女人嗎？相當引人遐想。

經學家劉向，是一位不折不扣的圖書目錄學鼻祖，卻頗好神仙，晚年更是嚴重。相傳他著有《列仙傳》二卷，內容多半在宣揚神仙道術，例如其中講「蕭史妙吹，鳳雀舞庭」的故事：據說蕭史是春秋時代秦穆公時候的人，長於吹簫，能使孔雀來朝，白鶴舞庭。穆公有女叫弄玉，以笙相和，遂結連理。夫婦住在鳳臺之上，每天教弄玉吹簫，作鳳凰之鳴，於是鳳凰與百鳥齊集。有一天，他們竟隨鳳凰飛去，秦人為了紀念這一對夫唱婦隨的佳偶，就專門建造了一座鳳女祠於雍都之宮（宮在今陝西鳳翔境）。附近居民還時常聽見有簫聲傳來呢！這真是一個極富傳奇性的故事，讓天下有情人不禁為之嚮往。

揚雄的《蜀王本紀》，是一本雜史體的神怪小說，專講蜀之先王「望帝」開國的事。陳寔的《異聞記》，據說是葛洪假託的，書既然以《異聞記》命名，其中雜記各種異聞，非僅敘述異域怪談、人物奇事而已。

兩漢的神仙故事，對六朝志怪、唐代傳奇、兩宋平話，尤其明清雜劇，都有深遠的影響。例如《神異經》裡，記人們用爆竹以逐山臊的故事，此即《荊楚歲時記》所載除夕燃放爆竹的由來。《漢武帝故事》裡所載東方朔偷桃及漢武會王母的故事，明朝吳德修改寫為《偷桃記》傳奇，楊維中有雜劇《偷桃獻壽》，和清代楊潮觀的《偷桃捉住東方朔》雜劇等，以上不過略舉數例。其實，兩漢小說雖多屬依託，但影響我國後世文學很大，值得研究的地方頗多。

魏晉南北朝的小說(一)

——鬼神志怪

介紹了周秦兩漢的神話、傳說、寓言和神仙故事以後，時間邁進了魏晉南北朝，小說發展的腳步，也隨著時代的脈動，突然出現了大量的談鬼神、說怪異的所謂「志怪」小說。使我國小說的寫作，也由原來的支離片段，提高到粗具規模的境界。

「志怪」小說之於本期所以一枝獨秀，大概是因為從東漢末年到南北朝，一直是戰亂頻繁。五胡入侵後，更造成我國國土的長期分裂，大亂以後又繼之以荒年，人民生活十分困苦，在萬般無奈下，人人只希望早日脫離苦海，得到解脫，於是便寄情神怪，憧憬來世，這可以說是「志怪」小說發達的第一個原因。

佛教自東漢明帝永平十年（六七）傳入我國後，至南北朝而廣泛流行。佛教講求的是因果報應，和死生輪迴，尤其當亂離連年，一些不堪壓榨、飽經憂患的世族地主與文人學士，他們消極悲觀的思想和佛教冥報之說相結合，冀求精神的麻醉，夢想世世享樂，這可以說是「志怪」

小說發達的第二個原因。

當時有識之士為了抵抗印度佛教思想的侵略，於是雜揉黃帝、老、莊、列禦寇之說，附會民間代代相傳的神怪奇談，於是發明了道教（又叫五斗米教）。道教講求的是養生、服食、辟穀、吐納、練氣、煉丹，以求益壽延年，長生不老。這種宗教的迷霧，幾乎籠罩了當時整個社會。自然就成了「志怪」小說發達的第三個原因。

我國向來是以儒家的孔孟思想為主流。孔孟講求的是現實主義，摒棄不切人生日用的怪力亂神，並冀求把理想的天國，建築在眼前的世界。因為來世輪迴既不可預知，今生幸福必須追求，所以儒家思想最切實際。想不到魏晉南北朝由於佛教東來，道教盛行，以及人心思治，民不聊生，於是傳統的孔孟學說漸遭輕蔑，相反地怪力亂神，卻大行其道，這便是「志怪」小說發達的第四個原因了。

近人魯迅著《中國小說史略》說：

中國本信巫，秦漢以來，神仙之說盛行，漢末又大暢巫風。而鬼道愈熾。會小乘佛教亦入中土，漸見流傳，凡此，皆張皇鬼神，稱道靈異，故自齊迄隋，特多鬼神志怪之書。

以下分成魏晉和南北朝兩個階段，看一看當時稱為鬼神志怪的到底有哪些書。

魏晉時期的志怪小說，相傳有題為魏文帝曹丕撰的《列異傳》三卷，齊張華《博物志》十篇，葛洪《集異傳》若干篇，干寶撰《搜神記》二十卷，王嘉《拾遺記》十九卷，託名陶潛的《搜神後記》十卷，祖臺之《志怪錄》四卷，戴祚的《甄異傳》三卷。

南北朝時期的志怪小說，計有劉敬叔的《異苑》十卷，劉義慶著《幽明錄》三十卷，題名祖沖之作的《述異記》十卷，東陽無疑的《齊諧記》七卷，吳均《續齊諧記》一卷，孔約的《志怪》四卷，荀氏的《靈鬼記》四卷，謝氏的《鬼神列傳》二卷，陸氏的《異林》，王琰撰的《冥祥記》十卷，顏之推撰的《冤魂志》一卷，《集靈記》十卷，侯白的《旌異記》十五卷。

綜觀此一時期的志怪小說，數量之龐大，作者之眾多，可謂空前未有。以劉義慶而言，他不但著《幽明錄》三十卷，根據《齊書》本傳記載，他還作有《宣驗記》三十卷，《世說新語》八卷，《小說》十卷，《徐州先賢傳》十卷。劉氏可以稱得上是六朝最大的小說家。只可惜以上所錄的數十種志怪書大部亡佚，居今能看到的並不很多。

在這些志怪小說裡，干寶的《搜神記》是保留得相當完整的一部著作，依照《晉書》本傳，知道干寶於東晉元帝初年（約當三一八）前後尚在世。干寶字令昇，河南新蔡人。少有才器，為著作郎，因平杜弢有功賜關內侯，後遷散騎常侍。性好陰陽術數，曾見他父親的女婢死而再生，哥哥氣絕復蘇的怪事，於是搜集古今神祇靈異，人物變化，成《搜神記》二十卷。他寫作此書的目的，是要「證明神道之不誣」。從內容上看，書中既有神祇靈怪，又有神仙五行，更偶爾加雜些釋教輪迴之說，所以劉琰說他是「鬼中的董狐」，就知道本書的精神所在了。例如「董永亡父」、「干將莫邪」、「韓憑夫婦」等，都是書中名作。有的講忠於主人，盡忠職守，有的講反抗暴政，見義勇為，有的講情意纏綿，悱惻動人。現在就拿「韓憑夫婦」的恩愛故事來管中窺豹，看看他「志怪」的真象。

宋康王看到韓憑的妻子何氏貌美出眾，便強行霸佔。韓憑怨王，含憤被囚，不久便自殺身死。他的妻子何氏趁著和康王登臺觀賞風景的機會，也跳臺自盡。在何氏的遺書裡，要求將她和韓憑合葬，康王不但怒而不許，還硬是把他們分埋兩處。奇怪的是，隔天之後，有兩棵很大的樟木，生在兩墳之端，十天不到，就大可盈抱，根交於下，枝錯於上。又有鴛鴦雌雄一對，棲於樹端，從早到晚，交頸悲鳴，音聲感人。宋國人都為此悲痛不已，就給這兩棵樹起個名字叫相思樹。

這篇小說在善惡對照、愛憎分明中，刻畫出一對恩愛夫妻，至死不渝的愛情，用樹木做橋，以相思為子，給後世留下了一段淒豔動人的情話。現在敦煌變文中的〈韓朋賦〉，戲曲中的《青陵臺》，甚而不斷扮演的「梁祝故事」，恐怕都是從這篇小說取材的。

魏晉南北朝的小說（二）

——鬼神志怪

講到干寶的《搜神記》，不禁聯想起署名陶潛作《搜神後記》中的〈桃花源記〉一文，託言避秦，自闢一假想的人間樂土，贏得後人如王維作〈桃源行〉，謝枋得作〈慶全庵桃花〉，所謂「春來遍是桃花水，不辨仙源何處尋」，成了大家夢想的安樂國。此外，如〈穴中仙館〉、〈韶舞〉、〈醴陵縣人〉等，與此均有異曲同工之妙。

劉義慶的《幽明錄》也是志怪小說的傑構，其中「劉晨阮肇入天台」的故事，更具有引人入勝的魔力。內容是說：

> 當東漢明帝永平五年（六二），浙江剡縣（今浙江嵊縣）人劉晨、阮肇遊入天台山（在浙江天台北境）取穀皮，因為迷失方向不能出山。經過十三天的掙扎，糧盡力乏，餓得要死。這時，遙望遠山有棵桃樹，結有子實，便費盡平生力氣，攀藤援葛而上，各吃幾個桃子充飢。然後又

下山取水喝，隨著山泉，逆行二三里，看見溪邊有兩位姿色絕世的女子向他們打招呼，情形如同舊識，於是同歸女家。女家住的是磚瓦房，絳羅帳，象牙床，帳內四周掛著小鈴，金銀交錯，十分鮮亮。當晚，於熱情款待後，劉、阮二人又各和一女子成婚，婚後生活極為愉快。這樣過了半年，草木春發，百鳥齊鳴，思鄉情深，求歸之心迫切，兩個女子只好送他們出山。他們返家以後，才知親舊零落，屋舍改異，沒有一個認識的人。最後問到他們的七世孫，說他們前世早已入了仙境。直到晉太元八年（三八四）。劉、阮兩人又忽然消失，不知去向。

這個仙境豔遇的故事，不但情節完整，而且充滿浪漫色彩，所謂「山中一日，世上百年」，劉氏運用近乎合理的誇張手法，突顯了飄緲玄虛的情致。

魏晉六朝時期的鬼神志怪小說，無論形式和內容都具有多樣性。根據今人王國良先生的研究，在形式上至少有五大特色：⑴篇幅短小：有的故事，短到十多個字一則，長也不過兩三百字。至於五百或八百字以上的作品非常少見。⑵情節簡單：所有的故事，完全是平鋪直敘，井井有條，絕少有像西方近代小說對人物心理刻畫的技巧。⑶布局緊湊：因為文字簡短，所以無論講人物，敘事實，其布局結構都天衣無縫，無懈可擊。行文措辭更明晰清楚。⑷敘述直接：這也是因為篇幅短的關係。因為篇幅簡短，無論敘事論人，多採開門見山之法，直接說明事實原委，很少旁敲側擊，細膩入微。(5)散體為主：六朝是個駢儷流行的時代，小說的寫作卻是散體單行。不過，如果遇到彼此酬答，歌曲演奏的需要，也間或夾雜些詩賦謠諺之類的韻語。

在內容上，此一時期的小說，雖然是五花八門，多采多姿，如果就其性質加以分析，可以歸納成下列幾類：(1)神話傳說：先秦古籍中保留許多神話與傳說，本期志怪的作者每喜採集，加以寫定。譬如《博物志》、《搜神記》、《神異經》等書裡就有許多這類的資料。(2)陰陽術數：兩漢以後，陰陽術數之說風行朝野，當時無論政治、社會、學術、謠諺等，充滿了星象、占卜、相法、望氣、堪輿等無稽之談。這類的資料，在《異苑》、《幽明錄》、《述異記》中還保存了不少。(3)民間信仰：尊天祀神的目的，不外趨吉避凶，免除災禍，於是諸如節令時俗，託夢解夢，招魂壓驚等，看似迷信，實際上源遠流長，深植人心，志怪小說中有很多都是這一類的作品。(4)精靈鬼怪：凡物莫不有靈，於是乞靈於鬼神，求福於精怪，就成了大家一致的願望。尤其佛教內傳後，死生輪迴，天堂地獄之說，和我國古老相傳的精靈鬼怪不謀而合。一般嗜奇搜異的文士，便筆之於書，廣泛流傳了，所以志怪小說中充滿了這些資料。(5)殊方異物：我國地大物博，想要遍曉草木、鳥獸、蟲魚之名，十分困難。何況魏晉以後，西域與海外交通頻繁，貿易發達，因此有許多奇花異草，珍禽怪獸，名珠寶石大量輸入。於是渲染揑造，聳人聽聞，文人著述，羅為己有，自然就成了志怪小說中不可或缺的內容了。(6)服食成仙：自古帝王皆好長生不老，秦始皇派徐福率童男童女入海求藥，漢武帝篤信術士，煉丹服食，均載於史書。魏晉六朝道教興起，虛心養性，導引胎息以及餌丹服藥，較之前代，更變本加厲。因此，志怪小說便以此為重要題材，同時也染上了成仙得道的色彩。

至於志怪小說對後世文學發展的影響，可以從小說、戲劇、民間故事三方面簡單說明。在小說方面，由於本期作品採直敘手法，簡潔緊密，後世筆記小說如唐段成式的《酉陽雜俎》、宋洪邁的《夷堅志》、清紀昀的《閱微草堂筆記》等都是受其影響的顯例。在戲劇方面，像元馬致遠的雜劇《誤入桃源》，明王子一的《劉阮天台》，元庾吉甫的《列女青綾臺》，明楊訥的《三田分樹》等，無一不是從志怪小說中提煉而出的成品。在民間故事方面，如《搜神記》中的「韓憑夫婦」，演化成「梁祝殉情」的故事，又「董永」變為「七仙女」膾炙人口的傳說。可見志怪小說，頗具文學趣味和魅力，故其對後世文學影響的層面特別遼闊深遠。讀者如對本期及先秦兩漢志怪小說作品有濃厚興趣的話，王國良先生的《魏晉南北朝志怪小說研究》和李劍國的《唐前志怪小說輯釋》頗具參考價值。

唐代的小說(一)

——傳　奇

中國古典小說到了唐代傳奇，在演進的里程碑上，刻畫了一個重要的標誌，那就是由過去的粗疏梗概，已逐漸接近完全成熟的階段。

大致說來，小說之所以作為一種特定的文學模式，主要是以人物的塑造為中心，再通過完整的故事情節，和周邊具體環境的描述，並儘量使其典型化，然後去真實地反映社會現實生活。假使以這種標準作衡量尺度的話，則唐代的傳奇已完全具備了這些條件。

有人顧名思義，以為傳奇就是傳述不為人知的奇人怪事，所以把它拿來和六朝志怪小說等量齊觀，當然這是不完全正確的。又有人把唐代傳奇和明清傳奇混為一談，這更是大錯特錯。因為，唐代傳奇是沒有動作，不能扮演，只能道白的唐人小說；而明清傳奇卻是有齣場、有唱白、有科介，可經由舞臺扮演的戲曲。兩者的名同實異，不待辨而可知。至於唐人小說之所以叫「傳奇」，是因為晚唐作家裴鉶的小說集取名《傳奇》，於是後人便不約而同的把「傳奇」當成唐代小說的通名了。

唐代傳奇小說的發展，首先是受到古文運動的激盪。由於六朝盛行駢儷，作家為文特別講求對偶與聲律，使作品在表現形式和思想內容上，都受到很大的局限。古文運動的提倡，變六朝駢儷而為散體單行，剛好這種寫作優點，被傳奇小說家拿來作為抒發性靈的利器，而得心應手，助長了唐代傳奇小說發展的機勢。

其次，是受到「溫卷」的影響。唐代雖以詩賦取士，但士子的社會地位也很重要，所以士子入京應試時，為了干謁公卿，名噪士林，博得一定的聲望，於是呈獻詩文，作為冀求稱譽的憑藉，這種作法叫做「溫卷」。由於行之既久，作品千篇一律，多不足觀；因而有的就心裁別出，利用傳奇之文，來從中取勝。傳奇之文既成博取功名的工具，於是這類作品便如雨後春筍，盛極一時。

另外，人口集中都市，社會經濟繁榮，也是唐代傳奇蓬勃發展的因素。唐代手工業、商業空前繁榮，同時又出現像長安、太原、開封、洛陽、揚州、成都這些人口眾多的都市。於是多采多姿的生活形態，錯綜複雜的人際關係，小市民的閱讀傾向等等，這些不但給傳奇小說提供了發展的溫床，同時也豐富了他們寫作的素材。

唐代傳奇小說，後人從他們所寫的內容對象方面，歸納為三大類：一是神怪類，二是愛情類，三是豪俠類。這三大類傳奇小說的產生，均與時代背景和政治現實發生密不可分的關係。如神怪類小說之所以盛行於初唐，是由於初唐為佛教的黃金時代，但唐朝帝王又和道教托始的教祖同姓，所以唐高宗封李耳為玄元皇帝，一時之間，道教也隨著朝野的推尊而大倡。於是一般文人才士，就挾著佛教輪迴報應，道家煉丹養氣的種種傳說，和六朝志怪相糅合，因而產生了描繪神怪的傳奇小說。

中國是以父系為中心的社會，女性的備受壓抑，已為時很久，加以六朝隋唐的重視門閥制度，女性的婚姻和經濟生活、家庭地位，可以說毫不受人重視。可是自武則天由皇后一躍而為大周金輪皇帝後，以她的雄才大略，不僅在延攬人才，處理政務方面，有優異的表現，就是在科舉取士，婚姻制度上，對當時女性的社會地位，也提高了很多。在這樣一個嶄新的環境下，偉大的愛情小說便自然而然地產生了。

中唐以後，由於各地藩鎮跋扈，他們擁兵自重，雄霸一方，名義上接受大唐的統治，實際上形同割據的局面。只要打開司馬光的《資治通鑑》，這一段殘民以逞的藩鎮罪行，便歷歷如在目前了。他們除貪圖物質享受，殺人越貨，劫人妻女之外，並為了擴張私人勢力，招兵買馬，蓄養死士。弄得天怒民怨，人人自危。於是打抱不平，仗義輸財的豪傑之士，得以橫行鄉里，流傳民間。因而產生了節奏明快的豪俠故事。

在第一類神怪小說中，最早的作品是王度的〈古鏡記〉，與無名氏的〈補江總白猿傳〉。這兩篇作品都產生於隋唐更替之際，在內容與技巧方面，大致承襲了六朝志怪的風格，但較之六朝志怪，卻又有顯著的不同和進步，它可以說是過渡階段的作品，負有承先啟後的作用。

王度的〈古鏡記〉和無名氏的〈補江總白猿傳〉，雖然內容都是荒誕不經，但從故事的情節看，作者已經注意到布局的完整和敘事的曲折。現在就以〈古鏡記〉來說：這篇小說是寫作者曾獲古鏡於侯生，鏡有靈性，不但能照妖魔鬼怪，還能收妖降魔，療治百病，後來他的弟弟王勣有遠行，曾借來隨身攜帶。一路之上，接連不斷地照出了化為人形的老狐狸、綠毛龜、白毛猿和老鼠精的原形。本文就是以古鏡為線索，把十幾個毫無關聯的奇聞怪事貫串在一起，文字極盡曲折紓餘之能事，開唐代傳奇小說神怪的先河。

唐代的小說(二)

——傳奇

第二類是愛情小說：這一類佳作最多，也正是唐代傳奇的黃金時代。當時作者慣用清雋的鋪敘，寫悽惋的愛情。雖然多屬悲劇，由於故事情節的逼真，頗能哀豔動人。其中如〈任氏傳〉、〈柳毅傳〉、〈霍小玉傳〉、〈李娃傳〉等，最是出色當行。

〈李娃傳〉的作者白行簡，是唐代大詩人白居易的胞弟，字知退，下邽（今屬陝西渭南）人。這篇傳奇的情節是說李娃為當時長安名妓，鄭州刺史滎陽公的愛子，赴長安應考，因而迷戀上她。一年後，資財用盡，被老鴇趕出妓院，窮愁潦倒；不幸又被滎陽公發現，以為有辱門楣，慘遭鞭打，從此淪落街頭，乞討為生。最後，李娃救了他，並鼓勵他刻苦上進。兩年後考取進士，授成都府參軍。奉父命結為婚姻，以大團圓結局。文中情節的高超，人物的起落，雖然故事有大開大闔的變化，但無不入情入理，再加上運筆酣暢，措詞典麗，可說是愛情故事中最成熟而大膽的作品。

第三類是豪俠小說：因為時逢社會黑暗，只有強權，沒有公理，官逼民反，人心思亂的晚唐，於是被文人才士渲染出一些打抱不平，替天行道的游俠。如〈虬髯客傳〉、〈無雙傳〉、〈紅線傳〉、〈崑崙奴〉、〈聶隱娘〉等，都屬這一類的傑作。最膾炙人口的，莫若〈虬髯客傳〉。

〈虬髯客傳〉的作者杜光庭，字聖賓，僖宗時，應萬言科考試不中，入天台山為道士。他這篇小說，主要在敘述隋末虬髯客有志稱王天下。當時有李靖者，晉謁越王楊素，見素身旁有一位手執紅拂的歌妓，兩人因情投而私奔，路遇虬髯客，妓認客為兄，意氣十分契合。後客見李世民有真命天子之相，非己力可敵，於是壯志全消，退隱海上，並傾全部家財助李靖匡扶唐王李世民得天下的故事。文中對虬髯客的倜儻不群招納豪俊的性格，刻畫得栩栩如生，非常突出，被讀者推之為唐代傳奇的上品，是有道理的。

因為唐代傳奇小說別具風格，尤其在藝術構思和藝術表現上，除了作品題材的多樣化以外，其運筆的巧妙，想像的奇特，情節的曲折，以及人物刻畫的細膩，塑造了許多典型的模式和形象，對後世作家有極大的影響力。譬如在小說方面，宋元以後的說書藝人和小說家往往把《太平廣記》當作重要的參考資料。而《太平廣記》又是保留唐代傳奇小說最多的一部總集，所以書中許多傳奇故事被他們採作說話的底本，或改寫成白話小說。像《古今小說》中的〈吳保安棄家贖友〉，《醒世恆言》中的〈杜子春三入長安〉，《初刻拍案驚奇》中的〈李公佐巧解夢中言，謝小娥智擒船上盜〉等，都是從唐代傳奇中擴大規模而成的新作品。

在雜劇和戲曲方面：元明雜劇和清代戲曲取材於唐代傳奇的更難以估計。如元馬致遠等改編的《黃粱夢》，明湯顯祖的《邯鄲記》，都本之於沈既濟的〈枕中記〉。元石君寶的《李亞仙花酒曲江池》，高文秀的《鄭元和風雪打瓦罐》，明薛近袞的《綉襦記》等都是以白行簡的〈李娃傳〉為本事改寫而成的。

在詩歌方面：後代詩人也有從唐代傳奇中汲取材料的。如宋代曾布的〈水調七遍〉，係取材於沈亞之的〈馮燕傳〉，清代宋琬的〈滿江紅〉詞，取材於沈既濟的〈枕中記〉。根據復文書店出版的《新編中國文學史》上的說法，很多詩歌作家們，借用了唐代傳奇的形象與典故，像「南柯一夢」、「黃粱一夢」、「旗亭畫壁」、「藍橋遇仙」、「月下老人」、「紅絲繫足」，以及何仲默的詩「舊井潮深柳毅祠，封書誰識洞庭君」等，顯然都來源於唐代傳奇。

唐代傳奇不僅對中國後世文學造成巨大震撼，被文人才士視為藝術創進的瑰寶，就是與我毗鄰的朝鮮、日本的文學界，也都受到同樣的重視。據《新》、《舊唐書》載：「張鷟字文成，下筆如行雲流水，但缺點在於浮泛豔麗無理致。他的論著大多流於詆譭譏訕，接近通俗幽默一派，不僅大為風行，且喧騰於士人之口。新羅、日本的使者到中國來，必出重金購買他的作品。」張鷟的作品，在日本有〈遊仙窟〉一卷，題甯州襄樂縣尉張文成作，莫休符《桂林風土記》說：

「鷟弱冠應舉，下筆成章，中書侍郎薛元超特授袞樂尉。」這樣看來，他這篇〈遊仙窟〉傳奇小說，還是鷟年少時所為。文中自敘奉使河源，路中夜投一處大宅，逢二女十娘、五娘，宴遊顧笑，以詩相和，止宿而別。筆調非常生動細膩，尤其對兩性愛慕之情，有大膽而坦率的描寫。

總之，中國小說發展到唐代，已經由原來的遍地荊棘，走出了一條新鮮活潑的大道。

唐代傳奇所表現的內容是多方面的。過去魯迅先生寫《中國小說史略》時曾說：「小說亦如詩，至唐而一變，雖尚不離於搜奇記逸，然敘述宛轉，文辭華豔，與六朝之作品相較，演進之跡甚明，而尤為顯著者，乃在是時始有意為小說。」所以經他校勘、整理的《唐宋傳奇集》，極精審可靠，至於汪辟疆的《唐人小說》，和後來張友鶴編的《唐宋傳奇選》，都是優秀的選本，值得大家閱讀。如果各位覺得選本可能罣漏很多時，還可以參看北宋初年編成的《太平廣記》五百卷和《文苑英華》、《太平御覽》、《全唐文》等書，必能滿足你求知的慾望。

兩宋的小說(一)

——話本

在唐代文人才士為中國傳奇小說作出劃時代貢獻的同時，市井之中別有一種新的藝文興起，那就是用俚辭俗語，講述故事，我們稱之為「平話」。「平話」就是今天所謂的「白話小說」。把故事講給聽眾聽的人，叫做「說話人」。「白話小說」就是「說話人」的底本，這種底本就是歷史上通稱的「話本」。「話本」雖是兩宋小說的菁華，但在唐朝便已經流行民間。如中唐詩人元稹〈酬翰林白學士代書一百韻〉詩說：「翰墨題名畫，光陰聽話移。」並自注說：「樂天每與予遊從，無不題名屋壁；又嘗於新昌宅說〈一枝花〉話，自寅至巳，猶未畢詞也。」〈一枝花〉指的就是唐代傳奇李娃的故事，李商隱作的〈驕兒詩〉也說：「或謔張飛胡，或笑鄧艾吃。」果然在《三國志平話》裡呼張飛「鬍漢」，笑鄧艾「口吃」。可見在唐代已有講李娃故事和三國故事的「平話」了。

兩宋話本小說產生的原因，首先是由於經濟繁榮，宋代工商業迅速發展，人口亦隨之集中都市，中下階層的市民要求休閒生活，娛樂自己，於是各種技藝空前活躍。其次是受民間講唱文學的影響，流傳於唐代的民間講唱文學「變文」、「俗講」和「說話」的關係最為密切。像〈王昭君變文〉、〈伍子胥變文〉、〈秋胡變文〉和現存話本十分接近，可見「說話」正是在「變文」、「俗講」的基礎上發展成熟的。第三是帝王的愛好和提倡。像宋太宗、仁宗、神宗都非常喜好平話，上有所好，下必有甚，最後必然造成「話本」小說的盛況，為兩宋小說打開了新境界。

根據南宋周密《武林舊事》一書的記載，當時的民間技藝都集中在固定的場所演出，這種場所叫做「瓦子」、「瓦肆」或「瓦舍」，在北宋汴京一地，瓦子就有二三十處，南宋杭州一地也有瓦子二十三處。每個瓦子內又有專供演出的場地，叫做「勾欄」，最大的瓦子有「勾欄」十三個之多。表演的項目多達二十多種。其中屬於「說話」的有四種：一是小說，又叫銀字兒，專講短篇故事。二是說經，專講佛經故事。三是講史，專說歷代興亡與戰爭始末的故事。四是合生，類似今天的對口相聲。這四家又以小說和講史最受聽眾們歡迎。

兩宋話本小說保存的情形，在羅燁寫的《醉翁談錄》裡，記載的有一百零七種之多。而現存的只不過四五十篇，還是散見於《京本通俗小說》、《清平山堂話本》、《熊龍峰四種小說》，及明人馮夢龍編的《喻世明言》、《警世通言》、《醒世恆言》中。講史方面的話本，現存的約有八種，其中「全相平話五種」，這五種或名為《武王伐紂平話》、《七國春秋平話後集》、《秦併六國平話》、《前漢書平話續集》、《三國志平話》，此外還有《五代史平話》、《大宋宣和遺事》、《梁公九諫》，嚴格說起來，恐怕還不止此數。

兩宋話本小說和現代「說書」的形式極為接近。在體制上大致分為開場、正文、結束三部分。第一部分開場，又叫入話，就是在正文之前，先寫幾首和正文有關的詩詞，或幾個小故事。這是說話人為了在講說正文以前，等候遲來的聽眾，以引人入勝之詞，達到定場的效果。第二部分正文，這是話本的骨幹，當說話人進行這一部分的時候，往往穿插一些有韻的詩詞，其作用在增強寫景、狀物、刻畫人物服飾形貌，或故事發展到緊要關頭的效果，引起聽眾興趣而採行的辦法。同時說話人也往往藉此對整個事件進行簡單的評話。第三部分結束，又叫收場。收場的時候經常用詩詞總結全篇，點明主題，大都帶有勸善規過之意，使聽眾覺得如弦外之音，回味無窮。

兩宋話本小說像一條漫長的畫廊，塑造了一系列的人物形象，生動深刻，全面反映那個時代的市井小民對愛情、對禮教、對人權和地位的爭取和要求。這類作品寫得比較好的如〈碾玉觀音〉、〈鬧樊樓多情周勝仙〉、〈快嘴李翠蓮記〉、〈志誠張主管〉等。

〈碾玉觀音〉是寫璩秀秀和崔寧的愛情故事。秀秀是一個裝裱書畫匠的女兒，被迫賣入郡王府當女婢，她趁王府失火，一片混亂的時候，主動和王府的碾玉匠人崔寧私逃出府。潛居潭州，後來不幸被郭排軍發現告密，結果秀秀被抓回打死。打死之後，她的鬼魂還跟崔寧做了一段人鬼夫妻。這個外表看來嬌柔嫵媚的女子，在愛情上卻執著堅定，潑辣大膽，為追求幸福婚姻，不惜以死相從的決心，令人十分欽佩，相信也只有小市民階層中的婦女，纔有這種真情流露的性格。

〈鬧樊樓多情周勝仙〉是敘述另一個命運曲折，自擇配偶，對愛情百折不撓地追求，最後走向悲慘結局的女子。周勝仙是富商周大郎的千金，在金明池遊玩的時候，遇到了開酒店的年輕人范二郎。兩人一見鍾情，周勝仙以為「若是我嫁得一個似這般子弟，可多好哩。今日當面錯過，再來那裡去討？」於是便採取婉轉的方式，向范二郎表明愛慕之心。後來，其父周大郎覺得門不當，戶不對，堅決反對這門親事，周勝仙一聽，當時便氣絕昏死。後來被盜墓的朱真姦了屍，又活了過來。她趁著失火的夜晚，設計跑到范二郎住處，范二郎誤以為是鬼，失手打死她，她不但毫不怨恨，做鬼還請了三天假和范二郎私會。像周勝仙這種為了要求最起碼的愛情生活，維護生存的權利，所做的種種努力，真值得同情和喝采。

兩宋的小說（二）
——話本

〈快嘴李翠蓮記〉是記李翠蓮嘴快如刀，性格豪邁，和倔強不屈的獨立性格。她無論是在家做女兒，或出嫁當媳婦，都能我行我素，為維護自己生存的權利而奮鬥不懈。她因為不被封建式的家庭所容，在婚後第三天，就離開了婆家，回到娘家。以後發見父母抱怨的時候，又絲毫不做任何的懇求，立即出家去當尼姑。她既不與現實妥協，也不悲悲切切，作可憐狀。作者從快嘴李翠蓮的身上，塑造了一個為爭取婚姻自由，向封建家庭大膽挑戰的典型。

〈志誠張主管〉這篇小說的主角是小夫人。她原是王招宣府裡失寵的妾，後來王招宣把她讓給了一個六十多歲、家財萬貫的大富翁為妻，所謂「失了主人之心，情願白白裡把與人」，指的就是這件事。試想以一個二十多歲如花似玉的女人，嫁給個頭禿齒脫六十開外的張員外，心裡當然懊惱。她不甘心這種不合理的婚姻，為了活得像個女人，於是不顧禮教束縛，主動追求張員外店裡的年輕主管張勝，後來因為從府中偷帶明珠的事被發現而自殺身死，還以鬼魂來追隨張主管，要達到她生前未遂的心願。所以小說的主題，是要宣揚主管的本分誠實，不為小夫人所動，不受鬼魂糾纏；但是在故事的背後，卻隱含了一段「生命誠可貴，愛情價更高」，勇於向舊禮教的束縛反抗的動人情節。

兩宋話本除了小說以外，還有講史。「講史」和「小說」的區別，後世學者認為「講史之體，在敘述史實而雜以虛辭，小說之體，在說一故事而立知結局。」又「小說」多屬短篇，「講史」則全係長篇；這裡的「小說」，與今日所謂「小說」的概念不同，而「講史話本」也稱為「平話」。

「講史」主要是敘述歷代興亡故事，以史實為依據敷演成篇，所以受正史的影響很大。現在我們能見到當時通行的講史話本，計有《新編五代史平話》、《大宋宣和遺事》和《全相平話五種》。以下我們就選前面兩種向讀者作簡單的介紹。

《新編五代史平話》是寫殘唐五代梁、唐、晉、漢、周的興亡盛衰，每代都分上下兩卷敘述，現在只殘存八卷。書中對各代開國之君如劉知遠、柴榮、郭威等人的發跡始末，寫得十分詳細。全書的主旨在於強調他們出身貧寒，從苦難中成長的事實，證明皇帝並非天授，是經過不斷奮鬥的結果，揭開了所謂真命天子的神祕外衣。

《大宋宣和遺事》主要是講宋徽宗荒淫無道，及金兵入侵後，徽宗父子被虜受辱的故事，文中有三千多字，對梁山泊晁蓋、宋江三十六人落草為寇，替天行道以及最後接受政府招安的經過，有相當詳細的說明。這和正史中把梁山泊好漢當做殺人掠貨的寇賊，有完全不同的看法。

講史是我國最早的長篇小說。一部講史話本往往要好幾十天纔能講完，如果說話人口齒伶俐，動作明快，字正腔圓的話，真能說得聽眾如醉如癡，有廢寢忘餐，欲罷不能之勢。蘇軾《東坡志林》上有這樣的記載：

> 途巷中小兒薄劣，其家所厭苦，輒與錢，令聚坐聽說古話，至說三國事，聞劉玄德敗，頻蹙眉，有出涕；聞曹操敗，即喜唱快。以是知君子小人之澤百世不斬。

可知當時講史的說話人，以話本為據，作口頭加工，用來吸引聽眾的事實。

兩宋話本在創作技巧上，有相當高的藝術成就。總其特點，約有以下數端：第一，語體行文：「話本」在中國文學史上，是第一次用平民口語進行的小說創作。在所謂「話須通俗方傳遠」的原則下，說話人運用老百姓人人易懂的口語講述，但是為了吸引聽眾，對「話本」又逐漸改良、加工、提煉，最後趨於成熟。第二，故事完整：說話人為了博取聽眾，讓聽眾對故事本身有完整清晰的概念，不至於發生疑問，於是把複雜的情節，紛繁的頭緒，人物的性格，都有頭有尾，有聲有色，透過曲折動人的故事，交代得清清楚楚，使聽眾的心理隨著情節的發展而起伏跳動。第三，反映生活：任何優秀作品，其曲折微妙的故事情節，絕不能脫離現實生活而任意虛構。兩宋話本如〈錯斬崔寧〉、〈志誠張主管〉等，無一不是從現實生活中提煉出來的典型，通過貌似與神合的情節，反映了當代人民生活的真象。第四，人物生動：話本小說的作者塑造了一系列成功的人物形象，生動逼真，栩栩如在眼前。如〈簡帖和尚〉中的官人，〈志誠張主管〉中的店伙張勝，一個是濃眉大眼，蹶鼻綽口；一個是忠厚老實，恪守本分，無不唯妙唯肖。第五，對話成功：話本小說敘事狀物的重要關鍵在於對話，而兩宋話本中人物的語言，一般來說，都能顯示其社會屬性和個人的獨特精神面貌。如寫少女，寫媒婆，寫官吏，寫商人，甚而寫淫棍、強盜，由於他們的身分不同，地位不同，知識水準不同，其表達的語言、態度也就各異其趣。這實在是細心勾勒的作品，至於講史話本無論在內容上、形式上，其藝術成就雖然均較話本小說遜色，但是對後來的《水滸傳》、《三國演義》、《封神演義》等歷史性長篇小說有決定性的影響力。

兩宋話本創造了我國古典小說的高峰，從語言上說，它不僅是我國白話小說的開山始祖，更直接奠定了明清短篇小說的基礎。雖然後世如蒲留仙、袁子才、俞曲園等還守著文言小說的藩籬，但是大勢所趨，他們也只好退居次要地位了。居今而言，我們如果要說兩宋話本開中國一代文風，相信絕非溢美之詞。不過，它畢竟是千年以前的作品，由於受到時代和思想的局限，有很多地方還不夠成熟，這也是不容掩飾的缺點。

元代的小說
──講史書

元代的講史小說，一般文學史家都把它拿來和兩宋小說合論，叫做宋元話本小說。話本小說之於宋元，自有其共通點，記得前次論兩宋話本時，還特別強調所謂「話本」，就是說話人的底本。當時在瓦舍表演說話藝術的有四種，其中第三種就是講史，專說歷代興亡與戰爭始末的故事。元代因為蒙古人入主中原，文化程度低，既沒有甚麼禮教，更談不上文學素養，在這樣一個背景特殊而又民心思漢的環境中，以「講史書」為主的元代小說，較之兩宋益形發達，於是造成元代文學上的一大特色。

兩宋時期的說話人在瓦舍勾欄裡的講史，和元代說話人所講的史，嚴格地說起來，其間略有不同。從取材方面看：元代說書雖然和宋代平話大致近似，仍以歷史故事為主要題材，但為了要長時間地吸引聽眾，便不得不把原來的「話本」篇幅加長，材料充實，組織擴大；章回小說的形式由此成立，為後來的長篇白話小說發展開闢了廣闊的道路。從內容方面看：元代說話人講史固然離不開興亡盛衰和戰爭始末，但在字裡行間，尤重視敵我雙方的縱橫捭闔，使書中人物性格，在風雲變幻，激烈動盪的時代，更表現得瑰瑋動人。再從作用方面看：元代的講史書固然是粗枝大葉，風格雄偉，但是特別值得注意的是說話人在鋪陳議論時，經常借古諷今，以達成其鼓舞民族精神，激發抗暴力量的目的。所以在元人的統治下，全國各地一直充滿著如火如荼的民族衝突，最後終於在西元一三六八年推翻蒙古人的統治。追懷往事，國家興亡，匹夫有責，當時講史的說話人對驅除韃虜，恢復中華，做出了正面的貢獻。

說話人講史，並非憑空揑造，為了謹防禍從口出，所以一方面要靠著說話人本身的博聞強記、字正不俗，和避重就輕，點到為止的表演藝術；同時，說的每一個歷史故事都要有底本可資遵循。這種底本就是我們說過的「話本」。可是兩宋時代的說話人，在小說和講史方面雖然高手輩出，但向來未聽說過誰在這方面有甚麼著作。加以蒙古人崛起朔漠，入關後，只知進行瘋狂屠殺，毫無文化可言，所以中國文學的發展，一到蒙元，如同海水倒灌，不進反退。然而距今五十年前，在日本內閣文庫裡，我們竟赫然發現了元代建安虞氏新刊五種全相平話。這五種全相平話的名稱是：

一、《全相平話武王伐紂書》（簡稱《武王伐紂書》）

二、《全相平話樂毅圖齊七國春秋後集》（簡稱《樂毅圖齊平話》）

三、《全相秦併六國平話》（簡稱《秦併六國平話》）

四、《全相呂后斬韓信前漢書續集》（簡稱《前漢書平話》）

五、《新全相平話三國志》（簡稱《三國志平話》）

根據《新全相三國志平話》扉頁刻有「至治新刊」四字，得知「至治」是元英宗年號（一三二一～一三二三），以此類推，不但《三國志平話》刻於元代至治，就是其餘四種恐怕也都是至治年間的刊本。既然如此，這五種全相平話的作者又是誰呢？民國七十五年羅宗濤博士，作〈元建安虞氏新刊五種平話試探〉，文中對此一問題曾有合理的考證。他說：「五種平話的底本是南宋流傳的話本，然而建安虞氏既加以新刊，則其勢必有所整理、修飾。」羅博士又賡續地從用語、地名、官名、詩句等四方面，證明五種平話中元人增飾的痕跡。由此我們大略可知元代的小說——講史書的來源了。以下我們依次說明這五種平話的內容。

《武王伐紂書》：是明人《封神演義》的祖本。其書先以妲己誘惑紂王，為惡多端作開場。次言雲中子進宮捉妖，紂王不肯。再次言紂王造酒池肉林，囚西伯於羑里，最後敘西伯脫險，武王以姜子牙為帥，消滅殷紂，立下百年的基業。

《樂毅圖齊平話》：開頭就說「孫子用計捉了龐涓，在魏國大會六國君主，斬了龐涓，報了刖足之仇」，可見這是本專談孫龐鬥法的故事。元代無名氏雜劇有《龐涓夜走馬陵道》，可能就是這個故事的化身。

《秦併六國平話》：此書先從歷代興亡「入話」，次言始皇兵力強大，欲吞併六國，中間插敘始皇的身世，一直到始皇死，趙高殺二世，劉邦入咸陽，滅項羽，統一天下為止。這完全是一部純粹歷史小說，不參雜任何神怪的成分。最後〈散場詩〉云：「始皇詐力獨稱雄，六國皆歸掌握中。北塞長城泥米爆，咸陽宮殿火先紅。癡愚強作千年調，興滅還如一夢通。斷草荒蕪斜照外，長江萬古水流東。」

《前漢書平話》：開頭「入話」便說：「時大漢五年十一月八日，項王自刎而死，年三十一歲。」繼而敘述呂后計殺韓信，害彭越，使英布、吳芮相殘。欲盡殺諸劉，謀奪漢室，卒為韓信陰魂射死。以後樊噲的兒子亢率兵入宮，平定諸呂之亂，又從陳平計，迎薄姬之子北大王為帝。

《三國志平話》：全書共五萬六千字左右，是羅貫中《三國志通俗演義》的祖本。首敘司馬仲相斷韓信、彭越、英布一案，命投生為劉備、曹操、孫權三分漢室天下，報被殺之仇。次敘黃巾之亂，桃園結義，司馬篡魏，天下復歸一統。末言漢帝外孫劉淵逃往北方，其子聰驍勇過人，自立國號曰漢，為劉氏報仇。書中充滿死生輪迴、冤冤相報觀念。

元代講史對後世的影響，至少有兩方面。社會教育方面：在元代黑暗社會裡，講史可以說是反抗壓迫，揭露黑暗，鼓舞人心鬥志，發揚民族精神的有力武器。文學發展方面：元代的講史書，對明清章回體如《水滸傳》、《三國演義》、《封神演義》等歷史題材的長篇小說，有直接的關係。由李銀珠、宋浩慶等合寫的一本《中國古代小說十五講》，尤其書中第五講，專講〈元代話本〉，如能參閱，自可增益見聞。

明代的小說㈠

——四大奇書與神魔小說

學者從正統文學的立場，來看明朝將近三百年的文壇，除小說、戲曲以外，其他恐怕就遠不及唐宋了。但在小說、戲曲中，又以小說為主流。小說本來是不登大雅的道聽塗說，街談巷議，可是到了明代，卻能奪詩、詞、古文之席，而躍居君子之堂，成為文人學士、販夫走卒閱讀的重要作品。

小說史家，經常以明世宗嘉靖元年（一五二二）為斷限，將明代小說分成前後兩期。在這兩期中，最膾炙人口的傑作，就是《三國演義》、《水滸傳》、《西遊記》、《金瓶梅》、《四遊記》、《三寶太監下西洋記》，以及三言二拍與《今古奇觀》了。前四種號稱「四大奇書」，次兩種叫「神魔小說」，末二種又稱「擬話本」。明代小說又以「四大奇書」和「神魔小說」最具代表性。

明代小說之發展所以盛極一時，自有其與以往不同的背景。其一、順應文學發展的趨勢：就拿四大奇書而言，除了《金瓶梅》純屬文人的獨立創作外，其他都是在話本的基礎上發展起來的。宋元之時，是把歷代口耳相傳的故事，藉著說話人伶俐的口齒傳給民眾們聽，明朝則是文人運用自己的生花妙筆，寫給民眾們看。換言之，已往的說話人，只是把故事記錄下來，作為備忘的工具，並無意於文學。到了明代，文人才刻意地用語體來寫小說，創造另一種表達方式的新文學。其二、行文造語更加醇練：從唐代敦煌變文開始，學者就注意到文學的通俗性，以後經過兩宋話本、蒙元講史，到了明代，作者在思想上、情感上、組織結構上、藝術技巧上，文字越來越流暢，運筆越來越生動，於是由零星的詩文，而簡短的話本，而系統完具的平話，最後成為長篇章回小說，賦予明代文學以新生命、新力量和新面貌。其三、對小說觀念的提升：過去他們介紹兩漢小說時，曾提到班固視小說不入流，可是明代小說家，繼承了宋元話本的衣缽後，不但發揮了懲惡勸善的教育功能，同時更宣揚了中華文化與民族精神。以往之視為小道而不入流者，其對國家社會的影響，卻遠大於四書、五經。所以在現實的基礎上，一般人對小說的觀念，已完全改變而受到正面的肯定。其四、現實環境的刺激：明代中葉以後，邊疆多事，北有韃靼、也先的入寇，沿海有倭人的擾邊，內有宦官的弄權，再加上天災連年，流寇四起，明代帝王迷信方士、尼姑、和尚，他們出入禁宮，肆無忌憚，於是小說家便大談神魔妖怪之事，《封神演義》、《西遊記》、《三寶太監下西洋記》，便由此產生。所以現實環境的刺激，對小說創作就發生了引導作用。

至於說到「四大奇書」，第一個讓我們想到的是它們「奇」在何處？憑心而論，四大奇書，實無可奇之處。其所以稱為小說界的奇珍異寶，主要原因在於它們對人物的刻畫與描摹十分細膩，對故事情節的敘述曲折周到，對語言文字的運用更是得心應手、流利酣暢，為前代作品所未有。「四大奇書」產生的時間都相差不遠，如《三國演義》、《水滸傳》產生於元明之交，《西遊記》、《金瓶梅》則面世於嘉靖年間。以下筆者就依照其先後順序，來進一步探討它們的內容真象。

《三國演義》的作者，根據明初人賈仲名的《續錄鬼簿》、郎瑛的《七修類稿》和胡應麟《少室山房筆叢》，可以確定是羅貫中。羅貫中是元明之際的人（約一三三〇～一四〇〇），原籍太原，流寓南越，號湖海散人。他的著作除《三國演義》外，尚有《隋唐志傳》、《殘唐五代史演義》、《三遂平妖傳》，他又能譜曲，目前尚見於元人雜劇選的有《龍虎風雲會》。

三國故事在唐宋時代已為說話人取為題材。如晚唐詩人李商隱的〈驕兒詩〉，蘇東坡的《志林》，都有說三分的記載。元至正建安虞氏新刊《全相三國志平話》，為羅貫中的《三國演義》打下纂修的良好基礎。假使把《三國演義》和「平話本」比較，其不同之處在於增加原書的篇幅，改正不妥文字，提高語言藝術，充實內容情節，刻畫人物形象，表達積極主題，加強正統觀念，補充史料詩詞，並刪除荒誕不經的故事，使儘量符合歷史事實。經過羅氏的點染穿插，方才擺脫「話本」的粗劣，而成為一部「文不甚深，言不甚俗」，雅俗共賞的作品。在我國古典長篇小說界，樹立了一個新里程碑。以後明末李卓吾，清初的金人瑞，康熙年間的毛宗崗，或評，或改，或增刪，再把原本中的鄙俚之作，換上脫俗的佳句，並推許為中國「第一才子書」。

在藝術上，《三國演義》最成功的地方至少有兩點：一是善於描寫戰爭，不管是幾千人的大戰役，或是幾百人的小戰役，或連綿經年的持久戰，或速戰速決的閃電戰，或壁壘分明的兩軍對峙，或出人意外的出奇致勝，其中無論是鬥智、鬥力、鬥勇、鬥狠，真是粗中有細，亂中有條。如以弱勝強的官渡之戰，以火攻克敵的赤壁之戰，都寫得波瀾壯闊，逸趣橫生，給人留下深刻印象。二是善於用烘托、誇張、渲染、對比的手法突出人物個性。如諸葛亮的足智多謀，關雲長的義薄雲天，張翼德的率直勇猛，劉玄德的外表忠厚、內存陰詐，曹孟德的雄才大略與詭譎多變，都是小說家對人物形象塑造得最成功的例子。

《三國演義》在中國小說史上為歷史演義的作品標誌著成熟的象徵。明代大文學家袁宏道在〈東西漢通俗演義序〉裡說：

> 今天下自衣冠以至村哥里婦，自七十老翁以至三尺童子，讀及劉季起豐沛，項羽不渡烏江，王莽篡位，光武中興等事，無一不能悉數顛末，詳其姓氏里居，自朝至暮，自昏至旦，幾忘食忘寢。

如果拿這些話來看《三國演義》對當時及後世的影響，更是有過之而無不及了。

明代的小說(二)
——四大奇書與神魔小說

四大奇書之一的《三國演義》，是講史的一種。其人物的描摹細膩，敘事的曲折周到，遣詞的流利通暢，為中國歷史演義小說，標誌出輝煌成就。這在上一次的〈明代的小說(一)〉已有詳盡的剖析。現在讓我們來看一看另一本奇書《水滸傳》。

《水滸傳》又名《忠義水滸傳》，是中國英雄傳奇小說發展的高峰，是千古卓絕的藝術結晶。施耐庵，明初江蘇興化人，相傳他曾經參加過張士誠的農民起義。士誠失敗時，他已死了，活了七十五歲。他的著作，除《水滸》外，還有《隋唐志傳》、《三遂平妖傳》等。羅貫中是他的門人，在著述時，擔任過他的助手。

施耐庵著作本書時，曾將原初梁山泊三十六好漢，畫影圖形貼於屋中四壁，每天研究他們的聲音笑貌，或潑喇陸離，或龍騰虎躍，然後施氏再運用他燃犀的眼光，如椽的筆法，並綜合各方面的傳聞，成此驚天動地的鉅作。文字的剛健，人物的細緻，個性的突出，結構的完整，不獨為中國小說的冠冕，就是置諸世界著作之林，恐怕也是光芒四射，照耀人寰的傑構。清初金人瑞極口稱讚，並配以《莊子》、〈離騷〉、司馬遷《史記》、杜甫詩篇，合稱為天下五才子書。

《水滸傳》的版本極為複雜，簡單說來，它的祖本是出現於元末明初。明人高儒的《百川書志》題為「施耐庵的本，羅貫中編次」的《忠義水滸傳》一百卷，是目前所知最早的本子。其次是明嘉靖年間（一五二二～一五六六）郭勛刻印的《忠義水滸傳》一百回本。第三個本子是明天啟、崇禎年間（一六二一～一六四四），楊定見刊刻的《忠義水滸全傳》一百二十四回本。再就是明末清初金人瑞評點的《第五才子書水滸傳》七十回本。此本刪去了原本七十一回以後的部分，到〈梁山泊英雄驚惡夢〉止。由於這個本子保存了水滸故事的主要部分，文字也比較洗鍊，所以三百多年來廣泛流傳，受到讀者熱愛，成了《水滸傳》的定本。師範大學繆天華教授的〈水滸傳考證〉，對此曾有詳細的說明（見繆天華先生校訂本《水滸傳》頁裡，三民書局）。

《水滸傳》的文筆，較《三國演義》大有進步。尤其在人物的描寫和個性的突顯兩方面最是成功。《水滸傳》的塑造人物，首先是把人物與歷史環境相結合扣緊人物的身分、經歷、遭遇、職業等，來突出其鮮活的個性。如林沖、魯智深、楊志三人，一個是出身於槍棒教師家庭，東京八十萬禁軍教頭；一個是酷愛自由，好打抱不平，毫無牽掛的花和尚；另一個是三代將門之後，五侯令公楊業的孫子。三個人來自三個斷然不同的家庭和背景，但都是被逼得走投無路，才殺人越貨，一吐胸中的積怨，最後官逼民反，投奔梁山這條造反之路。

在個性突顯方面：作者往往通過富有特徵的細節，來突顯人物個性。如行者武松的徒手搏虎，及時雨宋江的仗義疏財，花和尚魯智深的倒拔垂楊，黑旋風李逵的兩把板斧劫法場。還有目光短淺的王倫，助紂為虐的王婆，正直好事的渾哥，和母大蟲孫二娘的女中英豪等，生動活潑，引人入勝。確實顯示了在突顯人物個性方面的功力。

宋浩慶在《中國古代小說十五講》上說得好：《水滸傳》這部偉大巨著的產生，不僅給元明之際的文學點染了異彩，也給整個中國古代文學增添了光輝。在它的深刻影響下，形成了明代中葉後，英雄傳奇小說創作的繁榮局面。

《西遊記》在明代小說四大奇書中，標誌著「神魔」色彩。作者吳承恩以浪漫主義的創作筆法，開創了中國以神話故事為主的長篇章回小說的新領域。共一百回，長達八十多萬言。全書雖是一個組織嚴整的有機體，但是細加研究，卻是由三個相對的獨立部分所構成。一至七回，敘孫悟空出身、求仙、得道和大鬧天宮。八至十二回，敘玄奘的來歷及奉諭西行取經緣起。十三至一百回，敘玄奘西行，路遇八十一難，而難難不同。

作者吳承恩，生卒年不詳，大約活躍於明孝宗弘治末年，到神宗萬曆初年（一五〇〇～一五八二），字汝忠，號射陽山人，淮安山陽（今江蘇淮安）人。根據《天啟淮安府志》記載，知他在童年時代就以文章馳名鄉里。但卻屢困場屋，久試不中。直到四十五歲才補了一個歲貢生。曾任長興縣丞，後因不願為五斗米折腰，棄官歸里，貧老無子。他的著作除《西遊記》外，同鄉邱正綱為編《射陽先生存稿》四卷，《續稿》一卷。

由於吳氏出身寒微，自幼就體會到基層人民的生活與痛苦，對現實政治有深刻的認識和強烈的不滿，故博搜異聞，雜取怪談，借助神話故事，抒發其對社會的憤懣情結，表達他濟世匡時的雄心。所以他在〈禹鼎志序〉裡說：

> 我的書名為志怪，事實上，不是專門講鬼故事，而是明記人間的變異，內含鑑戒的作用。

可見他賦予這個原本具有濃烈宗教色彩的故事以新的生命和藝術風格。

明代的小說(三)

——四大奇書與神魔小說

《西遊記》的藝術成就，是對人物的描寫活潑真切，事情的敘述，充滿神奇與幻想，語言的表達，更詼諧而幽默，可以說活躍在書中的，無論是神、是怪、是妖、是魔，都各有他們的性格和真摯的感情，唯妙唯肖，如見其形，如聞其聲。

在人物描寫方面：寫孫悟空神通廣大，一個觔斗就可翻十萬八千里，拔根猴毛就變成無數兵將。他罵如來佛是妖精的外甥，說玄奘是是非不分的膿包，咒詛觀世音一輩子找不到丈夫，強迫海龍王替他效勞。尤其那雙火眼金睛，確實閃耀著英雄的形象和神采。寫豬八戒好吃懶做，貪財愛色，常手舞釘耙上陣，就是被妖魔擒著，也寧死不屈。喜歡耍小聰明，卻又經常露出馬腳丟醜。道盡了專門撒謊的喜劇性人物，給人留下鮮明的印象。唐僧，在作者的筆下是一個意志堅定的老頑固，遇到妖魔就嚇得滾鞍落馬，災難臨頭只知道涕泗橫流，沒主意，爛好人，軟耳朵，代表了那種迂腐無能，不辨是非的典型人物。

在敘事方面：如描寫孫行者的金箍棒，是小如繡花針，大可斗來粗細。寫鐵扇公主的芭蕉扇，搧一搧可以把人吹到八萬四千多里以外，縮小的時候，像一片桃葉可以含在口中。又如形容漂不起鵝毛的流沙河，孫悟空智擒紅孩兒，豬八戒偷吃人參果等，真是光怪離奇，變幻莫測，可見作者過人的想像力了。

在語言方面：幽默詼諧更是《西遊記》的獨到特色。例如豬八戒，這個喜劇人物的象徵，他那吃不飽的饞相，風捲殘雲似的吃相，還有無論何事，一概不知的懶相，叫人又好氣又好笑。由於作者老於世故，練達人情，經常借幽默詼諧嘲諷世態人情，往往在三言兩語中，充滿了人生哲理，而表現很好的語言效果。

在中國古典章回小說裡，《金瓶梅》的出現，不僅引起社會的極大重視，更把中國古典小說，由原來的歷史演義、英雄傳奇、神魔鬼怪的領域，推向世情小說的新境界。明代散文家袁中郎〈觴政〉，拿它配《水滸傳》為外典，又與《水滸傳》、《西遊記》並稱三大奇書。近人郭箴一著《中國小說史》，更合《水滸傳》、《三國演義》、《西遊記》、《金瓶梅》稱為小說中的四大奇書。

《金瓶梅》的作者，古來說法很多，如沈德符《野獲編》有「此為嘉靖間大名士手筆」的話，於是被後人定為王世貞為毒害嚴世蕃替父報仇而作此書。張竹坡作「第一奇書」批評，曾冠以「苦孝說」。顧生燮於《消夏閒記摘抄》，也附和沈德符之說，謝頤又說此書為世貞門人所作。不過根據明萬曆丁巳（一六一七）《金瓶梅詞話》欣欣子的序，知作者是蘭陵笑笑生。蘭陵，今山東嶧縣，這和書中使用大量的山東土話正合。然而笑笑生的尊姓大名又為何？到現在還半屬揣測，沒有定論。我友魏子雲教授窮畢生功力於此書，成就不小，讀者可參考他的著作。

《金瓶梅》的故事，是從《水滸傳》「武松殺嫂」一段文字鋪陳而成一百回本，百萬言之多的大著作。全書的中心人物，可分三層：一是以西門慶為主幹，體現了當時富豪、特權、奸商以及放高利貸者的欺下矇上的嘴臉。二是以潘金蓮為首的婦女，她們都是在別人的壓迫下，被姦、被害、被騙、被賣，而又毫不自覺，輾轉呻吟於惡勢力之下，過著悲慘的生活。三是應伯爵、溫葵軒、陳經濟、王三官以及尼姑媒婆，流氓奴僕，和政府的各級官員、翟管家、蔡狀元、蔡太師等，構成了整個貪污腐化、風氣糜爛的社會百態，教人想起來就鼻酸心驚，作七日嘔。在這三層人物的上下交征，縱橫勾搭，加上作者一支生花妙筆，犀利的眼光，觸及到明代晚期社會生活的各個層面。對當時的政治、經濟、倫理道德、世道人心都作了無情的揭發和反映。

有人以為《金瓶梅》是黃色小說，應當嚴禁，我覺得這個說法也不算錯，因為說這個話的人只看到它的色相，還不能算是真懂。如果從另一個層面來看，就可以洞穿表相，看出它的真相，破除色相，領悟其中的空相。讀者千萬不可只注意書中的下流言行，而忽視了作者於文字之外的口誅筆伐啊！

至於《金瓶梅》的讀法，過去張竹坡評《金瓶梅》的時候，曾提三種方法：⑴左右聯繫法：就是因西門慶一家，寫武大、花子虛、喬大戶等好幾家。⑵上下聯繫法：是指西門慶和蔡京勾結，於是上下其手，惡名四播。⑶前後聯繫法：是說因果循環，前世之因，種下今日之果，今世之因，又種下後世之果。魯迅《中國小說史略》云：「著此一家，即罵盡諸色。」正說明了此書以西門慶的家庭為中心，牽連著整個社會的意義。

四大奇書是中國古典小說由歷史演義，而英雄傳奇，而神魔鬼怪，而社會世情，充分表現其演進的軌跡。它們不僅給以後小說發展提供了線索，而且也為清代小說的繁榮準備了滋長的溫床。

本文最後特別向讀者介紹的，是《西遊記》以外的其他神魔類小說，那就是《四遊記》、《三寶太監下西洋記》和《封神演義》。《四遊記》是四部神魔小說彙刻的總名，彼此可以獨立。第一部是《上洞八仙傳》，又名《八仙出處東遊記傳》，記八仙過海與海龍王交戰的事，全書二卷五十六回。第二部是《南遊記》，又叫《靈光大帝華光天王傳》，記華光天王成仙得道始末，共四卷十八回。第三部是《北遊記》，一名《北方真武玄天上帝出身志傳》，記真武大帝掃蕩群魔，後歸天庭的事，共四卷二十四回。第四部是《西遊記》的節本，四卷四十一回。

《三寶太監下西洋記》共二十卷一百回，寫鄭和七下西洋，服外夷三十九國的過程，文中充滿傳奇。至於許仲琳編著的《封神演義》在抒寫幻想，鋪敘故事，描寫人物方面，均有傑出的成就，是很值得一讀的。目前有人拿它和當前的科幻小說相提並論，稱它是中國科幻小說之祖，正可以看出作者超越時空的才智。由李銀珠、宋浩慶等合寫的《中國古代小說十五講》中的第「七、八、九、十」四講，專講〈明代長篇小說〉，有參閱價值。

清代的小說(一)

——諷刺、言情、公案與翻譯

清代以異族入主中原，對漢人，尤其是文人的思想言行特別注意。例如莊氏史案、戴名世案、字貫案、科舉出題案等次第發生。大批的文人學士，不是因此被清廷砍頭，就是鋃鐺入獄。就拿小說來講吧，許多自明代傳來和清人新著的作品，就碰到很多次禁止刊出的厄運。根據俞正燮《癸巳存稿》的記載，從順治九年（一六五二）下令「題准瑣語淫詞，通行嚴禁」後，到嘉慶十八年（一八一三）「禁止淫詞小說」止，在一百六十多年間，就有七次之多。同治七年（一八六八），丁日昌巡撫江浙的時候，更嚴禁坊間瑣語淫詞的印售。看他所列的應禁書目，就連《紅樓夢》、《萬花樓》、《隋唐演義》也難逃此厄。看樣子無非是想禁絕一切小說，根本無所謂淫書瑣語了。

就在清廷嚴禁的情況下，有許多膾炙人口的作品，仍在民間廣泛地流傳著。如《聊齋志異》、《紅樓夢》、《儒林外史》、《花月痕》、《鏡花緣》、《兒女英雄傳》、《七俠五義》、《施公案》、《彭公案》、《官場現形記》、《老殘遊記》、《孽海花》，以及翻譯方面的西洋小說《茶花女遺事》、《迦茵小傳》、《鬼山狼俠傳》等，多采多姿，極一時之盛，為清代二百六十八年的文壇，綻放了萬道的霞光。

蒲松齡的《聊齋志異》，為我國文言短篇小說的祭酒，是六朝志怪、唐代傳奇、兩宋話本中「搜奇記逸」的總匯。他不但繼承和發展了文言小說的優良傳統，更在思想內容、創作方法、描寫技巧、語言藝術方面，作出驚人的突破，並從而使我國古代文言短篇小說再度興發，重放輝光。

蒲松齡生於明思宗崇禎十三年，卒於清康熙五十四年（一六三〇～一七一五），字留仙，一字劍臣，別號柳泉居士，又號西周生，山東臨淄（今山東淄川）人。他出身書香門第，雖少有才華，卻屢試不中，直到七十一歲，才被取為歲貢生。在他三十一歲的那年，因家貧不能自給，應友人孫蕙的邀請，到江蘇省寶應縣做了一年幕僚，以後又回到同縣畢際有家中教書，七十多歲才撤帳歸家。正因為蒲松齡終生居住在窮鄉僻壤，又做了幾十年的窮教書匠。秀才出身，過著幕僚、坐館的生活，所以上自官僚鄉紳，下至販夫走卒，形形色色的人物，他都瞭如指掌。這對他從事《聊齋志異》的寫作而言，頗有直接而重大的影響。

《聊齋志異》大約作者二十多歲就開始聚材構思，到四十歲左右完成初稿，以後又經過多次的損益、修改、潤飾，年到半百方才殺青。全書八卷，或析為十六卷，凡四百三十一個短篇。書前題辭說：

> 才非干寶，雅愛搜神，情同黃州，喜人談鬼，聞則命筆，因以成編。久之，四方同人又以郵筒相寄，因而物以好聚，所積益夥。

他作的〈途中〉詩也說：

> 途中寂寞姑言鬼，舟上搖搖意欲仙。

可見他這本書的內容，大都來自民間傳說，野史異聞，然後又經過藝術處理而成的。據說書經寫定之後，甚得漁洋山人王士禎的激賞，想以高價收購而未得，因而聲名大噪，競相傳鈔。直到乾隆末年纔正式印行問世。

《聊齋志異》題材廣泛，內容豐富，由於作者妙筆生花，無論甚麼材料，拈手頓成妙品，而又無造作之態。魯迅《中國小說史略》說：

> 明末志怪群書，大抵簡略，又多荒怪，誕而不情，《聊齋志異》獨於詳盡之外，示以平常，使

花怪狐魅，多具人情，和易可親，忘為異類，而又偶見鶻突，知復非人。

可見作者對人物的描寫，情節的鋪陳，語言的運用，藝術手法極具變化。同時他又大量吸收生動活潑的民間口語、俚諺，因而形成了他古雅精煉清新活潑的語言風格。

蒲松齡通過高度的藝術概括，在人物描寫上，塑造了一系列生動可愛，令人難忘的典型形象。他掌握住人物的性格特徵，傾注了作者明顯的愛情，只要寥寥幾筆，就把所歌頌的人物，或批評的對象，寫得有血有肉，栩栩如生。如卷一〇〈席方平〉，言席方平的父親，被同里富豪羊某在陰司害死後，席「慘怛不食，曰：我父樸訥，今見陵於強鬼，我將赴地下代伸冤氣耳。自此不復言，時坐時立，狀類癡，蓋魂已離舍矣。」輕輕點染，就把席方平的耿介、無畏、事親盡孝的性格，勾勒無遺。又如卷三的〈紅玉〉、卷二的〈蓮香〉、卷四的〈黃英〉、〈阿纖〉、卷七的〈鴉頭〉、卷八的〈花姑子〉，她們都是些由花妖狐魅化身而成為熱情洋溢、美麗聰慧的少女。作者不僅賦予了人的形貌，同時也在社會人的性格之外，保留她們原形上的某些本質。

至於情節的鋪陳更是曲折搖曳，如卷七的〈促織〉，全文不過千餘字，但是圍繞著蟋蟀的得而復失，失而復得，主人公的從悲到喜，從喜到悲，悲而復喜的情節，極盡起伏、弛張、頓挫的能事，使讀者隨著故事的發展而婉轉跌宕。有如見其人，如聞其聲的臨場感。

《聊齋志異》的語言藝術，尤為蒲松齡創作構思的特有技巧。在人物對話方面，他採用了大量的口語，把典雅僵化的文字渲染得活潑流暢。絕無複沓生硬之病。如卷一的〈王成〉、卷一○的〈顏氏〉、卷四的〈書癡〉，其中寫王家的貧窮，順天某生的落第，郎玉柱的呆癡，無不窮形盡相，深刻有力。

本書在藝術上有很高的成就，它不但是我國文言小說的絕響，更為清代短篇小說樹立了光輝的典範。茲後，雖然產生了不少摹擬的作品，但是再也沒有像《聊齋志異》那樣描繪畢真，想像豐富而又筆觸感人的了。吾友羅敬之教授著有《蒲松齡及其聊齋志異》、《聊齋志異》等專門著作，雅俗共賞，深入淺出，可供有心的讀者參考。

清代的小說（二）

——諷刺、言情、公案與翻譯

清代不僅在文言短篇小說中，出現了像《聊齋志異》那樣光彩奪目的傑作，就是在諷刺小說和言情小說方面，也都是凌軼前代，成就輝煌。例如在十七世紀中葉吳敬梓的《儒林外史》，和十八世紀晚期曹雪芹的《紅樓夢》。前書是集我國諷刺文學的大成，後者更是我國言情小說中絢麗多彩的奇葩。

我國諷刺文學，早在先秦經典和子書裡，就已經具有頗富諷刺意味的作品，隨後於魏晉南北朝小說、唐人傳奇、元明戲曲中，也不乏語帶諷刺的描寫。時至清代，當小說繁榮鼎盛的時期，作者吳敬梓運用客觀的手法，委婉多諷的語言，寫出了令讀者啼笑不得的《儒林外史》。

吳敬梓生於清康熙四十年，卒於乾隆十九年（一七〇一～一七五四），字敬軒，晚號文木老人，安徽全椒人。幼年聰穎異常，詩賦援筆立成。他由於不善治生，又淡泊名利，慷慨好施，所以不幾年家財蕩盡，後移家南京，飽受世態炎涼之苦，靠賣文和朋友周濟度日，處境潦倒，甚而有時斷炊。就在西元一七五四年的冬天，病逝於揚州。《儒林外史》大約成書於五十歲以前，此外他還有《詩說》七卷，已佚。《文木山房集》十二卷，今尚存四卷。

《儒林外史》的通行本有五十五回及六十回本兩種。其內容重在通過眾多的人物和複雜情節，來全面揭露那些科舉出身的所謂「儒林」人物形形色色的面目，和批判行將崩潰的專制制度的腐敗與罪惡。以反對科舉取士、功名利祿為中心，並由此展開筆觸，延及當時的法治制度、社會風氣、人倫關係、學術活動、風俗習慣等。他描寫的人物，以知識分子為主，上自進士、翰林，下至市井無賴，無所不包，可說是一幅不折不扣的儒林敗類的百醜圖。

有人說：「諷刺的生命是真實」，作者就是繼承並發揚了我國諷刺藝術的真實傳統，以十分嚴肅的態度，不作主觀的判斷，目的在把被諷刺的對象揪出來當眾出醜，達到引人發笑和引人省思的效果。像范進中舉始末，馬二西湖之遊，皆針對不同人物，作了不同程度的諷刺。

至於本書的結構，全由一個個具有獨立性的故事連綴而成，只有貫穿全書的中心思想，沒有貫穿全書的故事和人物。各個故事情節隨有關人物的出現而展開，又隨著人物的消退而結束。雖說是長篇，頗同短製，正所謂「如集碎錦，時見珍異」了。

《紅樓夢》是繼《儒林外史》後，在康、乾盛世出現的另一部突破傳統的巨著。作者曹雪芹以文學家特有的敏感度和觀察力，站在時代的脈動上，運用卓越的藝術天才，創造出這部言情小說的極品。曹雪芹，名霑，字夢阮，號雪芹，又號芹圃、芹溪，他的祖先原是漢人，但很早就入了滿洲正白旗籍，為內務府包衣。曹雪芹的曾祖母孫氏，是康熙的奶媽，祖父曹寅曾任康熙的侍讀，從他的曾祖曹璽，祖父曹寅到父輩曹顒、曹頫，祖孫三代四人連任江寧織造，達六十五年之久。康熙皇帝五次南巡，有四次以江南織造署為行宮，由此可知曹家地位的顯赫，和皇帝的親密關係了。雪芹少年時代曾經歷過一段豪門貴族的生活，雍正五年（一七二七），他的父親獲罪革職，後來家產被抄，全家遷回北京後，住在西郊，家道衰落，靠朋友接濟和賣畫為生。正如他的朋友敦敏、敦誠的贈詩說：「蕪市哭歌悲遇合，秦淮風月憶繁華」，「滿徑蓬蒿老不華，舉家食粥酒常賒」。在這種衣食不濟的情況下，他為了寫好這部書，曾「披閱十載，增刪五次」，真是「字字看來皆是血，十年辛苦不尋常」。只可惜因為貧病交迫，死神奪走了他的生命，以致這部用心血凝聚的《紅樓夢》，還未來得及完成。

現在《紅樓夢》通行的版本有兩大系統，一是脂硯齋本系統，就是以抄本形式流傳的八十回本。此本離曹雪芹寫作年代較近，比較接近原稿。另一是程乙本，為一百二十回本，據說後四十回為高鶚所補。

《紅樓夢》全書以賈寶玉、林黛玉的愛情悲劇為中心線索，配之以楚腰纖細的情境「金陵十二釵」的正冊，和賈家四豔：元春、迎春、探春、惜春，以及李紈、秦可卿、史湘雲，道院的尼姑妙玉之十二姬，更以侍妾、丫鬟等十二釵的副冊二十四美人，加之以外家兄弟、僮僕等，彼此的錯綜配合，寫出了賈府這個大家庭興衰沒落的過程，並廣泛暴露了當時社會的腐敗和黑暗。全書規模的偉大，結構的綿密，情節的安排，雖然其間千變萬化，但是隨著中心線索的運轉，其他與之相關的人時事地物，都顯得如珠走盤，錯落有致。

至於《紅樓夢》的藝術成就，大抵可分三方面：⑴塑造了一大批個性鮮活的人物形象：書中有妃子、王爺、兵丁、太太、小姐、伶人、妓女等，每一個人的性格都獨特而突出，給人強大深入的感染力。⑵景物描寫的細緻逼真：如寫「瀟湘館」的森森竹林，巧舌的鸚鵡，元妃省親的盛況，劉姥姥的滑稽表演，均能達到準確、洗鍊，形象生動而細膩的地步。⑶語言的簡潔而富表現力：尤其作者對古典語彙的冶煉，口語俗語的加工，往往呈現了新鮮活潑，既簡樸又華美的風貌，令人徘徊欣賞，玩味無窮。

《儒林外史》奠定了我國諷刺文學的基礎，把中國諷刺小說帶上了一個新境界。《紅樓夢》目前已經成了專門的學問——「紅學」。它在思想、藝術上的偉大成就，不僅是我國言情小說的冠冕，更引起了國際學術界的重視。這兩部文學上的精品，對於以後我國小說的發展，產生了深遠的影響。吾師潘重規先生大作《紅學六十年》，王關仕先生的《紅樓夢研究》，以及何澤翰的《儒林外史人物本事攷略》，陳美林著的《吳敬梓評傳》等，巧手慧心，妙筆生花，均有雋永的內容，值得參考。

清代的小說（三）

——諷刺、言情、公案與翻譯

清代中葉以後，類似《聊齋志異》、《儒林外史》、《紅樓夢》的長篇小說，數量相當龐大；但真正文情雋永的卻不多見。唯以炫耀才學見長的有李汝珍的《鏡花緣》；以俠義公案為主的有文康的《兒女英雄傳》，及俞樾重編的《七俠五義》；以揭露社會黑暗為內容的有劉鶚的《老殘遊記》。至於以古文筆法翻譯西洋小說的林紓，更是晚清文壇的巨匠，其作品之多，可以說空前未有，為我國小說的開展注入了新生命。

專門炫耀才學的《鏡花緣》，全書一百回。作者李汝珍，是直隸大興（今北京附近大興）人，一生沒有功名，曾在河南做過一任縣丞，晚年生活貧困。據他自己說，平生不屑章句帖括之學，而特別精通音韻、雜藝、壬遁、星卜、象緯、書法以及弈道。《鏡花緣》是他晚年創作，原計畫要寫兩百回，但是他「以文為戲，年復一年」，到最後僅完成一半，就去世了。

《鏡花緣》一書的作者，把敘述的時代拉回到唐朝，徐敬業討伐武則天失敗後，忠臣義士四散避難他方，時值武則天詔令百花在寒天齊放，花神不敢抗旨，眾花開放後，又受到天帝懲罰，貶降人間，變成一百個女子。其中眾花之首的百花仙子，生為秀才唐敖的女兒，取名小山。當時唐敖因科舉落第，慨然有絕世出塵之想，於是就隨妻弟林之洋出海遊歷，遇到不少的奇人異事和風土民俗。

最有趣的是作者運用他的學養，把《山海經》、《神異經》以及《列仙傳》中的某些虛幻故事，運用浪漫主義的藝術手法，生動活潑地搬上紙面。所謂「爰託稗官，以傳芳烈」，胡適以為這是「一部討論婦女問題的小說」，正由於作者的大膽誇張和賣弄，形成了《鏡花緣》別具一格的藝術特色。

文康的《兒女英雄傳》，作者自題為「評話」，共五十三回，今殘存四十一回。文康字鐵仙，滿洲鑲紅旗人，大學士勒保的次孫。曾任郡守、駐藏大臣。因諸子不肖，家道中落，晚景獨處一室，生活非常困頓，遂以筆墨發抒胸中的塊壘，《兒女英雄傳》就是在這個背景下寫成的。

書中敘述俠女何玉鳳之父，被權奸紀獻堂所害，於是更名十三妹，行走江湖，伺機報仇。有一天，偶遇孝子安驥蒙難，玉鳳仗義相救，又撮合他和同時被救的張金鳳成親。以後紀獻堂為朝廷所誅，安驥的父親也獲救脫險，玉鳳以為父仇已報，想出家為尼，但被人勸阻，嫁給了安驥為妻。安以後位極人臣，金鳳、玉鳳和睦相處，各生一子，全書在大團圓的氣氛中結束，所以這本小說又叫做「金玉緣」。

論者往往以為作者因諸子不肖，乃反寫安驥的榮華和倫常俱備的家庭以自況，處處受傳統道德束縛，迂闊庸俗，令人生厭。其實，如果我們從語言的表達藝術上來看，這本書全用純粹的北方官話寫成，一點兒沒有詰屈聱牙的地方，在方言文學上佔有很重要的地位。本書首回說：「篇中立旨立言，雖然無當於文，卻還一洗穢語淫詞，不乖於正。」這是很值得注意的地方。

俠義小說在晚清小說史上有相當分量，如《施公案》、《彭公案》、《三俠五義》、《七俠五義》、《七劍十三俠》等，其中人物都富有正義感，肝膽照人，除暴安良，為讀者帶來心靈上的慰藉；同時也反映了社會的黑暗，民不聊生的悲慘境況。其中經大學者俞樾修訂而成的《七俠五義》，最具有代表性。本書的前身是《三俠五義》，又名《忠烈俠義傳》。內容記宋代的包拯，斷奇案六十三件，參與辦案的俠士計七俠：展昭、歐陽春、丁兆蕙、丁兆蘭、艾虎、智化、沈仲元；五義：盧方、韓彰、徐慶、蔣平、白玉堂。以包拯為中樞，七俠五義為羽翼，以嚴密的組織，奮勇的精神來打擊犯罪，扶弱鋤強。在語言藝術上，寫草莽英雄，間或襯以世態，雜以詼諧，遂令莽夫格外生色，筆觸更加酣暢，使讀者有拍案稱快的樂趣。

道光以後，西方列強入侵我國，而清廷腐敗，社會黑暗，內亂四起。此時譴責現實，撞擊世風的作品如雨後春筍，層出不窮，其中最值得一提的是劉鶚的《老殘遊記》二十回。此書以鐵雲號老殘者為中心人物，以遊歷中的所見所聞為線索，以當時的達官顯宦毓賢、徐桐、李秉衡、剛弼為重點，揭發了贓官的可恨，以及清官之可恨更甚於贓官的事實真象。

《老殘遊記》的寫作，雖然以摘奸發伏，揭露社會黑暗為主導，但在人物個性的塑造，和風景事物的描繪上，卻細膩生動，出色感人。如大明湖的風光，黃河的結冰，桃花山的夜月，毓賢、剛弼的性情，黑妞、白妞的說書，無一不是鎔鑄新詞，著實描寫，給人留下深刻印象。

最後講到清末民初的翻譯小說，其中巨匠當然要推林紓。紓字琴南，號畏廬，別署冷紅生。他致力古文，同時也大量地翻譯東西洋小說。他翻譯的小說，有英國九十九部，美國的二十部，法國的三十三部，比利時的一部，俄國的七部，西班牙的一部，挪威的一部，希臘的一部，瑞士的兩部，日本的一部，未知國名的五部，共一百七十一部；另外還有十五個短篇。他以一個不懂外文，僅憑別人的講解，便成就了他在近代翻譯史上的偉大事業，對我國傳統文學做出開創性的貢獻，真可以說是前無古人了。

清代二百六十八年的小說界，無論是文言小說或白話小說，不僅是多采多姿，更是大開大闔。它樹立了我國傳統小說的里程碑，同時也為民國以後的新小說預先埋伏下生發的契機。

民國以來的新小說

文學本無所謂「新」與「舊」、「古典」與「現代」的分別，正如王國維《宋元戲曲史》自序上說的：

凡一代有一代之文學：楚之騷，漢之賦，六代之駢語，唐之詩，宋之詞，元之曲，皆所謂一代之文學，而後世莫能繼者也。

小說到了明清，可說是極一時之盛。而民國開元以後，由於受到清末翻譯小說和西方文學的影響，於是有別於傳統章回形式的小說出現，我們對這種刻意追摹西方的作品無以名之，名之曰「新小說」。

新小說自民國六年新文藝運動以後，如雨後春筍般地蓬勃發展，除了形式架構上有異乎傳統的突破外，在用以表達故事情節的語言文字和富有忠孝節義的內容思想方面，較之章回小說並沒有甚麼很大的差異。數十年來，新小說的層出疊現，風行海內，無論是民情風俗、世道人心，均起了很大的作用和影響。誠如梁啟超〈論小說與群治之關係〉一文說：

> 欲新一國之民，不可不先新一國之小說。……何以故？小說有不可思議之力，支配人道故。

綜觀近百年來新小說的發展狀況，大致可以分為三個階段：第一個階段，從民國六年到十七年（一九一七～一九二八），是所謂「草創期」。在這一階段中，先有民國六年的新文藝運動，繼有民國八年的「五四」運動，再有民國十四年的「五三〇」運動，最後是民國十七年全國南北大統一，在這個新舊交替的時代裡，文藝工作者面對著「文藝走向何方」的困境而一籌莫展。適當此時，胡適發表了他的〈論短篇小說〉。文中以為「短篇小說是用最經濟的文學手段，描寫事實中最精采的一段或一方面，而能使人充分滿意的文章」。同時，他也翻譯了歐美短篇小說名著如〈柏林之圍〉、〈二漁夫〉、〈最後一課〉，作為他立論的烘托，一時之間，頗能引起文藝界的注意。結果魯迅便搶得風氣之先，嘗試寫作了他第一個短篇〈狂人日記〉，登在民國七年五月出版的《新青年》雜誌。由於這個成功的嘗試，引發了不少人的迴響，因而造成短篇小說的盛況。

第二個階段，從民國十八年到三十八年（一九二九～一九四九），是所謂「興盛期」。在這二十年裡，先發生了民國二十年的「九一八」事變，繼而引起六年後（民國二十六年）的盧溝橋中日戰爭，並間接發生了民國三十年的日美珍珠港大戰，以及民國三十四年蘇俄進軍我東北各省，不久，美國又以原子彈轟炸廣島、長崎，迫日本於東京灣密蘇里艦上簽訂投降書，我國也在八年的長期抗戰後，獲得了光榮的勝利。就在凱旋歡笑的同時，中共以其坐大的武力，席捲了江河南北，我政府又於民國三十八年播遷來臺。在這個全國鼎沸，戰亂四起的時代，我中華民族面臨了生死存亡的重大考驗。這個時期的文藝作家們，秉持著書生報國的決心，透過小說體裁，發出獅子般的怒吼。其作品大致以長篇為主。如沈雁冰（茅盾）的《子夜》，巴金的《激流三部曲》——「春」、「秋」、「家」，沈從文的《邊城》等，就是此期的代表作。

第三個階段，從民國三十九年到現在（一九五〇到現在），是所謂「轉變期」。自民國三十九年先總統蔣公復行視事後，臺灣在隔海中共的窺伺下，由於中樞領導得人，全國軍民得到暫時的喘息。於是由「三七五減租」，而「耕者有其田」，而「公地放領」，一系列的農業改革，促進了工業的迅速發展，尤其自民國五十五年以後，臺灣工商業邁進國際市場，人民生活形態大幅改變，中西方文化也因而更加速地交流。文藝是時代的尖兵，社會的投影，所以此一時期的小說，可說是風貌各具，大放異采。如王平陵的《夜奔》，陳紀瀅的《華夏八年》，姜貴的《旋風》和《碧海青天夜夜心》等都成了一時之選。至於各期作品的特色，大抵而言，新文藝的作家們面對鼎新革故的草創時期，他們一方面要擺脫傳統章回小說的舊格調，一方面又要吸收西方小說的新形式，所以當時的作品，多半映帶著濃厚的批判色彩。

抗日戰爭發生，小說的發展，邁入了興盛時期，作家們目睹救亡圖存，刻不容緩，於是在響徹雲霄的炮聲裡，展開了中華兒女對日寇的口誅筆伐。如蕭軍的《八月的鄉村》，寫日軍在東北的暴行，以及老百姓抗日救國的悲壯，文字生動，蜚聲文壇。

自政府轉進來臺，是小說的轉變期，由於生活安定，社會繁榮，小說的寫作，從內容思想上看，可分三大類型：⑴回歸傳統，如姜貴的《旋風》，張愛玲的《秧歌》。⑵走向西方，如白先勇的《臺北人》，王文興的《家變》。⑶反映現實，如黃春明的《莎喲娜啦・再見》、《兒子的大玩偶》，王禎和的《嫁妝一牛車》等，皆具濃厚的鄉土風格。

新小說經過作家們近百年來的共同努力與創發，雖然衝破了傳統章回小說的樊籬，但類似章回小說中的四大奇書，和《紅樓夢》、《儒林外史》等那種高水準的藝術作品，盱衡當前著作之林，恐怕還沒有一部能和它們相提並論的。所以回顧過去，展望未來，我們的小說家們，在這個空前未有的變局中，應該立即走出西方文學的陰影，迅速增進傳統學術的素養，儘量篩減方言俚語的泛濫，然後運用我們高度的創作智慧，為中華民族的兒女們寫下時代的心聲血淚啊！

戲曲之部

周秦的戲曲

記得兩副戲臺對聯是這樣的：

三五步行遍天下
六七人百萬雄兵

假笑啼中真面目
新歌舞裡舊衣冠

頗為深刻地說明了舞臺藝術中的「真」與「假」，「新」與「舊」，和以少總多，以小納大的概括手法。這種概括手法，正揭示了中國戲曲的表現性、象徵性以及時空自由的特點。

講到中國戲曲，不可諱言的，它是一切藝術的小老弟，起源最早，成熟最晚。所謂起源最早，是指中國戲曲的起源可以上溯到原始時代的歌舞。固然戲曲的發展，其線索不止一條，來源不止一個，但是從詩、樂、舞的綜合性藝術來看，我們便不能把眼光只停留在元明以後，而應直追上古，找出這種藝術精神的根源。所謂成熟最晚，因為戲曲本身具有舞臺性和文學性，所以不可避免地出現以演出實踐，和以劇本文學為基點的兩種傾向。從這個角度觀察，古時候雖有俳優，可是有的歌而不舞，有的舞而不歌，他們大都以滑稽為主，實不得稱之為戲曲。至於兩漢的角觝戲、百戲，徒有戲之名，未見曲之實。南北朝時期的「蘭陵王」、「踏搖娘」，雖然有歌舞動作，但是甚為簡單。隋煬帝時候的「散樂」，唐開元年間的「參軍戲」，前者重視技藝，後者重視調笑；不過像晚唐昭宗的自製戲曲，後唐莊宗的粉墨登場，因為「上有所好，下必甚焉」的關係，造成了中國戲曲變遷上的大轉捩點。兩宋遵循唐代之舊軌，而稍加繁縟，在重視歌舞劇的同時，「雜劇」便潛滋暗長地興旺起來。時間到了元代，由於文人才士的大量參與，無論是對戲曲聲樂演唱活動、演員生活等各方面，都有廣泛的研究和作品，這不但鞏固了戲曲藝術的地位，同時也為中國戲曲的成熟，做了催生的工作。

戲曲是中國文學的重鎮之一，自從近人王國維發表了《宋元戲曲史》以後，更提高而且肯定了它在中國文學上的價值。在這個「中國戲曲」的單元裡，筆者準備將此一綜合藝術，分成周秦、漢魏南北朝、隋唐五代、兩宋、元代、明代、清代、民國以來等八個部分，來分別闡述各期所呈現的不同風貌，而在不同的風貌中，又以延展不絕的思想為軸心，作樞紐全局的基礎。

在《中國戲劇學》第一章〈中國戲劇學溯源〉中說：

戲曲是繼詩、音樂、繪畫、雕刻、建築和舞蹈之後的第七藝術。而此第七藝術，既有詩和音樂的時間性、聽覺性，又有繪畫、雕刻、建築的空間性、視覺性，並兼有舞蹈的以人的形體作媒介的本質特徵。

這個兼備眾體的戲曲，當然不是簡單的拼湊，而是有機的融合。

戲曲既為多方面的綜合藝術，則周秦時代綜合藝術的重要特徵，就是詩、樂、舞三者的融為一體。所以居今而想追述我國戲曲的源泉，《尚書》中的〈舜典〉和〈益稷〉兩篇，便是我們首當關注的作品。《尚書》是我國最早的歷史文獻彙編，在〈舜典〉、〈益稷〉兩篇裡，充分說明了上古之時，有關詩以言志，歌以永言，以聲歌詠，用律和聲，八音和諧，百官起舞的記錄。它把詩歌、音樂、舞蹈作了密不可分的聯繫，證明戲曲藝術，實導源於先民感情的自然宣洩。

又《呂氏春秋・古樂篇》記載著比《尚書》更早的資料。說過去葛天氏的音樂，三個人一組，手執牛尾，投足舞蹈，順口唱著〈載民〉、〈玄鳥〉、〈逐草木〉、〈奮五穀〉、〈敬天常〉、〈達帝功〉、〈依地德〉、〈總禽獸之極〉等八首民歌。這雖然不能稱之為戲曲，但是這種娛樂活動的情節，已經足以顯示詩、樂、舞在發生之初，是混而為一的。

至於為時較晚的〈毛詩序〉和《禮記・樂記》裡，更將詩歌、音樂、舞蹈三位一體的情況，用情動言形，咨嗟詠歎，手舞足蹈，以及音樂的本原、音樂的美感和社會作用，樂和禮的關係等，作了高度的綜合和發揮，為我國戲曲藝術奠定了理論基礎。

王國維《宋元戲曲史》說：「歌舞之興，其始於古之巫乎？」又說：「巫之典也，蓋在上古之世。」根據近人的看法，「戲」者示人以形，「曲」者娛人以聲，「戲」以習舞，「曲」以賡歌。故「戲曲」的意義就是歌舞。所謂「巫」，依照字形的構造，象人兩袖善舞之形，《尚書・商書》有「恆舞於宮，酣歌於室，時謂巫風」。《楚辭・九歌》也說楚國南郢和沅湘一帶，其俗信鬼好祠，祠必作歌樂鼓舞，可見巫者不僅善舞，而是歌樂鼓舞並作的。

古代歌舞，都有專人執掌，這種人，便是戲曲中的俳優。劉向《列女傳》記載，夏桀求偶侏儒徒，為奇偉之戲，可見俳優之戲，在夏桀的時代已經存在了。時至春秋，晉有優施，秦有優旃，楚有優孟。他們的一舉一動，一顰一笑，能歌善舞，滑稽逗樂之趣事，可說是風靡朝野，轟動一時。至於像優孟為孫叔敖衣冠，楚王想請他為相，優施起舞，孔子說他譏笑魯君，優旃善於言笑，諫秦二世漆城。他們無一不是在言談嬉戲之時，藉調笑的動作，達成諷諫的效果。這種情形，雖不能以後世戲曲中的某一角色來看待他們，但後世戲曲，確不可否認地是由此嬗變而來。

總而言之，中國戲曲的胚胎，在詩歌、音樂、舞蹈三位同體的理論上，和巫祝俳優的歌舞形容上，周秦時代已給它布置一張孕育發展的溫床。儘管後世戲曲的形成，另有其他複雜的因素；但如果沿波討源，振葉尋根的話，則中國戲曲的基石，殆無一不出於所謂「經」、「傳」。萬山旁薄，必有主峰，龍袞九章，但挈一領，世界上的萬事萬物，都是其生也有自，其去也有歸，中國戲曲行經的軌跡，經過筆者的援引和說明，便不難發現它出發的基點和以後發展的多采多姿了。這方面的專門著作不多，許金榜的《中國戲曲文學史》，綱舉目張，網羅弘富，可彌補這方面的不足，作為參考。

漢魏南北朝的戲曲

漢魏南北朝在中國戲曲發展史上說，仍處於胚胎時期。過去王國維著《宋元戲曲史》，於第一章〈上古至五代之戲劇〉一文裡，引述了古代有關戲劇的史料後指出：

> 後世戲劇，當自巫優二者出；而此二者，固未可以後世戲劇視之也。

巫的作用是樂神，優的作用是樂人；巫以歌舞為主，優以調戲為主；巫以女為之，優以男為之。漢代亡秦滅楚，在開國立極的路途上，展現了無比的魄力；但在禮樂制度的奠定方面，上繼周秦的制儀，下開後世規模，也有突破性的發展。

此時，巫優二者雖然仍擔任著樂神樂人的腳色，但樂神樂人的工作，在漢代已不局限於巫優，因當時百業繁興，社會安定，樂神樂人的工作，有明顯走向專業化、戲曲化的傾向，甚至扮演的角色，更不限於巫優。例如漢高帝劉邦初定天下，衣錦還鄉，和同鄉父老飲宴沛宮，即席作〈大風〉之詩。令沛中僮兒百二十人唱而歌之。漢武帝設立樂府，命李延年擔任協律都尉，廣搜前代秦楚各地的民謠；並採取司馬相如等數十人作的詩賦，製譜作曲，配合八音，成十九章之歌。在祭天大典時，使童男童女七十人混聲合唱。據《漢書・禮樂志》上記載，因為演唱時，聲動天地，天上有萬道霞光集於神壇，天子和官員侍從數百人都肅然為之心動。雖然這有點神話式的渲染，更不能算是戲曲表演，但是和戲曲的發展有密不可分的關係。

漢魏南北朝的樂曲，循著宮中和民間兩個方向分道揚鑣：在宮中是雅樂，屬於儀式用的。如漢明帝分樂曲為四品：(1)大予樂，郊廟上陵時使用。(2)雅頌樂，群雍享射時使用。(3)黃門鼓吹樂，天子大宴群臣時使用。(4)短簫鐃歌樂，軍中使用。此外還有騎吹、橫吹，也都是用於天子出巡或軍中馬上的。至於民間，就是所謂不登大雅的謳唱了。這種謳唱又叫做「俗樂」或「散樂」，根本是不見經傳的玩意兒。如「相和歌」、「清商曲」之類是。

所謂「相和歌」，根據《宋書・樂志》的說法，它是漢代的舊曲，其中分類很多，有「相和引」、「相和曲」、「吟歎曲」、「四絃曲」、「平調曲」、「清調曲」、「瑟調曲」、「楚調曲」、「大曲」等名目，而和戲曲最有關係的就是「大曲」。至於「清商曲」，雖然起於魏晉之世，但是發源於漢。宋郭茂倩《樂府詩集》說：「『清商曲』又叫『清樂』。『清樂』者，九代的遺聲，也就是『相和三調』。」由此可知，不獨「清商」出自漢代的「相和歌」，而「相和三調」更可上推二周了。

兩漢在樂曲方面，既有了迅速的發展，而與樂曲互相為用的舞蹈，勢必有一定程度的躍進。如相傳漢高帝所作的「巴渝舞」，表演項莊舞劍的「公莫舞」，用於宴饗的「七槃舞」，雖不免有儀式形態的存在，但是此項樂舞接近於故事的表演則是事實。另外，值得一提的是爭媚鬥豔的「百戲」，為漢魏南北朝的戲曲綻放了一個新的局面。

「百戲」屬於「散樂」，其制可以上溯周代，兩漢把它列入雜技，由於種類繁多，所以稱之為「百戲」。張衡〈西京賦〉曾對當時流行的百戲有所記載，名稱雖不夠詳盡，大致可以略窺一斑。其中有扛鼎、尋橦、衝狹、鷰躍、跳丸、走索、吞刀、吐火、侲童等，顧名思義，有的是武打技藝，有的為魔術變幻，與戲曲雖無直接關係，但是也算是娛人耳目的一端。至於〈西京賦〉中所描繪的「總會仙倡」和「東海黃公」，純由演藝人員扮作神仙猛獸，雜以故事情節，這種由單純趨於綜合的表演方式，頗富有戲曲性。

《中國戲劇史長編》的作者周貽白先生認為：在「總會仙倡」的整個歌舞表演過程中，伴有雲起、雲飛、電光、雷聲等，如今日舞臺所用的裝置及效果。不僅歌舞的演進，已接近故事表演，且亦注意到各項必要的布置。回想歐洲各國，在西元前希臘羅馬時期，尚缺乏正式的舞臺裝置，直到文藝復興後，還是靠著一般天才畫家作的布景來撐場面；而中國人當西漢武帝時，也就是西元前六世紀左右，便有了聲光雷電的戲劇布景與效果，確實值得我們引以為榮。

「散樂」自魏晉以後，因為屢經亂離，或散或亡，代有增修，不過，總的來說，南北朝時期的君主，大都講求娛樂活動，如魏晉有夏育扛鼎、巨象行乳、神龜抃舞、背負靈嶽、桂樹白雪、畫地成川之樂。南朝梁陳兩代，設有跳鈴劍、擲倒獼猴、青紫綠、緣高絙、變黃龍、弄龜等特技。北朝後魏道武帝天興六年冬，曾經詔令大樂總章鼓吹，增修百戲。北齊神武年間，平定中山後，有魚龍爛漫、俳優侏儒、山車巨象、拔井種瓜、殺馬剝驢等一百多種雜耍。後因武帝保定初年，下詔暫停舉行元會殿庭百戲；可是宣帝即位後，又屢召雜伎，增修百戲。並經常陳列殿前，累日繼夜，不知休息。以上我們都是根據元馬端臨《文獻通考》上的記載，發覺這些荒嬉無狀的國君，雖不免年促命短，國破家亡；但是從戲曲藝術的觀點來看，此類雜伎的發展，不僅在形式上力求創新，就是在種類上、內容上，也必定廣事包羅，加以充實。對戲劇表演以及演藝事業的成長，實有不可磨滅的貢獻。

隋顏之推《家訓》和宋郭茂倩《樂府詩集》，都記載著在北齊的時候，後主高緯喜歡看傀儡表演，稱表演的人叫郭公，當時一般人便戲稱郭公歌。我們不知道這裡的傀儡，是否扮演故事？有無布景裝置？假使這個記載可信的話，我們中國的傀儡戲，早在南北朝的時候就已成百戲之一，而登上表演舞臺了。

漢魏南北朝的戲曲，是由周秦胚胎期，到兩宋形成期，整個過渡中的一個環節，我們透過零星資料的聯綴，相信讀者可以得知在戲曲演進的脈動裡，它已經從胚胎中萌芽，並累積了音樂、舞蹈和雜耍的經驗，逐漸掙脫「散樂」的羈絆，成為時代的新寵。由周續賡、張燕瑾等合寫的《中國古代戲曲十九講》一書中的第一講，論〈中國戲曲的形狀〉，提到一部分，只可聊備一格而已。

隋唐五代的戲曲

隋唐五代是中國戲曲變遷的重要關鍵，後世戲曲莫不導源於此。當漢魏南北朝宮中雅樂和民間散樂分道揚鑣的時候，隋煬帝楊廣卻大造迷宮，使秦皇阿房不得專美於前，開鑿運河，更達成觀光江南的目的。大業二年（六〇六），煬帝為了誇示天朝聲威，讓突厥染干大開眼界，便總遣四方散樂，大集東都端門外，前後綿亙八里，列為戲場。

《隋書・音樂志》記載當日盛況，說是百官起棚夾路，從昏至旦，演藝人員穿著錦繡繒綵，歌舞者多衣婦人服，鳴環珮，飾以花毦，其為數將近三萬人。戲曲之盛，曠古未有。〈柳彧上書〉說：「鳴鼓聒天，燎炬照地，人戴獸面，男為女服，倡優雜伎，詭狀異形。」我們如果從衛道的立場看，煬帝確為一代荒淫無道的暴君，如從娛樂的觀點言，他反而成了後世戲曲的功臣。

唐代的戲曲藝術，尤其在初唐、盛唐時期，一百多年間相當盛行。其中見於史書記載的，計有「代面」、「撥頭」、「踏搖娘」、「參軍戲」、「樊噲排君難戲」等五劇。這五種戲劇都是歌舞相合表演一個故事。現在把它們的情節簡述如下：

一、代面：段安節《樂府雜錄》和崔令欽《教坊記》，又稱「大面」。代面始見於北齊，據說北齊蘭陵王高長恭勇敢善戰，貌似婦人，自嫌不足以威敵，乃刻木為假面，臨陣著之，百戰百勝，因作此戲。表演時，衣紫、腰金、執鞭，以效其指揮擊刺的樣子，並作「蘭陵王入陣曲」。歌舞形式，雖十分簡單，然後世戲曲發展，實植根於此。至於「大面」既可以威敵，其眉面刻畫和色彩調配必極盡誇張，以示英武凶狠，此即今日所謂「臉譜」的濫觴。

二、撥頭：《樂府雜錄．鼓架部》條稱此為「缽頭」，王國維《宋元戲曲史》根據《北史．西域傳》推測，此戲可能出於拔豆國，或由龜茲等國傳來。戲的本事是說過去有人父為虎傷害，遂上山尋找父屍；山有八折，故歌曲也有八疊；表演的人被髮衣素，面作哭啼遭喪之狀。這種情節，有類乎漢代「散樂」中的「東海黃公」。「東海黃公」是具有故事情節的角觝戲。內容結構在講人虎相鬥，而人被虎噬。固然「撥頭」中被虎傷害的，不見得就是東海黃公，但由於兩個故事情節如此接近，不能說這中間沒有相關的跡象。

三、踏搖娘：《教坊記》又稱做「踏謠娘」，《樂府雜錄》名「蘇中郎」，大致是說踏搖娘生於隋朝末年。丈夫河內人，容貌醜陋，嗜飲酗酒，常自號郎中。每醉歸家，必毆打其妻。妻綽約多姿，能歌善舞，於是自作怨苦之詞，含悲哭訴於鄉里鄉黨。當時河內一帶的人，把它演為戲曲，被之管弦。表演時，丈夫穿著婦人服，徐步入場行歌，每一疊，旁人就齊聲唱和云：「踏搖和來，踏搖娘苦和來！」且歌且舞，等其丈夫到來時，雙方作毆鬥狀，共為笑樂。王國維《宋元戲曲史》說：「必合言語、動作、歌唱以演故事，而後戲劇之意義始全。」這樣看來，「代面」和「踏搖娘」全是有歌有舞，表演一事，就不能說不是戲曲了。

四、參軍戲：唐開元中（約七三〇前後），有表演「參軍戲」的，根據《樂府雜錄》，是說黃旛綽、張野狐弄參軍。此戲起源於東漢館陶令石耽。耽有贓犯，和帝惜其才，免罪。每宴樂，就叫他穿白夾衫，命俳優捉弄他，經年乃放。又說開元中有李仙鶴善演此戲，明皇特授韶州同正參軍，以食其祿。看來，這齣戲是用一個有罪的人擔任參軍，讓俳優們去自由嘲弄，因而演為一種戲劇。照現代的戲劇理論來說，這是按照角色的個性編劇，以戲弄調笑為主體，後世以參軍為戲中腳色的稱謂，實本源乎此。

五、樊噲排君難戲：陳暘《樂書》又稱「樊噲排闥劇」。唐昭宗光化四年（九〇一）正月，大宴群臣於保寧殿，上製曲名曰「讚成功」。適時，鹽州雄毅軍使孫德昭等，殺劉季述反正，遂作「樊噲排君難」戲以相喜樂。這是帝王自製戲曲的開始。

後唐莊宗好俳優，能度曲，自己更粉墨登場，別為藝名叫「李天下」。這不僅是帝王自傅粉墨，登場表演之始，且當時伶官們各有專職，擅權用事，更是演藝事業的鼎盛時代。這在《五代史・伶官傳》裡，對這些人的活躍狀況，有極為詳實的記載。

中國戲曲到了隋唐，可以說已經逐漸擺脫胚胎時期，而發展出一套屬於自己的形式。其所缺乏的，只不過是劇本的寫定而已。這時候出現了許多評述戲曲的詩作，如常非月的〈咏談容娘〉，梁鍠的〈傀儡吟〉，薛能的〈吳姬〉，元稹的〈贈劉採春詩〉，李商隱的〈驕兒詩〉等，均為人所熟知。其中尤以天寶間人常非月作的〈咏談容娘〉，將表演人員的動作、舞姿、幫腔、說白、效果以及觀眾等，寫得淋漓盡致，可以說是一首相當精彩的劇評詩。

唐代還出現了和戲曲發展有關的專門著作，如崔令欽的《教坊記》和段安節的《樂府雜錄》。《教坊記》記述的是教坊管理制度、樂舞內容、歌曲名目及藝人生活瑣事，保存了許多古代戲曲方面的史料。今人任半塘先生有《教坊記箋訂》，慧心特識，很值得參考。《樂府雜錄》是論述唐代樂部管理制度，宮廷和民間各種樂曲、舞蹈、樂器的源流和內容，以及藝人小傳等，可說是研究唐代戲曲藝術的權威作品。至於任半塘先生的《唐聲詩》、《敦煌曲校錄》，對研究中國戲曲而言，也具有一定的輔助價值。

兩宋的戲曲(一)

兩宋戲曲繼隋唐戲曲的演進之後，又有了新的發展，「雜劇」就是顯著的例子。「雜劇」一詞，最早見於晚唐李德裕寫的〈論故循州司馬杜元穎追贈狀〉，證明唐代後期已有雜劇的演出。時至兩宋，由於城市商業經濟的繁榮，和民間藝術的興盛，雜劇便陶熔了歌唱、舞蹈、雜技以及故事表演於一爐，躍登藝術的殿堂，成為兩宋戲曲的主流。

何謂「雜劇」？由於中國戲曲的「百戲雜陳」，無論是內容或形式，莫不五花八門，紛紜雜沓，在北宋時代，雜劇的演出，原先只是夾雜在百戲當中的一個節目，並未形成一種獨立的排場；到了後來，它擷取百戲的優點，以詼諧嘲笑的題材為主，夾以念誦和對白，用歌舞或故事來表出。故雜劇者，乃上承隋唐歌舞的陳跡，下開金元戲曲的先河。

雜劇的表演分為兩大類：一屬官方，一屬民間。官方的表演內容，雖然以詼諧嘲笑為主，但是絕不嘲罵個人或作人身攻擊，而是向掌權的王公大人進行譏諷，有時候甚至對政府施政提出某種程度的建議。譬如朱彧《萍洲可談》卷三，記載著王安石為鞏固勢力，把親信都引進朝廷，成了被人攻擊的焦點。伶工們有一次便在皇帝面前作雜劇表演：一個伶工跨上驢背，直向殿階上走去，兩旁的人急忙勸阻，不讓他上，此時伶工故作驚愕狀，說：「怎麼？我還以為只要是有腳的東西都可以上去哩！」從此以後，引薦的事情就比較少了。其他像陳師道《談叢》卷一諷刺讀書人的孤陋寡聞，周密《齊東野語》卷二〇譏刺童貫兵敗逃竄，曾敏行《獨醒雜志》卷九，諷刺蔡京建議政府發行當十錢的大鈔，都是在不拘形式，無傷大雅的情況下，達到插科打諢，移風易俗的效果。

至於流行民間的雜劇，根據王國維《宋元戲曲史》第三章的說法，在表演內容方面，大半以扮演事實為主，同時也注意到所含的意義。在表演形式方面，更有各種不同的方式。如以口演戲的「小說人」，他們說的是煙粉、靈怪、傳奇、公案、朴刀、棍棒等，孟元老《東京夢華錄》卷五，記載當時的京瓦伎藝中，有霍四究的說三分，尹常的賣五代史，文八娘的叫果子。以形演戲的「傀儡」，傀儡戲的戲種也多，計有懸絲傀儡、走線傀儡、杖頭傀儡、藥發傀儡、肉傀儡、水傀儡。吳自牧《夢粱錄》卷二〇說這種傀儡戲，表演的玩意兒很多，像煙粉靈怪、鐵騎公案、君臣將相、故事話本，沒有不能表演的。以形演戲的「皮影戲」，北宋始有，到南宋大盛。高承《事物紀原》卷九，說「宋朝仁宗的時候，有人談天下三分，或採其說加以誇飾，製作影人，於是纔有魏蜀吳三國爭霸的真象」。以後，這些影人又經過羊皮雕形、彩色裝飾，公忠體國的雕以正貌，讒邪奸佞的刻以醜形，在真假相半中頗寓有褒善貶惡的意味。

雜劇表演的場所，對兩宋戲曲活動提供了發展的溫床。除了宮廷的表演，多在讌集的時候進行外，一般的情形，根據各種有關記載，大部分在一種叫「瓦舍」的地方表演，瓦舍是市民觀眾常年賣藝的所在，通稱為「瓦子」。耐得翁《都城紀勝》有〈瓦舍眾技〉專篇，說「瓦，野合易散的意思」，吳自牧的《夢粱錄》也有〈瓦舍〉篇，說「瓦舍，指來的時候瓦合，去的時候瓦解的意思」，換言之，就是易聚易散，為各方人士放蕩不羈之所。當時一般流浪江湖，靠賣藝營生的，不管是說唱故事、演雜劇、跑馬賣解、摔跤，或表演各種雜耍，統稱為「路岐人」，就地賣藝的叫「做場」，做場的地方，四周以蘆圍繞，中間放些木凳，俗稱「看棚」，「看棚」中心用低矮的欄杆加以間隔，這種設有欄杆的「看棚」，通稱「勾欄」。到了後代，「勾欄」又作為妓院的代稱，事實上它絕對不等於妓院。

根據《東京夢華錄》的記載，在北宋的京師汴梁（今開封）一個桑家瓦舍，分為中瓦、裡瓦，就有勾欄五十多座，可以容納數千名觀眾。南宋的臨安（今杭州）的瓦舍，城內外合計有十七處。由瓦舍數量之多，就可以知道當時冶遊的盛況了。

說到雜劇，不能不講究腳色，「腳色」就是把表演的人員按照性質分為若干類，這在戲曲裡叫做「行當」。唐代的參軍戲，已經有了兩個固定的腳色，那就是參軍和蒼鶻，到了兩宋，當時的教坊共設十三部，而以雜劇為「正色」。雜劇的組織，大致說來，一個雜劇班叫做「一甲」，用一個「末泥色」當甲長，「末泥色」就是後來戲劇中扮演男主腳的正面人物，他是這個班上的領班兼導演，演前準備，上場交代，都是他要負責的。還有一個腳色「副淨」，是「末泥色」的副手，大都扮演反面人物。另一個腳色叫「副末」，也是「末泥色」的副手，扮演不分年齡的男性人物，經常和「副淨」搭檔，來逗笑取樂。至於「裝孤」、「裝旦」，前者只是裝扮官員，為淨為末，均無不可，不能算是正當的腳色；後者是以男扮女，專門負責「引戲」的職務。以上這幾種腳色，傳到後世，除「裝孤」外，便只有正末、副末、副淨、正旦等四項，也就是通常所謂的生、旦、淨、丑四大行當。

宋雜劇的表演過程很有趣，依照《夢粱錄》卷二〇〈妓樂〉的說法，是「先做尋常熟事一段，名曰豔段，次做正雜劇，通名兩段，又有雜扮，即雜劇之後散段也」。可知雜劇的表演過程共分三個層次：即在正式節目開始之前，先上演一個小插曲，借以招攬觀眾，收安定情緒之效，叫做「豔段」。其次，是「正雜劇」的演出。最後，在結束之前，來一齣滑稽劇或笑話，逗人喜樂，作為整個節目的餘波，留給觀眾們有餘不盡之意，這叫做「雜扮」。

兩宋的戲曲（二）

雜劇表演用的劇本，是雜劇的靈魂，地位十分重要。照當時學者的說法，劇本分官本和院本兩種。在周密《武林舊事》卷一〇裡，就記載了官本雜劇段數二百八十四種，陶九成《輟耕錄》卷二五也載有院本名目二百九十種。

近人王國維作《宋元戲曲史》，其第五章〈宋官本雜劇段數〉和第六章〈金院本名目〉中，對此兩種不同的劇本，有非常精密的考訂，並且以為「今雖僅存其目，亦可以窺兩宋戲曲之大概焉」。周貽白著《中國戲劇史》，在〈南宋時代的雜劇〉一講裡，特別強調：

> 此一時代，既有這麼多通行的雜劇本子，也可以想見當時作者之繁盛。其繁盛的原因，自然是應演出者的需要。民間有些書會人士，專門撰作唱本或話本。

兩宋戲劇，實綜合種種的雜戲，而其戲曲，更是揉合了種種樂曲，且分門別類，成立組織，並有落魄文人為他們演出的劇本，去挖空心思，從事創作。所以中國戲曲得以完全形成於兩宋不是沒有原因的。

兩宋除雜劇外，另有一個重要劇種，就是「南戲」。南戲者，南曲戲文的意思。因為它產生於浙江溫州一帶，所以又稱「溫州雜劇」或「永嘉雜劇」。南戲在中國戲曲史上，對明清戲曲有極大影響，所以我們講完雜劇之後，必須談一談南戲的發展情形。

當金人滅遼後，又乘勝席捲兩河，康王趙構逃到浙江臨安（今杭州），建立了臨時首都，從此與金人議和，以淮河為界，史稱南宋。這個時期，在金人統治的地區，民間仍然上演著以說唱為基礎的所謂雜劇，而江南一帶，由於一些路岐人隨著政府南移，他們和地方上流行的民謠結合，於是表演方式也有了新的開展。

根據明代中葉徐渭寫的《南詞敘錄》，知南戲始於宋光宗朝（一一九〇前後），可是如按照祝允明《猥談》上的記載，南戲卻出於宣和（北宋徽宗年號，一一一九）以後，南渡之際（一一二七康王趙構建元），則比徐渭的說法要早上七八十年。

觀當時永嘉人作的《趙貞女蔡二郎》和《王魁負桂英》兩個劇本，發覺在戲文的形式上，其最大特點，是不叫宮調，沒有嚴格的格律，完全是立足於以宋詞配合溫州地區的俚俗小調的基礎上，發展而成的新形式。可以一人唱，也可以兩人對唱或眾人輪唱，富有濃厚的民間曲藝色彩。當時的江湖術語，管這種歌謠小曲混雜的唱腔，叫做「鶻伶聲嗽」。「鶻伶」是伶俐的意思，「聲嗽」指聲調，合而言之，則為「伶俐的聲調」，可見它受人喜愛的程度。記得南宋陸游的詩句云：「斜陽古柳趙家莊，負鼓盲翁正作場。身後是非誰管得，滿村聽唱《蔡中郎》。」指的就是《趙貞女蔡二郎》這齣說唱故事。

由於「南戲」在體製上具備自由靈活的特點，同時在內容結構上又可長可短，短的幾齣，長的十幾二十齣，所以無論是演員或聽眾都深表歡迎。因為這種民間戲曲具有強韌的生命力，所以今人吳國欽在他作的《中國戲曲史漫話》中說：

> 在元雜劇勃興後，南戲依然是江南戲曲的勁旅，它直接影響到後來明清傳奇的創作與演出。

兩宋戲曲既然這樣發達，則政府官員與學者們，對這個崛起民間的藝文活動的看法又如何，很值得在此附帶一提的。根據周密《癸辛雜識外集》上的說法，在北宋太宗（九七六）的時候，就有人屢次提出「不得以夫子為戲」，「不得以近臣或三教諸般為戲」的建議。南宋孝宗的時候，朱熹於紹熙元年（一一九一）在福州漳州做官的時候，曾下令禁演戲文。朱熹的門生陳淳〈上傅寺丞論淫戲書〉中列舉了南戲八大罪狀。後來作《中原音韻》的周德清，也說南戲是「亡國之音」。明代的葉子奇更把南宋滅亡的責任推到永嘉人的頭上，可見兩宋君臣以及某些衛道之士，對雜劇和南戲的成見之深。他們不去想如何因勢利導的良法，反而以為妖妄，奏令禁絕，真教我們不可思議。

最後要說的，是關於兩宋戲曲方面的專門著作很多，它們不僅保留了當代戲曲發展的史料，同時也為從事戲曲研究的人們，提供了循序漸進的線索。譬如專門記述瓦舍勾欄演出活動的作品，有孟元老撰的《東京夢華錄》，書中對各色伎藝敘述至詳，是了解北宋演出活動的實貴資料。耐得翁撰的《都城紀勝》，對宋雜劇發展有重要的說明。記述表演劇場的作品，有吳自牧的《夢粱錄》，對表演藝術和劇場演出，有詳細的記載。記述劇本名目和段數的作品，有周密的《武林舊事》，對現存宋雜劇的劇目記錄詳實。考訂兩宋戲曲起源的作品，有高承的《事物紀原》，對當時的戲場、傀儡、百戲、影戲、合生等有討源索流的考察。

至於當時文人雅士，在賞心悅目之餘，從事戲曲評述的文字更是不勝枚舉。如蘇軾在〈傳神記〉一文中，說藝術的精彩處在於傳神，深得中國戲劇表演的重要特徵。歐陽修的《五代史．伶官傳》，可說是繼西漢司馬遷《史記．滑稽列傳》後為優秀的伶工們寫作的傳記名篇。南宋詩人劉克莊更是戲劇題詠的能手，如在〈聞祥應廟優戲甚盛〉二首之一中云：

空巷無人盡出嬉，燭光過似放燈時。……游女歸來尋墜珥，鄰翁看罷感牽絲。……

把民眾的熱烈參與和戲劇動人的景象描繪得淋漓盡致。近人錢南揚作《戲文概論》和吳梅作的《中國戲曲概論》二書，對「南戲」的原委、劇本的存佚、內容與形式，以及演唱藝巧等，都有相當詳細的考訂。為有志研究「南戲」的人提供一本頗具價值的參考書。

元代的戲曲(一)

元代的戲曲——雜劇，繼兩宋官本雜劇和南戲之後，為我國文學史綻放出鮮豔奪目的花朵。它不僅在內容上反映了廣大群眾的複雜生活，把政治和文學緊密的扣在一起，同時，在形式上，將詩詞、音樂、舞蹈各種藝術，做了完美的結合，並給人以強大的感染力，受到當時群眾和後世讀者的愛好。

元代雜劇是在非常複雜和微妙的關係下，發展而成的產物。回想南宋和金邦對峙一百多年後，蒙古崛起朔漠，宋朝採聯蒙制金的政策，金邦被蒙古打垮後，蒙古的力量由此壯大。就在南宋度宗時代，建立國號「大元」。乘戰勝金邦的餘威，大舉南侵，直把南宋的末代帝王趙昺逼得投海而死，於是蒙元統一了中國。雜劇就在蒙古人的箝制下，竟然一枝獨秀，一躍而為中國文學的新寵。

元代雜劇興起的原因，王國維《宋元戲曲史》以為實由於元初廢除科舉取士的緣故。他說：

> 知識分子一旦失去獵取功名的機會，肩不能挑，手不能提，剛好雜劇這種新文體出現，乃從事於此。又有一二傑出之士出於其間，充其才力從事創作，於是元代雜劇，遂為千古獨絕的文字。

除了王氏所說的文化因素外，他如政治、經濟、以及文學形式的發展成熟，也都是元代雜劇極一時之盛的重要因素。

蓋蒙元入主中原，不但是漢族廣大人民的悲劇，更是中國歷史空前黑暗和野蠻的時代。大漢子民為了維護自身的生存權，不惜在酷烈無情的統治下，作殊死的抗爭。這種熾熱的民族情感，唯有藉著文學作品來烘托，以達成他們不屈的意志和理想的情懷。適於此時，雜劇本身的發展已臻成熟。它在我國固有文化的基礎上，融合了唐宋詩詞、參軍戲、滑稽戲、敦煌講唱文學，與北宋出現的諸宮調等，在民間經過長期的醞釀，又直接吸收了金院本雜劇中的舞臺表演藝術的成就，於是正式產生了此一元代文學的新形式。所以有人說：「元雜劇是綜合了以前各種文學藝術的成就，在金院本的直接影響下，經教坊、行院、伶人、樂師和書會才人共同努力改進，而創造出來的一種綜合性的舞臺藝術。」

元代雜劇雖名為「雜劇」，但是和兩宋時代那種因題設事，以詼諧、譏諷為主的雜劇有所不同，而是完全以表演故事情節為主。它在體制上主要有三大特點：(1)採用「四折一楔」的結構形式。(2)採用旦本或末本主唱的制度。(3)採用北曲演唱的規定。

四折一楔是元代雜劇的基本架構。一折，相當於今天的一幕，元雜劇通常分為四幕，稱為四折，有時四折之外，還需要交代一些情節，作為折與折之間的聯繫，有時加在第一折的前面，位置既不固定，篇幅也比較小，一般人稱它叫「楔子」。這種形式之所以構成，主要還是根據音樂上的需要，和戲劇情節的發展來劃分的，有一定的科學性。但是這種模式也非一成不變，如紀君祥的《趙氏孤兒》有五折，關漢卿的《五侯宴》有五折，王實甫的《西廂記》更多達五本二十一折，吳昌齡的《西遊記》為六本二十四折。可見「四折一楔」只是通例，主要還是以故事情節的變化為準。

旦本末本是元代雜劇最怪異的形式。因為作者撰作劇本，每每一氣貫串，因而在舞臺表演時，唱調通常集中於正末或正旦主唱，其餘的角色如沖末、副末、外、貼旦、外旦、色旦、搽旦、淨、副淨、丑等，大都居於賓白的地位；偶然也有唱曲的，則多屬套外的文章，不算正曲。像這種一場戲全由一人主唱，其他盡是賓白的模式，非常不合理。所以一到明清，便摒棄了這種僵局而別開生面了。

雜劇之為物，是合動作、言語、歌唱三者而成。在元代雜劇裡，記動作的叫做科，記言語的叫做賓白，記歌唱的叫做曲。曲又分南曲北曲，北曲以宮調為主，所以它所唱的曲子，都有宮調的限制。南曲無論為詞調或歌謠小曲，都不用宮調。而元代雜劇就是採用北曲演唱的規定。

宮調類似現代樂曲中的A調、C調，演唱時，把同一宮調中的若干曲子聯成一套，再把若干套數連在一起，敘述故事，情節隨著音樂變化而長短有致，有說有唱，造成以唱為主的講唱文學。

至於元雜劇的故事取材，基本上都是有根據的。以現存的一百多種元人雜劇，加以篩揀統計，發覺其故事來源大致可分為三類。第一類，取自於前代正史，如《趙氏孤兒》、《火燒介子推》，都是在正史的基礎上加工創作的成品。第二類，取材於唐宋傳奇或野史雜說，沒有可靠的正史作依據，如《西廂記》、《倩女離魂》，都屬這一類的作品。第三類，時代劇，取材自當時的社會，可說是時代生活的反映，如《竇娥冤》、《魯齋郎》等皆屬此類。由於在蒙元的專制極權統治下，作家們從事創作多所顧忌，所以在以上三類劇目中，又以採自正史的歷史劇和傳奇的故事劇佔元雜劇存目的絕大部分。

元代雜劇在中國歷史上雖然只有短短的九十年左右，但是卻出現了不少的優秀作家和作品。根據前人的統計，當時傑出的劇本多達五百三十五本，作家有一百一十一人。元雜劇的作者們，充分利用戲曲的特點，將現實生活的悲苦與人民抗暴的精神加以深化提煉，藉著人物個性的塑造，來反映抨擊元代政治黑暗的訴求。所以元代雜劇不僅為中國文學的演進，奠定了新的基石。同時，像《趙氏孤兒》早在十八世紀中葉就介紹到法國，而躍登世界藝術文化的殿堂，久已成為中外注目的瑰寶了。

元代的戲曲(二)

元代雜劇的作家和作品很多,但是按照歷來學術界的看法,大家一致推崇的只有「關、馬、白、鄭」四大家。其實,如果專門從文學的角度來評定的話,四家之外,起碼還應該再加上王實甫和喬吉兩人。

關漢卿,大都(今之北京)人,做過太醫院尹,有人說他生於金代,元代初年他六十多歲了,活了八九十歲,可見他不但十分長壽,如果從作品的產量看,他又是一個精力過人的多產作家。據各種著錄統計,其作品有六十五本,今尚流傳的約十七種。如《拜月亭》、《單刀會》、《竇娥冤》、《魯齋郎》、《蝴蝶夢》、《調風月》等都是他的名著。關氏作品題材廣泛,長於描寫女性。如厭倦風塵的妓女,雍容大方的閨秀,楚楚可憐的童養媳,貧農的繼母。他把自己滿腔的同情心,傾注在這些婦女身上,所以經他塑造的婦女形象,都鮮活亮麗,性格獨具,為我國文學成功地寫下了不朽的藝術典範。

其次是馬致遠。他也是大都人，號東籬老，做過江浙省務提舉，生卒年代不詳。根據著錄，他的著作有雜劇十三本，今存八本，如《踏雪尋梅》、《陳摶高臥》、《青衫淚》、《漢宮秋》、《黃粱夢》等。其中又以《漢宮秋》一劇飲譽古今，家喻戶曉。馬氏運用優美的詞曲，創造醲郁的悲劇氣氛，令人盪氣迴腸，一唱三歎。王國維在《宋元戲曲史》裡說他「寫情則沁人心脾，寫景則在人耳目，述事則如其口出」。清爽雋永，所謂「朝陽鳴鳳」，正見他作品的當行本色。

再其次是白樸。白氏真定人，號蘭谷先生。生於金長宗三年（一二二六），卒年不詳，據說在大德十年他還到揚州遊玩，當時已經八十歲左右了。他作有雜劇十五本，今存三本，即《梧桐雨》、《牆頭馬上》、《東牆記》，其中又以《梧桐雨》一劇最是有名，論者以為可媲美《漢宮秋》，但境遇之慘更有倍之。因為一係生離，一則死別，這不僅在行文造語上難以入手，就是在變兵立逼的情況下，環境的陪襯，心情的體會，對故事的取材和情節的安排很不容易拿捏得準。可是他的梧葉雨聲卻刻畫了人物的內心世界，留下了沉雄蒼老的美響。

最後是鄭光祖。光祖字德輝，山西平陽人，做過杭州路史，為人方直，不隨便和人交往；但是他在文學藝術圈裡，名氣很大，閨閣婦女自不用說，就是勾欄院中的樂師伶工，都尊他做鄭老先生。著有雜劇十七種，今存八種，如《㑳梅香》、《倩女離魂》、《王粲登樓》、《三戰呂布》、《周公攝政》等，都是他的代表作。其中《㑳梅香》和《倩女離魂》兩本，在文詞上甚受世人推許。《倩女離魂》取材於唐代傳奇《離魂記》，尤其末折喜鶯遷一段措詞，真是靈心慧舌，其妙無匹。至於《㑳梅香》，恰似一本《西廂記》，尤其在它前後關目的地方，插科打諢，顯見模擬的痕跡，不能說是無心的巧合了。《太和正音譜》說他「出語不凡，若咳唾落乎九天，臨風而生珠玉」，正說明了鄭氏在文學藝術上是不落俗套的。

與關馬白鄭四家同時而媲美者，還有王實甫。他也是大都人，名德信，生卒事跡不可考。著有雜劇十四本，今存三本，其中又以《西廂記》為精心傑作，膾炙人口。不僅在元曲中佔有重要地位，且有外文譯本，在世界文壇上也譽為佳構。特別是第四本第二折〈拷豔〉(又叫〈拷紅〉)，在全劇中算是最精彩的部分，讀來有錦心繡口，吐唾珠玉的感受。喬吉字孟符，太原人。作有劇本十一種，今存三種，如《揚州夢》、《兩世姻緣》、《金錢記》，而其中的《兩世姻緣》最是有名，文詞上也比較穠麗，有人說他「灑落俊生，別具風韻」，信非虛讚。

元代雜劇既然在中國文學藝術上極一時之盛，所以關於戲曲理論和批評方面的論著，也應運而生。其中第一位著名的曲論家和表演批評家，就是河北磁縣的胡祇遹，胡氏著有《紫山大全集》，他在〈黃氏詩卷序〉一文中，對戲曲表演藝術，提出九點要求，稱之為「唱曲藝人的九美」。這九美包括了演員的形體素質、風度氣韻、生活經驗、演唱技巧等，頗有發明古人，時出新奇之見。

其次是燕南芝庵的《唱論》，燕氏生平事跡不可考，而他的《唱論》卻是對前人歌唱經驗和當時戲曲演唱理論的總結。全文篇幅很短，僅有二十七節。他認為「絲不如竹，竹不如肉」、「取來歌裡唱，勝向笛中吹」，他這種強調歌聲自然，不可使樂器伴奏喧賓奪主的看法，真是高人一等。

至於夏庭芝的《青樓集》，是記載元代演員事跡的一部專書。他把當時幾個大城市的一百一十多個伎女生活片段加以記述，而其中六十餘人如李嬌兒、汪伶伶、順時秀等都是十分出名的雜劇演員。鍾嗣成的《錄鬼簿》，是一部元代戲曲作家評論集。書中記錄了元代書會才人、名公士夫的戲曲、散曲作家一百五十二人，作品名目四百多種，內容相當豐富，是研讀元代戲曲不可多得的史料。

最後是周德清的〈作詞十法〉。他憑三十年創作樂府的經驗，提出「韻共守自然之音，字能通天下之語，字暢語俊，韻促音調」的理則，為北曲創作的要求，歸納出十條應循的法則，給後世從事元代戲曲研究的人，指出入手的法門。

元代戲曲以雜劇為代表，而雜劇之所以名垂千古為一代絕作者，還在於它文章之美。蓋元劇的作者，以意興之所至，摹寫胸中的感想與時代的情狀；其真摯之理，秀逸之氣，純以自然取勝。所以把元代戲曲放在中國三千年文學的演變中觀之，也可以說有它獨到的特色，妙絕之勝。

明代的戲曲（一）

明代的戲曲主要是「傳奇」，它是在宋元時代南曲戲文（簡稱南戲）的基礎上發展而成的戲種。這種戲種所以叫「傳奇」，實與元代戲曲評論家鍾嗣成有關。他在《錄鬼簿》一書裡首先說：「前輩已死名公才人有所編傳奇行於世者五十六人。」「傳奇」之名在此為首出，鍾氏更正式把「傳奇」看作是一種戲曲的體裁。至於元末明初的戲曲作家高則誠，更被後世讀者推為「傳奇」之初祖。在他《琵琶記》的開場詞〈水調歌頭〉裡說：「論傳奇，樂人易，動人難。知音君子，這般另作眼兒看。」既然戲曲作家把自己的劇作命名為「傳奇」，從此這個由南戲發展成功的劇種，便理所當然的登上明代戲曲的寶座，成了眾所公認的代表。

從鍾嗣成《錄鬼簿》得知當時名公才人以傳奇行世的有五十六人之多，根據所知道的材料，宋元南戲的名目，有一百五六十種，外加一些零星的曲子，還收藏在現存的曲譜裡面，如《九宮正始》、《南曲譜》、《詞林摘豔》、《南音三籟》等。所以到了元末明初，遂有高則誠《琵琶記》，以及《荊釵記》、《劉知遠白兔記》、《拜月亭記》、《殺狗記》(又叫《荊》、《劉》、《拜》、《殺》)四大本的出現。這種新興的「傳奇」,和元代流行中原的「雜劇」,兩者比較起來,最少有以下三點是顯著不同的。

第一,在形式結構方面,解除幕數的限制:元代雜劇大都採取「四折一楔」的結構形式;由於形式僵化,經常妨礙劇情的發展。到了明代「傳奇」,便完全打破了此一流傳既久的框框而比較自由。如《琵琶記》有四十二齣,《浣紗記》有四十五齣,《鳴鳳記》四十一齣,《牡丹亭》更多達五十五齣。

第二,在演唱體制方面,放棄了角色的限制:元代雜劇的唱法,是在同一折裡只能有一個「旦本」或「末本」擔綱主唱,其他角色概居於賓白地位。如《漢宮秋》、《梧桐雨》這兩部名劇,從頭到尾,都是由男主角漢元帝和唐明皇主唱,王昭君與楊貴妃只插一兩句對白而已。類似這種演唱體制,不但容易令觀眾生厭,且不合劇情發展的要求。到了明代「傳奇」,無論生旦淨丑都有唱的權利,甚而或合唱,或對唱,或接唱,富有較多的變化。

第三,在音樂曲調方面,廢止了音律的限制:元代雜劇的演唱以北曲為主,每幕唱詞限用同一宮調,並一韻到底,中途不得換調或換韻。這樣很容易使人感到單調乏味。到了明代「傳奇」,它和南戲一樣,唱的是南曲,並由於地方戲聲腔的興起,「傳奇」的戲曲音樂就呈現了絢麗多姿的局面，而較元代雜劇為靈活。

本文前面講過明代「傳奇」的初祖高則誠，和他的《琵琶記》以及《荊》、《劉》、《拜》、《殺》四大本，不但係由元代雜劇解脫而來，更造成中國戲曲上的一大變革，到底這些作品的內容如何？實有繼續說明的必要。

《琵琶記》的作者高明，字則誠，號菜根道人，溫州瑞安（今浙江瑞安）人。元順帝至正五年（一三四五）中進士後，曾擔任短期的浙江行省「丞相掾」，至正十六年（一三五六）以後，隱居於寧波南鄉的櫟社，專心從事《琵琶記》的寫作。此書內容，敘述漢末蔡邕，辭別父母妻兒，赴京應試，既擢狀元，乃入贅於牛丞相府。當時陳留一帶連年荒亂，父母雙亡。其妻趙五娘背負琵琶及公婆圖像，行乞尋夫，最後終獲團聚。書中最為重要的情節：一是糟糠自厭，二為祝髮買葬。前者是生養，後者是死葬；都在寫趙五娘的「大孝不匱」，反襯蔡邕的忤逆不肖。過去王世貞《彙苑詳注》說：「高明撰《琵琶記》，填至吃糠一折，有『糠和米一處飛』之句，案上兩燭光合而為一，交輝久之乃解。好事者以為文字之祥，為作瑞光樓以旌之。」借糠米的事實，託幽怨的情懷，雖然我們不相信這是神來之筆，但藉此也足以領會作者的高才絕學，是其他「傳奇」作品不能望其項背的。

至於《荊》、《劉》、《拜》、《殺》四大本，《荊》即《荊釵記》，寫王十朋以荊釵為聘，娶錢玉蓮為妻以後，入京赴試，得中狀元。因權相万俟卨逼婚不從，遂將他改調潮陽為官。其妻在家，被繼母逼嫁孫汝權，不從，乃投江遇救，終與王十朋夫妻團圓。舊本題作丹邱生撰。其次，《劉知遠白兔記》，寫五代劉知遠從軍後入贅岳帥府，其妻李三娘在家受盡兄嫂欺凌。十五年後，劉子咬臍郎因追獵白兔而見母，全家方纔團圓。再次是《拜月亭記》，寫蔣世隆和王瑞蘭二人在兵荒馬亂中，由相遇而結為夫妻。後王瑞蘭被其父王鎮強行攜歸，從此與蔣音信斷絕。而蔣的妹妹瑞蓮失散後又被王鎮收為義女。以後蔣中了狀元，夫妻兄妹幸得團圓重聚，以喜劇收場。又其次為《殺狗記》，相傳徐畛作。內容是寫孫華、孫榮兄弟因別人的挑撥而失和，孫華之妻楊月真設計殺狗勸夫，兩人終於和好如初。適當的發揚了「妻賢夫禍少」的主旨。

綜觀《琵琶記》與《荊》、《劉》、《拜》、《殺》這五本明初「傳奇」作品，劇中情節，全以婦女為中心。無論是正面人物如趙五娘、錢玉蓮、李三娘、王瑞蘭、楊月真，或反面人物如万俟卨丞相、尚書王鎮、媒婆張氏，以及做發財夢的胡子傳、柳龍卿等，無一不寫得栩栩如生，入木三分。至於行文方面，後人一致認為「麗詞藻句，刺眼奪魄」。於是相繼產生了許多後續作品，把明代中葉的戲曲更推向一個光明的遠景。

明代的戲曲(二)

明代的戲曲，自高則誠《琵琶記》和《荊》、《劉》、《拜》、《殺》四大本後，相繼而作的雖有李開先的《寶劍記》，梁辰魚的《浣紗記》，王世貞的《鳴鳳記》，孫仁儒的《東郭記》，高濂的《玉簪記》，但是因為情節平淡，同時又跳不出「五倫全備」的陳舊格局，在此只好略而不談。以下要談的，是正當明代中葉，戲曲的發展邁向新的里程，而以沈璟為首的格律派，卻專門講求宮調音韻，對思想內容毫不注意，拼命把它逼向瀕臨絕路邊緣的時候，竟出現了一個別闢蹊徑，天才橫溢的文學家——湯顯祖，和他的「玉茗堂四夢」。

湯顯祖字義仍，號若士，又號清遠道人，江西臨川人。生於明世宗嘉靖二十九年（一五五〇），卒於神宗萬曆四十五年（一六一七）。他是一個著名的文學家兼戲曲家，除了「玉茗堂四夢」外，現存的還有詩兩千多首，辭賦文章五六百篇；不過這些詩文絕大多數都屬應酬作品，缺少獨創性。唯有「玉茗堂四夢」卻讓他的大名遠播四方，流傳後代。

所謂「四夢」指的就是《紫釵記》、《牡丹亭》、《南柯記》、《邯鄲記》四種傳奇。這四種傳奇，都取材於唐代的傳奇小說。有的專寫一事，如《紫釵記》，寫霍小玉事，出自蔣防的〈霍小玉傳〉；《南柯記》，寫淳于棼事，出自李公佐的〈南柯太守傳〉；《邯鄲記》，寫盧生事，出自沈既濟的〈枕中記〉。有的把幾件事加以合併，如《牡丹亭》，寫柳夢梅、杜麗娘事，出自唐代小說〈李仲文〉、〈馮孝將〉和〈談生〉。因為這四個傳奇都以做夢為劇情中心，而湯顯祖的書齋叫玉茗堂，所以世人便管它們叫做「玉茗堂四夢」；又因為他是江西臨川人，故又有人將此合稱為「臨川四夢」。

四夢中，以《還魂記》最膾炙人口，它的別名叫《牡丹亭》。全劇五十五齣，是明代傳奇中的稀有長篇，同時也代表著明代傳奇的最高峰。這是一個極富浪漫色彩的作品。其故事情節是說南宋有一個書生柳真卿，家境貧困，流落廣州，以栽培花果度日。有一天，夢見花園中梅樹下，有一個漂亮的少女，和他私訂終身，醒後就改名夢梅。這時候，福建南安郡太守的女兒杜麗娘，有一天和侍女春香到後花園遊玩，倦極稍憩，也夢見一個翩翩少年，手持柳枝，和她同到牡丹亭畔，結下不解之緣。從此神情恍惚，相思成病，囑咐死後葬在梅樹之下。後來柳夢梅上京赴試，路過南安，因病停留，偶至後花園遊玩，見四周情景歷歷，如同往日夢中所見。當晚，杜麗娘鬼魂出現，容貌和夢中梅樹下的美人一般無二。於是兩人夜夜歡會，種下似海深情。

不久，杜麗娘叫柳夢梅掘開墳墓，她從此還魂，並跟柳夢梅同上臨安應考。後來雖經杜麗娘的父親一再阻撓，但是終於有情人結成眷屬，以團圓結局。明末張琦在他的《衡曲麈談》裡，盛讚杜麗娘一劇，說：

上薄風騷，下奪屈宋，可與實甫《西廂》交勝。

呂天成《曲品》也說：

湯顯祖絕代奇才，冠世博學，熟拈元劇，故琢調之妍媚賞心；妙選生題，致賦景之新奇悅目。

《牡丹亭》傳奇，能以細膩手法，表現真切的愛情，筆調豔麗，蘊含豐富的想像。所謂「良辰美景奈何天，賞心樂事誰家院？朝飛暮卷，雲霞翠軒；雨絲風片，煙波畫船，錦屏人忒看的這韶光賤！」不僅意境深遠，更耐人尋味。

自從這部傳奇問世後，立刻風靡了婦女界的讀者們，據說揚州有位貌美如花的少女金鳳鈿，父母早亡，與弟弟相依為命。平日對《牡丹亭》日夕把卷，吟玩不輟，於是寫了封信給湯顯祖，表示「願為才子婦」，即令湯氏已經娶妻生子，她也不以此為嫌。當時湯氏正在京應考，等到收到這封信時，她已因久思病亡。為此，湯顯祖還專門趕赴揚州，給她辦理喪事，足足忙了一個多月，纔怏怏而歸。從這則淒豔動人的故事，足以證明《牡丹亭》感人之深。

又婁江地區有個俞二娘，十分愛讀《牡丹亭》，曾蠅頭細字，加以批注，十七歲就怨憤而死，後來有人把她批過的《牡丹亭》樣本，送給湯顯祖。湯氏讀後感慨萬千，寫下他「如何傷此曲，偏只在婁江」的詩句，用表悲痛的情懷。

杭州名伶商小玲，擅長表演《牡丹亭》，因為自己不能和意中人結合而抑鬱成疾。有一次，她演〈尋夢〉一折，唱到「待打並香魂一片，陰雨梅天，守的箇梅根相見」時，感懷身世，竟不支倒地，扮春香的演員上前一看，已經氣絕身亡。可見《牡丹亭》一書動人的程度如何了。

內江人家有個才貌出眾的少女，因為仰慕湯顯祖的才華，自動要求嫁他作妾。此時湯氏已兩鬢星霜，回書辭以年老，想不到她在失望之餘，竟投江自殺。就連《紅樓夢》中林黛玉，也在聽《牡丹亭》戲曲時，忽而「心動神搖」，忽而「如醉如癡」，忽而「眼中落淚」。此皆在在說明《牡丹亭》文麗情深，替天下間的深閨少女一吐內心的塊壘，成為最受才子佳人歡迎的文學傑作。

明代的戲曲，從作家和作品兩方面來看，不能說不興盛，但是大都關注在文采和格律的流派作風上，對演出的排場和關目反倒很少討論。自湯顯祖「玉茗堂四夢」後，雖然有私淑臨川的吳炳、孟稱舜、阮大鋮等，模仿吳江的有呂天成、葉憲祖、王驥德等，但是大都專門在辭藻和音律方面下工夫。內容千篇一律，真正反映現實生活的作品並不多。

清代的戲曲（一）

中國戲曲文學到清代有了新的開展，尤其是崑曲。崑曲也稱崑劇，它是用崑腔演唱的，崑腔又叫崑山腔。崑山腔是江蘇崑山地方戲曲的名稱，也是明代最大的戲種，所以明朝中葉以後很多傳奇作品，都是用崑腔演唱的。

根據徐渭的《南詞敘錄》得知，原來在元末明初流行於吳中一帶的崑山腔，經過魏良輔、梁辰魚及其他許多著名藝人的改革後，自嘉靖三十五年（一五五六）起，幾乎統治了中國劇壇兩個世紀，一直到清朝乾隆年間，纔漸趨式微。

談到清代的戲曲文學，必須注意一個不容忽視的事實，那就是自清兵南下，控制了整個的大江南北後，很多原來擁有資產的明朝官宦人家，為了粉飾太平，頌揚聖恩，屬於私人的家樂，和地方上的戲班，紛紛興起。著名的有商丘侯氏家班、常熟徐氏家班、尤侗家班、金斗家班等。還有些家班以女戲出名的，如李漁女樂、俞文水女樂、徐懋曙女樂等。又有一些家班主人，同時也是戲曲愛好者與劇作家，或戲曲理論家。譬如李漁的戲曲理論，其獨創性和開展性的說法，顯然是從戲班中得出的實際經驗。

崑曲劇本的作者，有一部分是明代遺民。他們既不願意赴清廷的考試，又不甘心做統治下的順民，因而便以在野的身分投入戲劇陣營，來發抒胸中的憤懣。這一類的戲曲作家，據今所知，計有李玉、朱確、朱佐朝、葉時章、邱園、畢魏、張大復等人，其中又以李玉的成就最高，例如他的代表作《清忠譜》、《千鍾祿》、《一捧雪》、《人獸關》、《永團圓》、《佔花魁》，都是戲曲史上很有名的劇目。特別是後四種，更是眾口交譽「一人永佔」的名作。其佳勝處直可上追玉茗。吳梅村在〈北詞廣正譜序〉裡說他：「才足以上下千載，學足以囊括藝林。」相信這並不是過譽的話。

在清初三帝一百五十年（一六四五～一七五九）間，真正替崑曲張目的作品，要算是成書於康熙年間的兩大名著：一是《桃花扇》，一是《長生殿》。

《長生殿》的作者洪昇，字昉思，號稗畦，浙江錢塘人，生於順治十六年（一六五九），卒於康熙四十三年（一七〇四），高才博學，廣交名流，有良好的文學修養，強烈的愛國情操。他寫了不少的傳奇和雜劇，但是以《長生殿》享譽千古。

《長生殿》是衍述唐明皇李隆基與貴妃楊玉環的愛情故事。故事情節全部根據白居易的〈長恨歌〉，和陳鴻的《長恨歌傳》；當然他也參考了樂史的《楊太真外傳》、王伯成的《天寶遺事》、白樸的《梧桐雨》，以及後出的明代吳世美的傳奇《驚鴻記》。同時，洪昇為了創作《長生殿》，事先作了許多的準備，如學詩、學曲，再加上十餘年的苦心經營，並三易其稿，到四十四歲纔正式殺青上演，上演以後仍不斷地修改增刪，可見作者的認真態度。

《長生殿》在中國戲曲中所以被推為偉大作品，不僅是取材歷史，結構壯闊，敘述謹嚴，文詞完美，科白生動，更重要的，是他把李、楊二人醉生夢死的愛情生活，擴大到寬廣的社會層面上去觀察，揭示了他們之間的愛情生活，給國家和人民帶來無窮的災難，深刻地表現了作者的憂患情懷。所謂「一騎紅塵妃子笑，無人知是荔枝來！」當他們「會良宵，人並圓」的同時，有誰會想到「興亡夢幻，悲傷感嘆，滿眼對江山」的無奈？後人說洪氏《長生殿》的內容，皆有關治亂，足與史事相參合，實非小技（見李慈銘《越縵堂日記》光緒丙戌十二月初三日記），可說是有見而發。

當《長生殿》脫稿後的第八年，也就是清康熙三十八年（一六九九），另一部偉大的戲曲文學——《桃花扇》誕生了。作者孔尚任運用敏感度極高的筆觸，為大明江山的覆亡做出了總結歷史的教訓。

孔尚任字季重，山東曲阜人，生於明代剛亡之際，少時讀書於曲阜縣北石門山中，曾任國子監博士、戶部員外郎，很有才學。他在任職期間，搜集不少野史遺聞，訪問明末遺老，對南明覆亡的經過有切膚之痛。因而別出心裁，用妓女李香君的一把扇子作引線，通過她和名士侯方域的悲歡離合之情，寄託了國家興亡之感，深刻地反映了當時社會的黑暗，藉以發抒思念故國的悲懷。

《桃花扇》全書四十四齣，其中除試一齣、閏一齣、加一齣、續一齣為題外文章外，其他四十齣的故事情節，都是寫南明興廢的原因和經過，作者以作史的方法來編製戲劇，不但事必徵實，語出有據，而且布局緊湊，構思新穎，文辭生動，人物鮮明。有人說過：

> 《桃花扇》筆意疏爽，寫南朝人物，字字繪聲繪色；至於文詞之妙，其豔處似臨風桃蕊，其哀處如著雨梨花，固是一部曠古傑構。(見梁廷枏《藤花亭曲話》)

讀者如果拿這段話和原作比照，便知孔尚任在《桃花扇》中的藝術成就，確實是落語高妙，關目清晰；即使一字一句，無不周詳審慎，擲地有金石之聲。

過去梁啟超在《飲冰室叢話》裡說：

> 《桃花扇》沉痛之調，以哭主、沉江為最。余每一讀之，輒覺酸淚盈盈，承睫而欲下。

我覺得不僅是《桃花扇》，就是洪昇的《長生殿》又何嘗不是以哭聲淚痕之筆，傳達古今興亡之情，令有心人為之蒼涼沉鬱，悽然泣下呢？

清代的戲曲(二)

當戲曲名著「南洪北孔」轟動全國劇壇的時候，蒲松齡與楊潮觀，卻各自寫出了個人的雜劇世界，為盛清戲曲文學抹上一道燦爛的彩霞。

蒲松齡的《聊齋志異》早經騰播海內，家喻戶曉，筆者曾在談清代的小說時，推崇它是中國文言小說的絕響。此外，根據張元所撰的〈柳泉蒲先生墓表〉說，他還作有《考詞九轉貨郎兒》、《鍾妹慶壽》、《鬧館》等三種，以及鼓兒詞七種，俚曲十一種。在已刊行的俚曲中，有〈禳妬咒〉的，取材《聊齋志異》裡的〈江城〉，內容情節是敘述怕老婆的故事和原因。此書最大特點，是蒲氏所用的曲調，如〈瑣南枝〉、〈傍妝臺〉、〈山坡羊〉、〈耍孩兒〉、〈哭皇天〉等，都是當時流行於北方的民謠小調，而且是用山東淄川的土話寫成的。試想當崑山腔和弋陽腔並行的清初，蒲氏居然採用這類不入戲劇的「時尚小令」，來寫他的〈禳妬咒〉，也算得上是大膽創舉，風格獨標了。

至於楊潮觀，他是戲曲案頭化的榜首。潮觀字宏度，原本江蘇無錫人，因為在四川邛州任知州，於是公餘之暇，創作了三十二個短劇。因為這三十二個短劇，是在他鳩工建造的吟風閣樓上寫的，所以命名為《吟風閣雜劇》。其中有些劇目在舞臺上一直久演不衰，如《寇萊公思親罷宴》，就是最能發人深省的作品。這是寫寇準擔任相州節度使後，適逢生日良辰，擺宴慶賀，笙歌醉飽，羅綺光華，極盡奢侈的能事。有一老婢劉婆視而不忍，藉著絆倒在地的機會，說出寇準幼而喪父，其母以糟糠度日，孤燈伴讀的情況。寇準回首往事，不覺淚下，遂下令罷宴。這個劇本，教人居安思危，不因富貴而忘記先輩創業的艱辛，讀來不僅中肯，而且極富教育意義。《吟風閣雜劇》的最大特點，是每一折，大都為作者公餘遣興而寫的隨筆小品，只可供閱讀，不適合演出。換言之，楊氏把戲曲從舞臺和觀眾的面前，轉移到文人的書架案頭，使藝術的生命出現了枯萎與蒼白！

戲曲藝術需要舞臺排場，而舞臺排場需要聲腔配合。在清初崑山腔風行於江南的同時，北方的弋陽腔也大事興盛，形成南北對峙的局面。清代中葉以後，古典戲曲形式的雜劇和傳奇衰落了，各種地方劇種像風起雲湧般地勃起。此時有心人士，如著名學者焦循，便刻意搜求當時流行民間的俗曲腔調，作《花部農譚》一書。書中分所有聲腔為兩大部，一是「雅部」，另一是「花部」。「雅部」即崑山腔，「花部」為京腔、秦腔、弋陽腔、梆子腔、羅羅腔、二簧調等。「雅部」的意思，指崑曲典雅；「花部」則指雜七雜八，駁而不醇的「亂彈」。

「亂彈」中的京腔不是京劇，京劇是十八世紀，道光七年以後揉合百戲藝術的優點而成的新戲種。有人管它叫「平劇」，現在臺灣戲劇界尊之曰「國劇」。京劇獨佔中國藝壇的時間，長達一百五十年。即令當前傳播媒體日新月異和西方劇場藝術大量引進的情況下，京劇仍有它堅定不拔的地位！

京劇之所以能執中國戲曲的牛耳，當然和在清朝內廷演出有關，不過演員個人的藝術造詣也不容忽視。譬如第一代演員，人稱「大老板」的程長庚，便是京劇界的開山祖師。其他像余三勝、張二奎，皆一時之選。三勝的《戰城都》、《四郎探母》，二奎的《打金枝》、《金水橋》，長庚的《安五路》、《天水關》，都是他們的拿手好戲，時人有梨園三傑的封號。繼程、余、張三家之後，以唱工名震一時的是光緒年間的譚鑫培、汪桂芬、孫菊仙三人，其中又以譚鑫培苦心揣摩，聲譽最隆，有「小叫天」之稱。譚氏宣統年間還健在，梁啟超〈題譚伶絲繡漁翁圖〉有「四海一人譚鑫培，聲名卅載轟如雷」，足見他影響之大。

在清代的戲曲世界裡，產生了許多理論家：如金聖嘆的《西廂記》批評，李調元的《曲話》和《劇話》，李漁的《閒情偶記》，梁廷枬的《藤花亭曲話》，劉熙載的《藝概・詞曲概》，其中又以李漁為戲曲理論中的巨人。我嘗說，如果元初的關漢卿是英國莎士比亞的話，李漁就可以比做希臘的亞里斯多德。

李漁字笠鴻，一字謫凡，晚年號笠翁，浙江蘭溪人。生於明萬曆三十九年（一六一一），卒於清康熙十八、九年（一六七九左右）。他的《閒情偶寄》包括詞曲、演習、聲容、居室、飲饌、器玩、種植、頤養八部。這八部中又以〈詞曲部〉和〈演習部〉，跟戲曲文學的關係最為密切。李漁非常重視編劇藝術和舞臺藝術。在編劇藝術方面，從人物個性到情節布局，曲調聲腔，表達語態，科諢動作等，他都有精湛的見解，完整的理論。例如論人物性格要「語求肖似」，情節布局要「洗滌窠臼」，語態表達要「顯淺機趣」，科諢動作要「自然絕妙」。至於舞臺藝術方面，他認為戲曲必須和舞臺結合，不可作「案頭之文」吟讀。所以他說：

> 傳奇不比文章，文章是做給讀書人看的，故不怪其深；戲曲是做給讀書人與不讀書人以及婦人小兒同看的，故貴淺不貴深。

因此他特別強調戲曲語言要「入耳即融」，纔是上等作品。這些都是他慧眼特識，言之成理的卓見。

清初的戲曲文學延續元明雜劇傳奇的餘波而有新的開展，自中葉以後，由於聲腔的轉變，造成京劇獨佔的局面，戲曲作品更從「場上之曲」，移作「案頭之文」，逐漸步入衰微的窮巷，再加上西方物質文明，隨著船堅炮利沛然東來，面臨這個衝擊的新形勢，未來的中國戲曲又將走向何方呢？

陳萬鼐教授在一九八〇年九月著《元明清劇曲史》，對有意探討此一時期的戲曲和理論者，頗具參考價值。

民國以來的戲曲

戲曲發展到清末民初，已是山重水複，窮者必變的時候了。代表「雅部」的崑曲，由於跳不出才子佳人的圈子，早就無法挽回日趨衰落的命運。這時「花部」的亂彈，也就是一切地方性的劇種，因為立足於民歌的基礎上，得以迅速發展，最後居然登上了大雅之堂，成為以皮簧為主要聲腔的「平劇」。甲午戰後，社會形勢遽變，為了突破滿清專制的枷鎖，喚醒民族意識，並在外來因素的影響下，戲曲工作者又別闢蹊徑，為中國現代話劇創造了一條新興之路。所以談民國以來的戲曲，只有貼緊「平劇」和「話劇」兩條主線來說明，纔可以探源竟委，了解個中的真象。

「平劇」之稱霸中國戲壇，有人認為已有兩百多年的歷史了。其實，如果從清高宗乾隆五十五年（一七九〇）年，安徽班進入北平算起，到民國開元（一九一二）為止，其間不過一百二十年。尤其當辛亥革命成功前後，民族危機日深，社會空前黑暗，清廷呈現搖搖欲墜，革命的怒潮洶湧澎湃。平劇為了適應大時代的變化，無論是劇本、舞臺、扮相、服飾，甚至戲曲教育方面，都作了前所未有的改革。

早期的汪笑儂，可說是平劇藝人中能編能演的大家。他創作了不少的新劇本。他嘗說：「格律原為人所創，何妨由我肇始？」（〈記汪笑儂戲曲集〉）由於他富有正義感和愛國精神，對清廷的政治腐敗和「寧與外人，不與家奴」的外交政策深惡痛絕。於是以他豐富的文化修養，有目的地寫成或改編很多意義深遠的劇本。如取材三國故事的《哭祖廟》，取材《史記・廉頗藺相如列傳》的《將相和》，影射戊戌六君子被難的《黨人碑》，以及《受禪臺》、《博浪錐》、《罵王朗》、《長樂老》等，託古諷今，抨擊時政，具有鮮明的愛國思想和民主自由的理念。

過去平劇演出的地點不出茶樓或茶園，座位為收費低廉的池子，和設備完善的包廂。名伶出場還要「亮電燈」。演員演唱時，可隨時飲茶解渴，美其名叫「飲場」。這些陋規，到了譚鑫培（藝名小叫天，發揚程長庚和余三勝的唱做藝術，為一代宗匠）的女婿夏月潤時，於民國前二年在上海創設新舞臺，不但有了新式劇場，也革除很多陋規。

在扮相和服飾方面，更一改過去綳著臉獨唱的方式，重視做工和表情。茲以旦角的臉部化妝為例，民國以前只有大開臉和小開臉的區別，高高的額頭，下嘴唇塗上一個紅點，代表櫻桃小口，這樣並不美麗。等到梅蘭芳第一次來上海，便採取了南方化妝術的優點，回到北平後，帶動風氣，遂成北方旦角們效法的模式。

從前學戲所謂拜師、坐科，根本沒有正式規章可循。「富連城」開辦於民國初年，雖然規模大，教學嚴，但是仍然沒有完全脫離傳統的科班制度。民國五年，張季直在南通正式創辦南通伶工學校，可謂首開風氣。十九年成立北平戲曲學校，不但公開招生，就是教授方法和師生關係，較之已往，也有很大的不同和改善。一時之間，人才輩出，為以後多難的祖國培植了不少名伶。

正當平劇傲視民初劇壇的時候，少數在日本的留學生即組織「春柳社」，公演《茶花女》和《黑奴籲天錄》。以後陸鏡若又組織「新劇同志會」於上海，加上文明戲的刺激和革命形勢的需要，漸次向北平、漢口、南昌、廣州、成都等地發展。由於話劇社團的紛紛成立，參加者又多為知識分子和在學青年，於是一呼百諾，全國上下，掀起了話劇運動的狂潮，為以後的北伐、抗戰與國共內戰，發生了很大作用。同時，也把中國戲劇帶向另一個嶄新的形式。

當時文教界人士對話劇的提倡是不遺餘力的。在理論方面，像胡適、傅斯年、魯迅、歐陽予倩、沈雁冰等皆鼓吹戲劇文學化，力主戲劇是文學或教育的工具，郁達夫並發表〈戲劇論〉一文，高唱人道主義與民主色彩，為話劇運動奠定了理論的基礎。

至於著名的劇本和劇作家，計有曹禺的《雷雨》、《日出》、《原野》，歐陽予倩的《青紗帳裡》，老舍的《面子問題》、《桃李春風》，吳祖光的《風雪夜歸人》、《鳳凰城》，李健吾的《啼笑姻緣》、《豔陽天》，錢杏邨的《春風秋雨》、《碧血黃花》，顧一樵的《古城烽火》、《白娘娘》等，皆屬名家名劇。在抗戰建國的大時代，雖然這些作品的產生，尚未達到從容沉思，細緻錘鍊的要求，但從鼓舞民心士氣方面來看，他們已經寫出了民族的心聲，為戲曲藝術做了必要的奉獻。

在戲曲理論方面，雖然戰亂頻仍，社會動盪，但學術界一些好學深思的人士，依然留心經國大業，寫下了他們不朽的著述。如梁啟超的評注《桃花扇》，姚華的《曲海一勺》、《菉猗室曲話》，王國維的《宋元戲曲史》、《曲錄》、〈戲曲考源〉、〈唐宋大曲考〉、〈古劇腳色考〉，吳梅的《顧曲麈談》、《中國戲曲概論》、《元劇研究》、《曲學通論》、《長生殿傳奇斠律》，王季烈的《螾廬曲談》、《集成曲譜》，許之衡的《作曲法》、《曲學研究》等，都是民國以來戲曲理論方面有創見、有功力的作品，足以蜚聲千古。

民國以來，數十年間，由於內憂外患，不斷地接踵而至，國家已到救死惟恐不暇的地步，誰還去注意戲曲藝術呢？回顧平劇往日的成就，居今已逐漸褪去它昔日的光彩，而後起的話劇早被電影所取代。面對這個中外文化劇烈交流的十字路口，瞻望未來，我們真的應該有一段很長的路要走，更要走出屬於自己的文學藝術之路。

在此向讀者諸君推薦幾本近著：一是羅麗容著的《曲學概要》，二是俞為民、孫蓉蓉合著的

《中國古代戲曲理論史通論》，前書的下篇六章，後書的第九章，是極關重要的部分，又李輝英編著的《中國現代文學史》的第九章，和司馬長風著的《中國新文學史》第十五章，對當代戲曲的繼承與轉變，均有相當的分析，足補本文之未備。至於尹雪曼編纂的《中華民國文藝史》第九章〈戲劇〉，包括民國成立以來的〈國劇〉、〈話劇〉、〈電影〉等，皆有分門別類的深入考證與分析，對愛好近代戲劇的讀者，定有助讀之益。

文學批評之部

先秦的文學批評

環顧當前學術界，中國文學批評成了一個獨立的學科，並有不少的專家學者，投身這個行列，研究有成。但是也有人認為中國古來向無嚴謹的文學批評，如有也不過是些詩話、詞話、曲話方面的著作，支離破碎，不成系統，根本算不上文學批評。因此，我們不禁要問，在中國文學的園地裡，到底有沒有文學批評呢？我的答覆是中國不但有文學批評，而且為時甚早。中國雖然很早就有文學批評，但是「批評」之名，卻得之很晚。

甚麼是文學批評呢？答案頗不一致，有人說文學批評就是折衷群言，論列得失，其間大而民族文學的發揚，小而作家的析疑辨難，參伍錯綜，相當複雜。又有人認為文學批評就是對作品本身的整理、選擇和優劣的品第。如班固《漢書・藝文志》中的〈詩賦略〉、摯虞的〈文章流別志論〉等，都是此學的濫觴。也有人覺得文學批評包括對作品的指正、讚美、判斷、比較、分類與鑑賞，是測驗作品的性質及其形式的一種學問。更有人根據英國學者聖次白雷的說法，肯定文學批評是由文學裁判，引申到裁判的理論和文學理論的學問。其實，根據筆者所知，以上各家的說法，都能持之有故，言之成理。不過，從中國文學批評發展史的角度考察，覺得我國學者向來不談批評，更沒有純粹的文學批評家，他們只重視欣賞，凡所欣賞的結論，又都受到學術思想上的局限。因此，中國學者特別關心學養，運用傳統的治學方法，企圖達到推陳出新、雅俗共賞的要求。

居今想要了解前人在文學批評方面的成就，至少可從以下幾點去探測：(1)從體系完整的專門著作，如劉勰《文心》、鍾嶸《詩品》中分析。(2)從彼此對話薈聚成書的，如《論語》、《莊子》裡搜羅。(3)從單篇論文散見於文集的，如韓愈、柳宗元作品內抉發。(4)從博採百家，定為選本的，如《昭明文選》、《河嶽英靈集》中比較。(5)從各家評析、注釋、點校的本子，如方回的《瀛奎律髓》、金人瑞的《評點六大才子書》裡歸納。(6)從文話、詩話、詞話、曲話以及《全唐文本事》、《唐詩紀事》、《本事詩》、《本事詞》中推敲。然後再留心於因為時代的不同，形成語意上的差別，如此當可掌握前人文學批評的神髓而不至於人云亦云了。

從中國文學批評的角度來說，筆者在以後每一個單元裡，都以各個時代的脈動為經，重點的說明為緯，首先條述各家文學批評的菁華，繼而介紹代表性的文評家和作品。並且在行文之時，特別注意理論和作品的聯繫。至於因為事實需要而有所雌黃，也是難以避免的。

先秦時期的哲人鉅子，他們的言論丰采，影響於民族精神和學術思想之大之廣，無微不至，可說是垂千百世而不朽。但如詳細稽考他們的學說，雖然沒有如今天我們所說的文學批評，不過，這不等於他們對文學沒有看法。這些看法就是後來文學批評的萌芽。

首先是對「文學特徵」的看法：文學的含義由廣義轉向狹義的過程，就是人們對「文學特徵」的理解，由模糊漸趨明確的過程。綜觀《論語》，其中用了三十多次的「文」字，如所謂「學文」、「斯文」、「文學」、「文章」、「文行忠信」、「郁郁乎文」等，足證他們早就賦予「文」、「文學」、「文章」獨立的地位，可是指的多屬學術、文化、文采或修飾，和我們今天講的「文學」，在特徵上有顯著的差別。

其次是對「文學功能」的看法：先秦各家雖然對文學與非文學的界閾很模糊，但對作品的社會功能，很早就注意到了。如《論語．陽貨篇》孔子對學生說：

> 讀《詩》，可以培養聯想性，可以提升觀察力，可以鍛鍊合作互助的精神，可以學得譏刺諷怨的方法。近的方面，可以運用其中道理事奉父母；遠的方面，可以用來服事君長；擴而大之，更可以多認識一些鳥獸草木的名稱。

這正說明詩歌文學能幫助人們提高道德修養，培養政治才能，增進學識見聞。由此可知，文學的社會功能，在先秦哲人的心目中，自有不容忽視的價值。

第三是對「文學走向」的看法：文學的走向在於挺立時代的尖端，反映現實，體現風尚。關於此點，古代典籍中也有這種記載。如《禮記・樂記》說：

音樂生於人心深處，情動於中，發而為聲，聲有高低抑揚的節奏叫做音樂。國泰民安時的音樂，安祥和樂，象徵政通人和；動盪不安時的音樂，怨恨忿怒，象徵政治腐敗；國家將亡時的音樂，悲哀愁思，象徵民生困苦。

音樂是文學表現的另一形態，他們借音樂的反映現實，為文學的走向來定位，並提出了明確的體驗。

第四是對「文學創作」的看法：文學創作本無法則可循，但法則即是提升作品品質的依據，先秦學者於此十分重視。如孔子在《論語・八佾》篇提出「盡善盡美」，〈衛靈公〉篇主張「辭達」，〈顏淵〉篇也講到「文質彬彬」的要求。其他像孟子、荀子、老子、莊子以及韓非，在他們的著作中，更是數見不鮮，只是他們所談的，大都屬於創作手法，還不是體系完備的創作法則。

最後是對「文評標準」的看法：先秦學者對文學批評雖然沒有具體的標準，可是確有嚴守的尺度。如孔子於《論語・八佾》篇對《詩經・關雎》，提出「樂而不淫，哀而不傷」，從音樂的觀點來評〈關雎〉，自然不夠全面，但是哀樂的呈現，用不淫不傷加以肯定，這便是透過理智的判斷而後所獲致的客觀評論。

先秦顯學——儒道墨法四大家，各家立說的宗旨無不在修身淑世，他們雖然不以能言為本，但是由於他們窮知究慮，道高識遠，所以發而為言，往往精闢絕倫，沾溉深廣。儘管他們不以文學批評名家，可是後世文學批評的種種理論，又無不濫觴於此。先秦兩漢的文學批評，針對性的著作不多，復旦大學蔣凡、顧易生兩位教授合寫的一部《先秦兩漢文學批評史》，頗能發掘新材料，進行客觀評價，為文藝理論研究和創作，提供了很好的借鑑。

兩漢的文學批評

兩漢文學在社會安定繁榮的基礎上發展，頗有突破先秦的成就。自從劉邦以布衣而有天下後，便採取了一系列休養生息的措施：定法律，抑商賈，輕稅賦，和匈奴。文帝劉恆、景帝劉啟也都實行無為而治的政策，使人民過著安居樂業的生活，為文學的成長培植了發展的溫床。

這時像司馬相如、揚雄的辭賦，司馬遷、班固的史傳，賈誼、鼂錯的散文，枚乘、傅毅的五言詩，以及口耳相傳的樂府民歌，無不蓬蓬勃勃，猶如競秀的山巒，爭豔的花朵，一切都呈現著分道揚鑣、各擅勝場的局面。

在中國來說，文學批評是跟著學術思想走的。我們不像歐美各國，他們由於列國林立，背景複雜，經過民風士氣的激盪，便醞釀成不同的看法。他們一時代有一時代的文化，一時代有一時代的創作，同樣的，一時代也必有一時代的批評。我們中國自古及今，四千多年來都是一個民族，一個國家，同樣的背景，同樣的歷史和文化，更凝聚而成同樣的生活方式，我們除了興滅繼絕的改朝換代以外，大體上很少有思想文化上的差異。所以我們在文學理論上多談流派，不談甚麼主義和思潮。

兩漢文學批評上承先秦文學批評的影響，並隨著當代文風的變革，頗有些推陳出新的理論，為文學創作提供了某種層面的指標和導向。約略言之，計有以下幾點。

一、社會功能說：〈詩大序〉和鄭玄〈詩譜序〉都認為，詩歌是人們思想情感的表現，它又和音樂、舞蹈結合而成一體。詩歌反映著各個時期和社會的風貌，不同時代的社會政治背景，必產生不同風格的詩歌。所以他們十分強調詩歌的社會功能。〈詩大序〉說：「（詩歌的功用）可以正得失，動天地，感鬼神。」古代的聖君賢相都拿它來「經夫婦，成孝敬，厚人倫，美教化，移風俗」。換言之，也就是說詩歌可以用來作為社會教育、家庭教育、學校教育的教材，達成「上以風化下，下以風刺上」的目的。他這種社會功能說，和《尚書・舜典上》講的「詩言志，歌永言」、《論語・陽貨篇》孔子提出的（詩歌）有「興」、「觀」、「群」、「怨」的功能，觀點是一致的。

二、發憤著書說：日本廚川白村認為：「文學是人生苦悶的象徵。」這一個觀念，西漢司馬遷著《史記》的時候，因為感懷身世，於是借他人酒杯，澆自家塊壘，早就提出了此一看法。他在〈太史公自序〉和〈報任安書〉裡，兩處都講以下類似的話。他說：

《詩》、《書》隱約者，欲遂其志之思也：昔西伯拘羑里演《周易》，孔子厄陳蔡作《春秋》，屈原放逐著〈離騷〉，左丘失明厥有《國語》，孫子臏腳而論《兵法》，不韋遷蜀世傳《呂覽》，韓非囚秦〈說難〉、〈孤憤〉，《詩》三百篇，大抵聖賢發憤之所為作也。

他從西伯侯姬昌，講到孔子、屈原、左丘明、孫臏、呂不韋、韓非以及《詩經》三百篇的作者，其中除了屈原著〈離騷〉和他的放逐時間脗合外，其他各家的發憤著書，未必與司馬遷說的相合。但是不管怎樣，他們都是由於「意有所鬱結，不得通其道」，纔來著書立說，這一點確是不爭的事實。以後唐代韓愈的「不平則鳴」，北宋歐陽修的「文窮後工」的論點，都和司馬遷的說法，有直接的關聯性。

三、文必宗經說：自漢武帝罷黜百家，獨尊儒術，天下學術思想定於一尊之後，儒家思想對當時的文學理論得到進一步擴張。尤其以模擬為創作的揚雄，更繼孟荀兩家強調明道、徵聖、宗經的主張。《法言・吾子篇》說：「古者楊墨塞路，孟子辭而闢之，廓如也。後之塞路者有矣，竊自比於孟子。」在這裡不僅可以看出他思想的動向，同時，他又以孟子自居。因此在文學批評方面，「宗經」便必然地成了他的重要論點。《法言・吾子》說：「舍舟航而濟乎瀆者末矣，舍五經而濟乎道者末矣。」他以為「五經」好比航海的舟船，「聖人」如同船上的舵手，「道」

是航行的目標；唯有徵聖、宗經纔能登上彼岸，到達目標。這種「文必宗經」的文學理論，對六朝時候的劉勰《文心雕龍》，發生了極大的影響力。

四、文與學分說：先秦時期「文」與「學」不分，自劉歆總群書而奏《七略》，班固加以刪節，成《漢書‧藝文志》。〈藝文志〉分藝文為六略，其中和文學批評關係最為密切的，是他把六經、諸子和詩賦分列。並且把詩賦分成五大類，此外在〈詩賦略〉中將文學分為「歌詩」和「不歌而誦」的賦。這裡反映了兩個事實：(1)因文學作品日益豐富，人們需要把文學和學術區別開來。(2)因可歌和不可歌，再將文學作品區分為詩、賦兩種。在這裡顯見文學觀念已經獨立，並逐漸擺脫學術的約束了。

最後，筆者要特別介紹東漢最傑出的文學批評家王充。王充浙江上虞人，晚年閉門潛心著書，以三十年的時光，完成了二十多萬字的《論衡》。他敢於向傳統挑戰，那種「非聖無法」的大膽作風，遭到不少衛道人士的攻訐，可是書中的價值，並未因此而稍減。王充的文學理論涉及的層面很廣，總括起來有以下五點：(1)他認為文學創作應重視實用價值，所謂「為世用者，百篇無害；不為用者，一章無補」，正是指這方面說的。(2)他認為內容和形式要統一，但在兩者不可兼顧時，內容卻具有主導和決定性的作用。(3)他極端強調文學的真實性，這可以從他寫作《論衡》的目的，就是疾虛妄、務實誠上看出。(4)他反對貴古賤今，模擬前人，要求作品具有獨創性。(5)他提倡言文一致，措詞通俗淺顯，達到深入淺出，喻深以淺的目的。

兩漢文學批評具有許多進步的觀點，它不僅承襲先秦的說法而更加恢宏，就是後世如葛洪、劉勰、劉知幾、韓愈等各家的文學理論，也都或多或少受到它的影響。

魏晉六朝的文學批評

魏晉六朝是我國歷史上大動亂時代，從漢末外戚宦官爭權，到隋唐統一，其間將近四百年，文學批評在前人已有的理論基礎上，以及新時代文學觀念的衝突中，取得了驚人的進步和成就。這個進步和成就，如果拿來和先秦、兩漢的文學批評相比較，無論是單論或專著，都具有系統完備的特色。所以我們要說魏晉六朝是中國文學批評的黃金時代，也並不為過。

文學批評和創作環境密不可分，自西晉司馬炎在泰始元年（二六六）統一全國起，歷東晉、宋、齊、梁、陳五朝，到陳後主禎明三年（五八九）止，在政治方面，由於南北各地長期陷於混戰狀態，全國人民沒過過一天安定生活，帝王卿相荒於酒色，不恤政事，日日狂歡，夜夜笙歌。在思想方面，擺脫了兩漢儒家獨尊的局面，老莊玄學得到廣泛的傳播。因此坐而清談，品評人物，便形成了當時社會風尚。在信仰方面，傳統儒學既然退居幕後，印度佛教便乘虛而入，尤其死生輪迴與因果報應的說法，在人民飽受戰火摧殘、身心極端痛苦的情況下，藉此頗能獲得精神上的解脫。

當這些情況反映到文學層面的時候，我們發覺一般的文人才士因為身逢離亂，深感人命微賤，朝不保夕，王公貴族出身的文士們，也抱著苟且偷生的心理，生活放蕩，奢侈淫佚。於是模山範水的山水文學和麻醉性靈的黃色文學十分流行。因此，這個時期的文學作品，在形式上更追求華美，體裁上更為豐富，語言上更講究技巧。在文學批評的領域裡，有不少的批評家，面對這個空前巨變的時代，遂秉持嚴正立場，針對偏頗文風，進行了公平的裁判。

曹丕是第一位提出具有建設性的文學理論的批評家。他在《典論・論文》中，除了對建安七子的文學造詣，站在「文非一體，鮮能備善」的立場，作過適度的評析外，至於論文體，以為「奏議宜雅，書論宜理，銘誄尚實，詩賦欲麗」，把作品體裁和作品風格加以結合，實是空前未有的創舉。論文氣，以為「以氣為主，氣之清濁有體，不可力強而致」，這裡的「氣」是指氣質而言。氣有清濁，此說更為後世陽剛陰柔之所本。他又拿音樂來比文氣，他說：「曲度雖均，節奏同檢，至於引氣不齊，巧拙有素，雖在父兄，不能以移子弟。」把抽象的文氣，化為聽而可聞的音符。這真是為文學理論別開生面，了不起的見解。至於論文學價值，曹丕更認為可以和儒林宗長、諸子百家並垂不朽，肯定它是「經國之大業，不朽之盛事」，給有心立言名家的人極大的鼓舞。

西晉陸機二十多歲時寫的〈文賦〉，向被後人尊為文學理論中的傑作。他在文中講文體，講構思過程，講語言技巧，講創作利弊，講文章風格等，不但涉及的層面廣闊，而且思想極綿密，為後起的文學理論架構樹立了良好的雛形。

沈約是齊梁間人，他的四聲八病說，自認為是獨得歷代學者不解之祕。特別是他在《宋書・謝靈運傳論》上說的：「五色相宣，八音協暢，由乎玄黃律呂，各適物宜。」提出「玄黃律呂」和文學創作有關，作品是否優美，端賴「玄黃律呂」的搭配以為斷。他又繼續說：「欲使宮羽相變，低昂舛節，若前有浮聲，則後須切響。」把聲律和作品調配的方法，用「宮羽」、「低昂」、「浮聲」、「切響」，確切地加以說明。最後，他認為作家們只有「妙達此旨」，才有資格談論文章的事。表面上看來，他講的似乎跡近浮誇，事實上，由於中國文字的特殊結構，和本乎因聲求氣的觀點而言，絕對是持平之論。

劉勰和鍾嶸是梁代兩大文學理論家。最有趣的是劉勰《文心雕龍》是文論的巨擘，鍾嶸《詩品》是詩論的宗匠，齊足並馳，各有千秋。

劉勰在《文心雕龍》中所呈現的文論重點，如徵聖宗經的文原論，文筆兩分的文體論，剖情析采的創作論，崇替褒貶的批評論。總而言之，凡有關文學之事，他都以「陶冶萬彙，組織千秋」的手法，經過選擇、篩揀、整理、分析、歸納的工夫，然後再運用六朝人通行的麗辭，予以有系統、有條理、有理論、有方法的加以宣洩。每立一說，每下一字，無不像黃金美玉般地照耀文壇，有時候教人目不暇給而為之心力交瘁，尚不自覺。前人盛讚此書「體大慮周，籠罩群言」，確實當之無愧。隋唐以下所有的文學理論，無一不和劉勰的《文心雕龍》發生血肉相連的關係。

鍾嶸《詩品》除了反對聲病，反對用典，反對用詩說理之外，也有系統地評論了歷代五言詩作家，並以不同的層次，揭示了各家作品的特色、風格、淵源、流派，為文學理論和批評的工作開創了一條新的途徑。儘管後人對他的品第和論點不完全同意，但是鍾嶸《詩品》在中國文學史的研究上，及其對詩論、詩話的影響，是絕對不容忽視的。

魏晉六朝是中國文學批評的黃金時代，當時百花齊放，文論競鳴的情況，如雨後春筍，絕不限以上數家。譬如魏時的曹植，西晉的摯虞，東晉的李充、葛洪，宋時的范曄、謝靈運、顏延之，齊梁時候的裴子野、陸厥、蕭子顯、蕭統、蕭綱、蕭繹、任昉，陳時的徐陵等，有的作品散佚，有的支離破碎，有的文屬單篇，有的真偽參半；雖然如此，如果我們抱著披沙揀金的態度，完全投入這個多采多姿的文論寶藏的話，我相信對於中國傳統文學批評的闡揚，一定會作出偉大的貢獻。

早期的學者王瑤著有《中古文學史論》，書中分〈中古文學思想〉、〈中古文人生活〉、〈中古文學風貌〉三部分，如果您能配合劉師培的《中古文學史》，兩書合觀，對「魏晉六朝時期」文學批評的真象，會有進一步的了解。

隋唐五代的文學批評

從隋文帝開皇九年（五八九）滅陳後主統一中國後，經過唐朝將近三百年的統治，和五代十國的分裂割據，一直到趙匡胤滅後周而有天下，建國號曰宋，在此三百八十多年的歲月中，隋和五代十國因為時間短暫，在文學批評方面，值得稱述的地方不多，所以本文只好以唐代作為行文的重點。

唐代的文學批評在本質上，有和魏晉南北朝不同之點。最為顯著的是：

一、自南朝劉勰著《文心雕龍》和鍾嶸作《詩品》後，文學批評即隨著此一脈動，將「文評」和「詩評」劃然兩分。稱文評方面的專門著作為「文話」，詩評方面的專門作品叫「詩話」，而唐代三百年的文學批評園地，於「文話」全屬單篇，於「詩話」多為專著，且形式多樣，內容豐富，使詩歌評論呈現了空前的繁榮。

二、此期的文學作品，在形式上更加複雜。魏晉南北朝時期，作品以辭賦、駢文與五言詩為大宗，小說、戲曲尚處於點綴地位。時至隋唐五代，辭賦已退居幕後，在駢文、詩歌活躍的文壇，更加入「散文」這支生力軍，而六朝的志怪小說，一變而為「傳奇」，並成了文壇的新寵。

三、詩文革新運動的興起。由於六朝崇尚唯美，作品重形式而輕內容，因而形成一種輕浮無根的文風。其餘波蕩漾，直到初唐的王楊盧駱四家，都還不能完全擺脫他們的影響。於是有識之士，在詩文方面提出革新的要求。主張恢復先秦兩漢的古文，反對日益盛行的駢體；提倡詩歌的興寄和風骨，反對齊梁以來彩麗競繁之作。他們的目的，都在企圖建立一個嶄新而且健康的詩文風格。

通觀有唐三百年文學批評的重心，不外兩點。今依次說明如下：

一、古文運動的理論：是「文評」方面的主流活動，齊梁之際劉勰著《文心雕龍》，首倡為文當以徵聖宗經為本；北周蘇綽因文章競為浮華，主張尊古崇經；隋代的李諤，上書文帝請正文體輕薄。古文運動於此已初露跡象。唐初，陳子昂崛起江漢，銳意復古，盧藏用、富嘉謨等加以倡和，文風為之一變。開元、天寶間，蕭穎士、李華、賈至等出，提倡復古，力主效法揚雄、董仲舒的作品。以後又有元結、獨孤及、梁肅、柳冕的相繼響應，至此古文運動理論已粗具輪廓。

到了韓愈、柳宗元，由於他們才大思密，著作宏富，於是把古文運動帶向空前的高潮。韓愈在他的〈原道〉、〈答李翊書〉、〈答尉遲生書〉、〈答劉正夫書〉、〈與馮宿書〉、〈題歐陽生哀辭〉等文中，不僅自道治學門徑、創作精神、寫作技巧，並在「文章原道」的理論下，要求陳言務去，主張氣盛言宜，同時更強調作家的道德修養，語言的創新，和「不平則鳴」之說。他橫掃八代的蕪詞，開創一家的風格，為古文運動的成功，樹立了堅實的理論。

柳宗元與韓愈同時而聲氣相通，在他〈答韋中立論師道書〉中，有所謂「羽翼夫道」、「取道之原」、「旁推交通而以為之文」，暢論為文要明道宗經，旁通百家。其態度的嚴肅、認真，較之韓愈更有過之。對古文運動的推進，起了相當大的作用。

二、社會詩論：在盛唐以前，陳子昂、李白、杜甫、元結等提出了不少興革意見，但比較起來，仍以中唐後期元和、長慶間的元微之、白居易二家的說法，最具全面性。元微之在〈樂府古題序〉中，大力提倡諷諭詩和新樂府，並指出唐代樂府和《詩經》以及古樂府的關係，更以「即事名篇，無所依傍」八個字，說明樂府歌行的創作特點。他論「元和詩體」時，痛排江湖文士的東施效顰，取貌遺神，非「元和詩體」的真面目。

白居易的詩長於諷諭，而他的〈與元九書〉卻完全吸收了孔子詩論的精蘊，以為「詩」必須「根情、苗言、華聲、實義」，能緣情感人，始為上品。並主張「文章合為時而著，歌詩合為事而作」。重視詩歌的社會作用，強調詩歌必須用來「洩導人情」、「補察時政」，這樣才「不虛為文」。

元、白二家這種「兼濟天下」的詩觀，對齊梁以來綺靡浮豔的詩風而言，可說是作了徹底的破壞，並喚醒了詩人的社會意識和自覺。

在唐代的社會詩論和反對齊梁以來浮豔詩風的同時，另外有些學者運用不同方式，來呈現他們對詩歌看法的：一是詩歌方面的選本，如元結的《篋中集》，殷璠的《河嶽英靈集》，芮挺章的《國秀集》，高仲武的《中興間氣集》；二是詩歌評論的專著，如總論詩歌作法的，有王昌齡的〈詩中密旨〉，皎然的〈詩式〉和〈詩議〉等。論詩歌格律對偶的，有齊己的〈風騷旨格〉，賈島的〈二南密旨〉，白居易的〈文苑詩格〉等，論詩歌句型結構的，有張為的〈詩人主客圖〉，李商隱的〈梁詞人麗句〉等，論詩歌品第境界的，有司空圖的《二十四詩品》，論詩歌本事的，有孟棨的《本事詩》。他們各從不同的角度，對唐代詩壇作出了歷史性的貢獻。

在隋唐五代文學批評發展的過程上，隋與五代雖然時間短暫，但由於它位居承先啟後的關鍵，所以在文學理論的傳遞上，卻負擔著醞釀和暖身的功效。唐代三百年的詩文理論因為分道揚鑣，在型態上，為後世的文話、詩話、詞話、曲話展現了風格獨標，各擅勝場的局面。至於古文運動之於兩宋及明清散文創作，更是影響深遠，甚而直到如今，我們還蒙受著他們的恩賜。

一九九九年四月岳麓書社發行了蔡鎮楚先生的《中國古代文學批評史》，書中第五章〈唐代文學批評〉，態度平實，簡而有序，值得參閱。

兩宋的文學批評

經過五代十國的分裂、割據與嚴酷奪權的過程，宋太祖趙匡胤運用杯酒釋兵權的政治手腕，取得軍事優勢後，在建隆元年（九六〇）控制整個兵力，結束了擾攘不安的政局，統一全國。由於北宋初年的社會安定，工商業繁榮，人民生活富足，這對文學發展起了催化的作用。

北宋末年，由於西夏內侵，遼金入寇，國防危機日益嚴重。尤其靖康之變（一一二六），金兵攻陷汴京，徽欽二帝被擄，康王趙構在強敵環伺下建都臨安，改號建炎，是謂南宋。南宋自立國以來，以稱臣納貢的辦法，取悅金人，乞求偏安苟活。當此國家阽危，河山破碎之秋，宗澤、李綱、岳飛、韓世忠等忠貞愛國的志士們，不惜個人生命，奮勇抗戰，保衛了半壁江山，使苦難的中國人民，獲得喘息機會。在這動盪不安的時代，有許多流民血淚，志士業績，為兩宋文學創作帶來無限寬廣的空間和永不枯竭的靈泉活水。

兩宋文學由於作品體制日益增多，批評方式便隨著作品體制的不同而互異其趣。如歐陽修、王安石、曾鞏、蘇軾及梅堯臣、黃庭堅、陸游、楊萬里等，雖然都能獨抒胸臆，展現了與前代不同的看法，但大都支離破碎，不成系統。其間真能有本有源，籠罩多方，自成一格的理論，在詩評方面不得不推「詩話」，詞評方面不得不推「詞話」，駢散文評方面不得不推「文話」。如果我們把這三方面的專門著作加以綜合，兩宋文學批評的真象，即可交織而成。

在此我們先說「詩話」，記得在講〈隋唐五代的文學批評〉的時候，曾經說過有許多的詩歌理論家，為了反對梁以來浮豔的詩風和提振唐代的社會詩學，運用不同的方式，表達他們對詩歌的看法，當時就出現了許多的專門著作。到了北宋，歐陽修作《六一詩話》，首先拿「詩話」名書，清章學誠於《文史通義．詩話》，說詩話源於鍾嶸《詩品》。至於詩話的內容，一般而言，除了記事以資閒談之外，還有辨章句、備古今、記盛德、錄異事、正訛誤的功用，兩宋詩話之多，僅僅著錄於《四庫全書總目提要》的，就有三十四種，如果根據郭紹虞《宋詩話考》的統計，連存帶佚的更多達一百三十九種。其中最為人稱道的，計有許彥周的《彥周詩話》、張戒的《歲寒堂詩話》、胡仔的《苕溪漁隱叢話》、嚴羽的《滄浪詩話》、魏慶之的《詩人玉屑》、姜夔的《詩說》等。

現在拿嚴羽《滄浪詩話》來說，全書分為六章，首〈詩辨〉，次〈詩體〉，次〈詩法〉，次〈詩評〉，次〈考證〉，末附〈與吳景仙論詩書〉。〈詩辨〉提出論詩的主張，〈詩體〉、〈詩法〉、〈詩評〉論詩歌體製，寫作方法，和評論歷代作家與作品，〈考證〉是對某些詩作文字、作者進行辯證工作。〈與吳景仙論詩書〉是他對寫作本書的主旨作說明與補充，可以看成作者的自序。嚴氏吸收了各方面學者論詩旨趣，提出取法盛唐，標準妙悟，以禪論詩的看法。他的話對後世詩歌理論發生很大影響。如明代高棅編《唐詩品彙》，李東陽論「聲調」，前後七子倡「格調」，清代王士禎的「神韻說」，都或多或少受到嚴氏的影響。

至於「詞話」，在兩宋詩話盛行的同時，詞話也因為詞作的興起而引起學者們染指。依照近人唐圭璋《詞話叢編》所錄的宋人詞話，就有王灼《碧雞漫志》、吳曾《能改齋漫錄》、胡仔《苕溪漁隱叢話》、魏慶之《詞話》、周密《浩然齋雅談》、張炎《詞源》、沈義父《樂府指迷》等七種。其中以張炎的《詞源》最是膾炙人口。此書分上下二卷，上卷專論樂律，下卷分論音譜、拍眼、製曲、句法、字法、虛字、清空、意趣、用事、詠物、節序、賦情、離情、令曲、雜論等，序言說：「嗟古音之寥寥，慮雅詞之落落。」正說明了他寫作本書的宗旨。張炎論詞，強調協律、雅正、清空，特別重視「深於用事，精於鍊句」和「意趣高遠，風流蘊藉」的藝術觀點。尤其他那貶抑豪放，推崇婉約，「詞要清空，不要質實」的主張，被清代浙派詞人奉為填詞、評詞的金科玉律。

駢散文評方面的「文話」，根據陳邦禎博士〈兩宋文話初探〉的研究，除了評點、選本不計外，在散文文話方面有陳善《捫蝨新話》、陳騤《文則》、王正德《餘師錄》、吳子良《荊溪林下偶談》、周密《浩然齋雅談》、李塗《文章精義》等；駢文文話方面有王銍《四六話》、謝伋《四六談麈》、洪邁《容齋四六叢談》、王應麟《辭學指南》、楊囦道《雲莊四六餘話》等。其中的陳騤《文則》二卷，一向被人推尊為我國最古而最具專門性的文法修辭論著之一。書中論文章體式，大致在揭示六經諸子運用文法修辭的一些特點和規律。作者認為為了鮮明、生動、準確地表達內容，六經諸子的文章，無論在句式上，在章法上，都很講究文法修辭，為後人寫作樹立了楷模。他這種說法，基本上是借鑑劉勰《文心雕龍》；至於旁徵博引，別闢蹊徑，卻有推陳出新，超邁前人的地方。雖然《四庫全書總目提要》說他「只重視文字增減，未免逐末遺本。」但神而明之，存乎其人，我們也不必以定法來病此書了！

兩宋文學批評，在前代文學理論的基礎上，由於文體日繁，評文風氣大開，反映到文學批評上的是韻文方面有「詩話」、「詞話」，駢文方面有「四六話」，散文方面有「文話」，雖然當世學者有不少的詩文理論，零星散見於他們的作品中。但究其大宗，仍以詩話、詞話、文話最是具體。自劉勰《文心雕龍》和鍾嶸《詩品》開中國詩文評論以來，經唐歷宋，發榮滋長，使中國文學批評更展現了充實的內涵。

蔡鐘翔、黃保真、成復旺三位學者合作編著的一部五冊的《中國文學理論史》，內容豐富、文字流暢，對中國詩文評論都有詳盡的分析，可資參證。

金元的文學批評

金元兩代在中國，前後擾攘兩百多年。由於他們擅長騎射，輕視學術，所以在文學批評方面，一直被後人認為「既少創見，又頗保守」。不過，從他們適處於由宋至明的過渡地位來看，自是中國文學批評史上不可或缺的一頁。更何況當時在文評方面如王若虛、陳繹曾；在詩評方面如元好問、方回；戲曲批評方面如燕南芝庵、鍾嗣成；小說批評方面如羅燁等。其中尤以戲曲與小說，更是中國文學批評的萌芽。不僅為當時寂寞的文學論壇帶來了生機，也為明、清戲曲、小說批評界開闢了一個嶄新的天地。

文評方面：首推王若虛。他是金元之間極有根柢的一位學者，著有《滹南遺老集》四十五卷，其中含有《文辨》四卷，最是滹南老人論文的重點所在。他強調文章要「以意為主」，形式應向內容服務，不可受僵化的形式格局限制。有人問他：「文章有體乎？」曰：「無。」又問：「無體乎？」曰：「有。」「然則果何如？」曰：「定體則無，大體須有。」「定體」的意思是指縛束作者手足的字法、句法、章法，「大體」指理達辭順，文字流暢，充分表達思想情感的基本要求。因此，他主張文章唯求「真」、「是」，使「典實過於浮華，平易多於奇險」。他特別肯定宋代歐王曾蘇的散文，因為較之前代更趨平易自然的緣故。

再如元天德年間的陳繹曾，吳興（今屬江蘇）人，平生著作中與散文評論有關，而居今還可看到的作品，計有《文說》一卷、《文筌》一卷、《古文矜式》一卷、《文章歐治》一卷。他論文重點以見道和發揮社會教化功能為主。論文體則又詳分體類，考鏡源流，闡述作法。論作家修養與創作方法，都能本末兼顧，綱維文學理論的全境。南宮淑序《文章歐治》時說他：「生平才學，見乎制作，規模可謂宏遠。」正是由衷之言。

詩評方面：元好問可說是金元間風骨嶙峋，獨立千古的人物。他的〈論詩〉絕句三十首，不但是繼杜甫、吳可、戴復古、陸游、楊萬里等之後，闡述詩歌創作與批評的力作，究其內容旨趣，更具有明確的目的，嚴肅的態度。根據〈論詩〉題下的元氏自注，此詩當成於金宣宗興定元年（一二一七），作者二十八歲的時候。但是如從最後第三十首末二句所謂：「老來留得詩千首，卻被何人校短長！」似若年老體衰的口胳。可見這組詩直到元氏晚年，尚有所更定。其中論詩歌創作標準，主真誠，反偽飾；尚雄渾，反斲削；崇高雅，反俚俗。對作家的批評，則以李白、杜甫、蘇軾、黃庭堅為主流，並推許陳子昂有摧廓齊梁，力挽風雅之功；評李商隱，承認他在詩歌創作上的藝術價值，對西崑作家們的用事託興，晦澀幽咽之調，則又深表不滿。

方回是繼四靈興起，江湖派風行，而江西詩派日趨沒落之後，出現的一位詩評家。他的《瀛奎律髓》，給陷入垂危的江西詩派，注射了一針強心劑。他除了在所選詩格，所注詩話上強調「律」、「髓」之外，特別推尊杜甫、黃庭堅、陳師道、陳與義為「一祖三宗」，並重視人格和詩格的關係，所謂：「詩先看格高而意又到、語又工為上。」因此，他的詩評，頗為後來宋詩派的學者所尊奉。

在戲曲批評方面：自春秋戰國至兩宋金元，我國的戲曲由於成熟較晚，所以舞臺表演居多，客觀批評較少。尤其著作成書的戲曲評論，更是一片空白。直到元代燕南芝庵的《唱論》出現後，才算為這塊寂寞的園地填上了答案。芝庵生平不詳，他這本書篇幅簡短，僅有二十七節，除了大略地列舉古代著名的音樂家和歌唱家以外，大部分都在講戲曲演唱的聲樂理論和歌唱方法。可說是對前人歌唱經驗，以及當時戲曲演唱實踐的理論，做出總結的一部集子。他討論到歌唱的格調、節奏、聲節、聲韻、聲氣、聲病等。大抵主張歌唱應以歌喉演唱為主，樂器伴奏為輔。所謂：「絲不如竹，竹不如肉。」指的就是越接近自然越好。

鍾嗣成的《錄鬼簿》，廣泛地記載了前輩與同代戲曲作家一百五十二人，作品目錄四百多種，並製〈凌波仙曲〉來憑弔去世的知音。在目前來說，此書不僅是我們研究中國古典戲曲最寶貴的資料，同時，字裡行間也流露著作者批評的觀點。鍾氏所以為戲曲家立傳，認為他們雖然「門第卑微，職位不振」，但是「高才博識，俱有可稱」，足可與「日月炳煌，山川流峙」，歷「千萬劫無窮已」，所謂「借他人酒杯，澆胸中塊壘」。他這種有為而發的戲曲評論，在中國戲曲發展史上，確實具有卓越的貢獻。

至於小說批評方面，兩宋以前，我國的小說批評尚處於萌芽時期，雖然當時的小說家如郭璞、干寶、蕭綺、沈既濟、李公佐、趙令畤、洪邁等，留下不少的優秀作品，但是沒有留下關於小說批評的專論。到了金元，有兩位從事小說評論的學者，第一位是對小說評點做出巨大貢獻的劉辰翁；第二位便是在「說話」藝術風氣薰染下，成功地寫出了《醉翁談錄》的羅燁。現以羅氏的《醉翁談錄》為例，看一看當時小說評論的特色。此書內容大都節錄或轉述前人的舊作，除了保存一些少見的宋元戲文情節外，特別是卷首的〈小說引子〉和〈小說開闢〉兩篇作品，不但反覆強調小說家必須具有廣博學識和藝術修養的重要性，並對當時通行的小說話本進行了嚴格的分類。所以羅氏此書儘管在論述話本小說方面不夠系統化、理論化，可是確實給中國古典小說的創作經驗作出總結。

金元兩代的文學批評，因受篇幅所限，如王構、周德清、楊維楨、胡祗遹、貫雲石等批評家的理論，還未及一一說明，不過，單從本文涉及的各家說法來看，已經可以想見在此二百多年的文學論壇上，實洋溢著繼往開來的輝光。

明代的文學批評

在明代統治中國二百七十年的歷史中，如果我們單從文學批評的角度來觀察，詩文方面雖然較少創見，但小說、戲曲卻花開並蒂，有獨特成就。不過，其間隨著時代的演變，新舊思潮的衝突，文學批評總環繞著復古和創新兩大脈絡起伏爭鬥，相當激烈。他們在這方面發表的言論，雖然時移代變，但相信放到今天，仍有很多地方值得取法。

文評方面：明初開國派作家宋濂，著〈文原〉上下篇。上篇推究文章的本原，下篇剖析文章的利病。大體而言，他在宗經師古的主旨下，提出明道致用的主張，為散文批評揭開序幕。隨後由於政治安定，經濟繁榮，文學上便出現粉飾太平的臺閣體。此派不要求內容與形式上的技巧，只以雍容華貴，意態安閒為高，以陳陳相因，千篇一律，為人所唾棄。此時李東陽出而振衰起弊，力挽狂瀾，論詩力主唐音，遂開前後七子擬古主義的先河。

明代中葉以李夢陽、何景明為首的前七子，和以王世貞為首的後七子，均高唱「文必秦漢，詩必盛唐」的口號，完全否定東漢以後的散文，和魏晉以後的古詩。這種說法對文學的創新來說，無疑地是大開歷史的倒車。於是引起唐宋派文論家如王愼中、唐順之、茅坤、歸有光的反對。他們上承宋濂取徑韓、歐的理論，提出學習唐宋八家散文的精神，和平易自然的風格。他們這種由模擬秦漢，改為模擬唐宋的辦法，根本不能眞正解決文學創作的出路問題，所以又引起公安派學者們的不滿。

公安派的袁宗道、袁宏道、袁中道猛烈抨擊擬古文風。他們從「求眞」、「求變」的觀點出發，主張為文要「獨抒性靈，不拘格套」，可是與此同時的竟陵人鍾惺、譚元春認為公安派末流大都束書不觀，走向「雅故滅裂，風華掃地」的窮途，於是又以「幽深孤峭」的文章作法加以矯正。希望使作品達到「樸實醇厚」的藝術風格和博大充實的內容。

明末，艾南英、陳子龍目睹國危民貧，盜賊蠭起，本憂國憂時之心，大聲疾呼發揚司馬遷「發憤著書」的精神，強調文章要注意情與境會，關懷國是，唱出時代的悲歌，他們總算為明代的散文評論抹上一道霞彩。

詩評方面：明代初期的高棅和晚明的鍾惺，他們雙方的詩評，均曾轟動一時，甚而迄今不衰，很有拿來單獨一提的必要。高棅的《唐詩品彙》九十卷，《拾遺》十卷，自稱是經過研究唐詩十幾年的獨到心得，才「裒成一集，以為學唐詩之門徑」。高氏繼承嚴羽取法盛唐的觀點，不僅從歷史的眼光，時代的背景，說明唐詩發展的軌跡和作品的高下，同時並強調「超神入化，玲瓏透徹」，為詩作的最高境界。《明史》說：「終明之世，館閣宗之」，可見此書對明代初期詩壇的影響。鍾惺和譚元春評選的《古唐詩歸》，為了反對前後七子的擬古文風和矯正公安派俚俗的流弊，提倡學習古唐詩作者的「精神」，認為有這種「精神」的詩，才是「真詩」。這種「真詩」，即具有「幽深孤峭」的風格。朱彝尊說：「《詩歸》既出，紙貴一時。」足以說明他們的理論給當時文學界造成的震撼。

戲曲批評方面：明初朱權的《太和正音譜》，是最早出現的一部戲曲評論著作。朱氏以為戲曲是歌功頌德，粉飾太平的工具，這和元代高則誠所謂的「休論插科打諢，也不尋宮數調，只看子孝共妻賢」的說法，前後完全一致。中葉以後，戲曲創作與批評漸趨活躍，徐渭的《南詞敘錄》，是專門發揚南戲的論著。內容包括南戲的源流、發展、風格、聲律、作家、作品的評論，以及常用術語和方言的考釋等。雖然敘述不夠詳盡，但是在戲曲理論方面，他大力推動南戲崑曲的發展，反對以時文入曲，主張戲曲語言與其晦而澀，不如鄙俗易曉的好。所以提出當行本色之說，矯正時弊，為嘉靖、隆慶的劇壇帶來了生機。晚明的戲曲評論界，陷入了臨川派和吳江派長期論爭的局面。當時王驥德著《曲律》，確能權衡兩派的長短得失，並結合實際創作教訓，發表一己的見解。主張文辭應和格律並重，藻彩當與本色結合，語言要雅俗共賞。此外，他還注意到南北曲的聲律、作法及劇本結構、賓白、科諢等，全面而深刻，為明代戲曲理論作了完美的總結。

小說批評方面：此期的小說批評，範圍相當廣泛，形式也多采多姿，方法更注意歷史和作品的結合，至於對小說價值的體認，發展的趨向，較之已往均有顯著的進步。以下就以李贄和馮夢龍為例加以說明：李贄號卓吾，福建晉江人，他的小說理論見於評點《水滸傳》。根據李氏〈復焦弱侯〉的信上說：

> 《水滸傳》批點甚快活人……千難萬難捨不得一死者，只為不忍此書耳。

可見他喜愛《水滸》的狂熱程度。周暉《金陵瑣事》記載李贄的話，說：

> 宇宙向有幾大部文章：漢有司馬子長《史記》，唐有《杜子美集》，宋有《蘇子瞻集》，元有施耐庵《水滸》。……

他能擺脫傳統的看法，大力推崇小說，把《水滸》和《史記》、杜詩相提並論，的確具有過人的膽識。至於他對施耐庵的思想和創作精神，《水滸》人物形象的塑造，語言藝術的表達，都有相當深刻的體認與評價。

馮夢龍是晚明小說批評的巨擘，他的一生全部奉獻於對民間通俗文學的搜輯、整理、研究和出版工作上。其小說批評見於三言中的三篇序文及部分眉批。馮氏能從文學發展的眼光，將我國古典小說找出了它演進的基本路線，以為周代是萌芽期，唐代為勃興期，兩宋是醞釀期，明代為擴張期，並前後相聯，各有側重，由此反映了晚明小說進步的特質。

魯迅的《中國小說史略》和郭箴一的《中國小說史》二書對中國傳統小說的發展，提供了客觀的看法，有助於讀者全面性的了解。龔顯宗的《明初越派文學批評研究》，不僅總結了宋元文學批評的遺風，且具有下啟臺閣體以至於清代五百餘年的關鍵地位，特別介紹給有心的讀者參考。

清代的文學批評

雖然清廷以高壓專制的手段，使中國文化受到嚴重的摧殘和迫害，但文學創作和批評，仍如雲蒸霞蔚，成就卓著。不過。從清代文學批評發展的歷史過程來看，順治、康熙之交可列為第一期。此期主要特點，是對明代文學評論的反思，並潛伏了以後各派爭議的端倪。道光以前是第二期，這時批評界流派眾多，被奉為一代正宗的桐城派，由興起、發展而走向衰落。道光以後為第三期，此期隨著西方文明的入侵，中國古典文學似已走到歷史的終點，在此迴光反照的時刻，文學批評的內容又有了嶄新的坐標。以下分散文、詩、戲曲、小說四方面加以說明。

在文評方面：清初文評界以侯方域、魏禧、汪琬號稱三大家。他們三人的持論既不一致，也沒有建立系統完備的理論。到了方苞、劉大櫆、姚鼐出，才吸收明代唐宋派成功的經驗，及當時科場行文的需要作依據，建立了一套衡文標準和理論體系。由於他們三位都是安徽桐城人和散文家，於是得了「桐城派」的美譽。

根據方苞〈又書貨殖列傳後〉的說法，所謂「義法」的「義」，是指文章的內容，「言有序」

指文章寫作的結構和條理，方氏又在〈四書文選凡例〉中提出「雅潔」的欣賞標準。到了姚鼐，他論「義法」，不重如何為文，而重所以為文。在〈古文辭類纂序目〉一文裡，他分文體為十三類，而所以為文者有八：這八項即「神、理、氣、味、格、律、聲、色」，前四項為文之精，後四項為文之粗。如果從審美的角度來看，「神理氣味」是文學作品較高層次的審美要素，偏重於內容；「格律聲色」指較低層次上的審美要素，偏重於辭采。所以桐城派的散文理論乃是全面繼承了前人的成果，經過推演和歸納之後，使其更具有系統性的文章法則。

在桐城派號令文壇時，有浙江會稽人章學誠著〈古文十弊〉，別樹一幟，與之對抗。儀徵阮元、阮福父子以及後來的劉師培等，主張駢偶，擯散文於文學之外。汪中、李兆洛主張為文取法魏晉，以恢復古代駢散不分之體。他們雖然各是其是，各非其非，但始終未能動搖桐城派在中國文學評論上的地位。所以直到今天，我們全國從事傳道、授業、解惑的國文教師，還多少受到桐城派文論的影響。

在詩評方面：清代在詩評方面有專門著作傳世的不下數十家。根據鄭方坤《清詩家名人小傳》，知當時有王士禎的「神韻說」，趙執信的「聲調說」，翁方綱的「肌理說」，沈德潛的「格調說」，究其大指，或言之太玄，令人摸不著邊際，或失之僵化，過分強調形式，獨有袁枚的「性靈說」，受到當時趙翼的讚賞，說他「其人與筆兩風流，紅粉青山伴白頭」。而袁氏也以「筆掃千軍」的氣勢，反對盲目崇古，提出他的「性靈說」。此說的基本特色：在思想方面，主張隨心所欲，任天而動，對傳統思想隱含叛逆色彩。在語言方面，重視鮮活新穎和情感的真實，足以表現作者個性。在學力方面，以為作詩可以用典，但不可以用典逞能；可以學古，但要「得魚忘筌」；可以藻飾，講音韻，但不能專事追求。在通變方面：提出「若無新變，不能代雄」之說，並以為無論是變得美或醜，求新求變是不可避免的。

清代中葉以後的詩壇，又逐漸走回江西詩派的老路，形成了「同光體」。這種風氣一直要等到清末黃遵憲、梁啟超掀起「詩學革命」後，詩學評論才會有新的轉機。

在戲曲批評方面：清初戲曲界出現了吳偉業、尤侗、王夫之、洪昇、孔尚任等許多弔古傷今，充滿強烈民族意識的作品。適當此時，李漁著《閒情偶寄》，給這個時代的戲曲評論添上了萬道霞光而照耀千古。此書在戲曲評論方面的最大特色，就是它的舞臺性。李氏以為離開了舞臺和觀眾，戲曲藝術就失去了生命力。至於劇本的編寫要想獲得優良效果，在結構上，首先要「立頭腦」，以樹立主要人物和中心情節；其次是「識頭緒」，即一線到底，切忌有枝節旁出的情感；然後再「密針線」，使情節的安排能天衣無縫，無懈可擊；再就是「脫窠臼」，反對守舊因襲，要求新求變；最後是「戒荒唐」，劇本固然要力求新變，但不可捏造怪誕不經的故事。在語言運用上，李漁提出「貴淺顯」的主張，使戲曲語言能大眾化，有普及性；還有「戒浮泛」，是說語言淺顯，固是優點，但不可流於低級粗俗。在其他方面，李氏也注意到賓白和插科打諢的細節。他認為「賓白」和曲詞是不可分割的整體，而「插科打諢」雖屬小道，可是，如想雅俗同歡，智愚共賞，作者就必須在這些地方下工夫。文字再好，情節再美，如「賓白」和「科諢」不好的話，便功虧一簣，有不可彌補的損失。他的這些見解，對今天戲曲劇本的編寫，導演以及舞臺演出，仍有一定的價值和借鑑作用。

在小說批評方面：清代的小說批評，在金聖嘆的推動下，「評點」一直是小說批評的主要形式。金聖嘆博覽群籍，著述等身，其生平最傑出的貢獻，就是對《水滸》、《西廂》二書的評點。他的理論最引人注意的，如提出小說人物的塑造論，描寫人物的藝術手法，吸引讀者的情節結構說，以及行文要注意疏密調配等。由於他不僅講究故事情節的賓主旁正，而且也留心行文的章法、句法、字法，以致清代的小說評論家，大都只能追蹤其後，作局部上的修正或創新；在總體成就上很難有所超越。這種情形，只有等到晚清，時間邁入近代之後，在西方小說寫作模式的催化下，才會有新的突破。

上海復旦大學教授王運熙先生的《中古文論要義十講》，內容雖不夠全面，但能撮其綱領，提供思路，可供參考。日本學者青木正兒著，陳淑女譯的《清代文學評論史》，對有清兩百多年的詩論、文論、詞論、戲曲評論等有較全面的論述，是值得一讀的作品。

民國以來的文學批評

自西元一九一一年，國父孫中山先生領導的國民革命，武昌起義成功後，推翻滿清專制政體，建立了民主共和的新中國。民國三年（一九一四），歐戰爆發，西方列強因暫時不暇東顧，中國工商業才獲得迅速開展的機會。十七年（一九二八）全國一統，正當萬民歡忭，昇平在望的時刻，不料，日本發動「九一八事變」，強佔我東北各省，接著「七七盧溝橋」的炮聲，更點燃了我對日戰爭的火把。這樣一直到民國三十四年（一九四五）八月十五日，日本正式宣布無條件投降後，八年又一個月的神聖抗戰終於得到最後的勝利。回顧在已往的歲月裡，由於變亂紛乘，國事如麻，中國文學也隨著時代的脈動，引發了空前未有的改革浪潮。

在當時中西、新故、文白之爭的學術園地裡，文學批評幾乎全部都是援用西方的文藝理論作基礎，談到小說、詩歌與戲劇的表現形式和技巧時，總離不開西方近代習見的種種主義、思潮與名詞；尤其一些自命為文學新銳的人士們，特別喜歡集會結社，相互標榜，不肯下切實研究的工夫，所以當此之時，真正是走出中國傳統窠臼，汲取西方文論菁華，確然在中國文學批評方面能獨樹一幟，而又有系統完具的論著者，實在不多。

民國三十年代的文學批評活動，由純粹重視文學理論的層面，逐漸走向運用通史的眼光，來看待中國文學的新趨勢。因而有些學者便參考西方治學方法，把中國文學範疇中，與批評或批評理論有關的資料，篩揀而出，作統整的研究，並發表專門論著，從而形成了一門自別於中國文學史以外的新學問，那就是中國文學批評史。例如郭紹虞以時代先後為序，編著的《中國文學批評史》，朱東潤以文學理論家為主，撰寫的《中國文學批評史大綱》等，皆屬此類作品中的佼佼者。

至如胡適、朱自清、朱光潛等人，在文學理論方面的成績，大部分是破壞的多，建設的少。朱光潛著《文藝心理學》、《詩論》，是有意突破論爭的格局，對當時文學批評作實質貢獻的人，但是由於他對傳統文論的了解有限，所以最終只能迴旋於西方的亞里斯多德和克羅齊之間，揀一點他們的藝術之花，想要建立民族本位的文學理論體系，距離理想的標竿恐怕還很遠。

筆者談民國以來的文學批評，在不得已的情況下，只好保守地選擇了章炳麟、王國維、梁啟超三位。這三位雖然向來不以文學評論名家，但在文學評論上都能通古今之變，成一家之言。

章炳麟字枚叔，又名絳，號太炎，浙江餘杭人。他既是國民革命家和宣傳家，又是清末民初繼承乾嘉學派的樸學大師。他的文學評論是強烈的民族主義，鮮明的革命要求，乾嘉學派的治學方法三者的綜合體。《文學總略》就是章氏雜文學理論體系的代表作。書中大致包括了四個重點：即中國文學的義界論、文體論、法式論和流變論；而義界論又是他文學評論的核心。

他認為一切用文字寫的東西都是文學，於是從此一義界出發的文體論，其內容除了將作品分為有句讀的文為「文辭」，和無句讀的文為「文」之外，又論述了各種文體在內容和形式上的特徵以及分合演變的規律。法式論也就是他的創作論，指各體文章寫作的法則與風格。流變論是關於文學發展的理論，其中包括章氏對中國文學史上各家各派成敗得失的批評。他同時扣緊了《易經》哲學中宇宙萬物生發演化的基本規律，提出窮、變、通、久四個通則，以為文學是窮則變，變則通，通則久，其所以生生不已者，蓋由於文學是學術的一環，有因有創，有開有合，必須推陳出新，才能達成唯有新變，始可代雄的要求。

其次，是王國維的文學批評。他在《人間詞話》中首標「境界」說。以為「詞以境界為上，有境界則自成高格，自有名句，五代北宋之詞所以獨絕者在此」。甚麼是境界呢？根據他自己的解釋：

> 非獨謂景物也，喜怒哀樂亦人心中之一境界。故能寫真景物真感情者，謂之有境界；否則謂之

無境界。

由此看來，境有「心境」，有「物境」，有「造境」，有「寫境」，有「有我之境」，有「無我之境」，詩人對宇宙人生必須入乎其內，出乎其外；入乎其內故能寫之，出乎其外故能觀之；入乎其內故有生氣，出乎其外故有高致。如此，作家始不為外在客觀事物所局限，能融情入境，有自己的看法，使作品達到高度的藝術水平。尤其他說的「一切景語皆情語也」，對中國古典詩詞優良傳統的一語道破，前輩古人根本沒有提到過，足以證明這是王氏受到西方文藝理論影響後，久經醞釀而成的自我創獲。

梁啟超在散文、詩歌、戲曲方面，都有突破性的成就，但其小說理論，卻是接受西方文論思想，在中國小說發展史上，提出的一個嶄新命題。他的〈論小說與群治之關係〉一文，可說是這方面的代表作。文中他把小說的社會作用和文學地位，提高到空前未有的地位。說：

> 欲新一國之民，不可不先新一國之小說。故欲新道德必新小說，欲新宗教必新小說，欲新政治必新小說，欲新風俗必新小說，欲新學藝必新小說，乃至欲新人心，欲新人格，必新小說。

梁氏從這個認識出發，把中國傳統輕視小說的思想澈底打破，並從而基於小說對社會作用的高度評價，充分肯定了小說獨立的文學地位。固然他由於政治要求，去片面追求小說的思想性，忽視了文學創作的藝術性，使他的理論出現了瑕疵，但對中國萌芽期的新小說而言，無可懷疑地是注射了一針興奮劑。

回顧過去，展望未來，舉目斯世，這的確是一個風狂雨驟的狂飆時代，也是我民族文化存亡絕續的重要關頭。但願我們能痛下決心，踏著祖先的優良傳統，來開創文學理論的新天地。

最近由「文史知識編輯部」編輯，中華書局印行的《詩文鑑賞方法二十講》一書，和我過去寫的〈中國文學批評發展規律蠡測〉一文，對作品的批評和鑑賞以及其發展的脈絡與展望，均有中肯的說明。提供讀者參考。

參考文獻舉要

說明：本〈參考文獻舉要〉的列序原則，係根據本書內容的需要為範圍，分韻文、散文、駢文、小說、戲曲、文學批評，外加通論，共七大部門；各門獨立，自列數序，共計二百一十九種。各書出版時間，為適應不同地區的需要，一律以西元紀年。並望讀者能以此類推，廣徵博考；如此，則本〈參考文獻舉要〉亦不無小補也。

一、通論部分：

1. 十三經注疏附校勘記　藝文印書館　一九六〇年一月
2. 諸子通考　蔣伯潛著　正中書局　一九七〇年七月
3. 中國通史（上下冊）　羅香林著　正中書局　一九五四年三月
4. 中國文學發展史（不著作者姓名）　華正書局　一九七六年十二月
5. 中國俗文學史　西諦原著　明倫出版社　一九七一年二月
6. 中國文學家列傳　楊蔭深編著　臺灣中華書局　一九七二年十二月

7. 中國學術家列傳　楊蔭深編著　廣城出版社　一九七二年九月
8. 新文學作家列傳　趙聰著　時報文化出版公司　一九八〇年六月
9. 經學與中國文學　謝謙著　三環出版社　一九九〇年十月
10. 中國學術思想變遷之大勢　梁啟超著　臺灣中華書局　一九七一年十月
11. 清代學術概論　梁啟超著　臺灣中華書局　一九六三年十一月
12. 佛經傳譯與中古文學思潮　蔣述卓著　江西人民出版社　一九九〇年九月
13. 中國文學欣賞舉隅　傅庚生著　地平線出版社　一九七〇年七月
14. 文學文體概說　張毅著　中國人民大學出版社　一九九三年一月
15. 漢魏六朝文學　陳鐘凡著　臺灣商務印書館　一九六九年十月
16. 宋代文學　呂思勉著（不著出版處所及時間）
17. 五代文學　楊蔭深著（不著出版處所及時間）

二、韻文部分：

1. 詩經語言藝術　夏傳才著　語文出版社　一九八五年一月
2. 楚辭概論　游天恩著　臺灣商務印書館　一九六八年六月
3. 楚辭文學的特質　吳天任著　臺灣商務印書館　一九七七年四月

4. 楚辭注六種　王逸章句，洪興祖補注，陳直拾遺　世界書局　一九六八年十二月
5. 楚辭研究　胡子明等著　華聯出版社　一九七六年十一月
6. 楚辭選注　陸侃如、龔克呂選譯　上海古籍出版社　一九八一年四月
7. 漢賦之史的研究　陶秋英著　新文豐出版社　一九八〇年二月
8. 漢賦研究　張清鐘著　臺灣商務印書館　一九七五年一月
9. 樂府文學史　羅根澤著　文史哲出版社　一九七二年三月
10. 樂府通論　王易著　廣文書局　一九六四年七月
11. 樂府古辭考（不著作者姓名）　臺灣商務印書館　一九七〇年九月
12. 漢樂府小論　饒大均編著　百花文藝出版社　一九八四年七月
13. 兩漢樂府研究　丌婷婷著　學海出版社　一九八〇年三月
14. 樂府詩選註　龔慕蘭輯注　廣文書局　一九六一年一月
15. 樂府散論　王汝弼著　陝西人民出版社　一九八四年十一月
16. 古詩評註　王文濡評注　廣文書局　一九六七年五月
17. 古詩源箋注　王蒓父箋注，劉鐵冷校勘　華正書局　一九八六年九月
18. 中國歌謠　朱自清　中華書局香港分局　一九八二年四月
19. 陶詩評注　王德勝編著　臺灣書店　一九七四年七月

20. 唐詩三百首詳析（不著作者姓名） 臺灣中華書局 一九六三年十月
21. 唐宋詩詞評注 陳滿銘、陳弘治、簡明勇合編 文津出版社 一九八三年十一月
22. 唐代詩學（不著作者姓名） 正中書局 一九六七年三月
23. 唐詩淺探 朱文長著 臺灣商務印書館 一九七九年五月
24. 唐詩的滋味（不著作者姓名） 丹青圖書公司 一九八二年十一月
25. 宋詞研究之路 劉揚忠著 天津教育出版社 一九八八年七月
26. 詞與音樂 劉堯民著 雲南人民出版社 一九八二年
27. 詞與音樂關係研究 施議對著 北京中國社會科學出版社 一九八五年七月
28. 詞學 張正體著 臺灣商務印書館 一九八〇年六月
29. 詞學通論 吳梅著 臺灣商務印書館 一九七七年六月
30. 詞調溯源 夏敬觀著 臺灣商務印書館 一九七二年四月
31. 詞牌釋例 嚴建文著 浙江文藝出版社 一九八四年七月
32. 詞學名詞釋義 施蟄存著 北京中華書局 一九八八年六月
33. 唐五代兩宋詞簡析 劉永濟選釋 龍田出版社 一九八二年一月
34. 詞學纂要 楊向時著 華國出版社 一九五六年二月
35. 新編元曲三百首 俞為民、孫蓉蓉編著 江蘇古籍出版社 一九九五年八月

36. 元曲三百首箋　羅忼烈著　明倫出版社　一九七一年四月
37. 曲藝叢談　趙景深著　中國曲藝出版社　一九八二年十二月
38. 讀曲常識　劉致中、侯鏡昶著　江蘇古籍出版社　一九八五年六月
39. 元曲概論　賀應群著　臺灣商務印書館　一九八〇年六月
40. 顧曲麈談　吳梅著　臺灣商務印書館　一九六九年二月
41. 曲學例釋　汪經昌著　臺灣中華書局　一九六二年一月
42. 詞曲　蔣伯潛著　世界書局　一九八〇年五月
43. 中國詞曲史　王致遠著（自印）　一九五九年十月
44. 詩詞評析與教學　王熙元著　萬卷樓圖書公司　一九九五年九月
45. 詩詞曲的研究　中華文化復興委員會　一九九一年二月
46. 詩話和詞話　張葆全著　上海古籍出版社　一九八三年十一月
47. 中國新文學淵源　任訪秋著　河南人民出版社　一九八六年九月
48. 文壇五十年　曹聚仁著　香港新文化出版社　一九六九年六月
49. 雨墨齋曲話　羅麗容著（自印）　二〇〇一年十月
50. 白話詩選　胡適編選　讀者書店　一九五八年六月
51. 新詩評析一百首　文曉村編　葡萄園詩社　一九八〇年四月

52. 台灣詩史　廖一瑾著　文史哲出版社　一九九九年三月
53. 白玉苦瓜　余光中著　大地出版社　一九七六年四月
54. 舊詩新話　劉大白著　莊嚴出版社　一九七七年五月
55. 新詩話　任鈞著（不著出版處所及時間）
56. 中國韻文概論　梁啟勳著　臺灣商務印書館　一九七七年六月
57. 中國韻文史　日本澤田總清著　臺灣商務印書館　一九七二年九月
58. 中國韻文通論　傅隸樸著　正中書局　一九八二年十月

三、散文部分：

1. 散文　謝楚發著　人民文學出版社　一九九四年七月
2. 散文結構　方祖燊、邱燮友合著　蘭臺書局　一九八一年十月
3. 散文的創作鑑賞與批評　方祖燊著　中央文物供應社　一九八三年六月
4. 中國散文學通論　朱世英、方道、劉國華合著　福建教育出版社　一九八四年六月
5. 中國散文史　陳柱著　臺灣商務印書館　一九七二年二月
6. 中國散文史　郭預衡著　上海古籍出版社　一九八六年四月
7. 中國散文通史　漆緒邦主編　吉林教育出版社　一九九四年十二月

8. 中國散文史　劉一沾、石旭紅合著　文津出版社　一九九五年六月
9. 中國歷代散文選　李孜編選　宏業書局　一九八一年八月
10. 中國古代散文發展史　張夢新著　杭州大學出版社　一九九六年十二月
11. 中國古代散文史　陳玉剛著　人民日報出版社　一九九八年八月
12. 中國古代散文九講　李景華、馬嘯風等著　北京出版社　一九八七年二月
13. 中國文章論　日本佐藤一郎著　上海古籍出版社　一九九六年六月
14. 中國散文美學史　吳少林著　黑龍江人民出版社　一九九三年
15. 文言津逮　張中行著　福建教育出版社　一九八四年六月
16. 文章寫作技法　李振起、劉佔先等著　山西教育出版社　一九九二年五月
17. 文章作法　梁宜生著　學生書局　一九七六年四月
18. 散文寫作技巧　胡甫夏編著　教育科學出版社　一九九〇年六月
19. 文章技巧研究　蔣祖怡著　文致出版社　一九七三年一月
20. 文章章法論略　羅廣德著　內蒙古教育出版社　一九九四年九月
21. 文章章法與閱讀寫作　夏紹臣著　人民日報出版社　一九八五年三月
22. 古文標點例說　闞勛吾著　河南人民出版社　一九八五年十一月
23. 古文斷句與標點　張倉禮、陳光前合著　吉林文史出版社　一九八六年一月

24. 文章賞析　吳正吉著　文津出版社　一九八七年六月
25. 古人談文章寫作　徐立、陳新編著　廣東人民出版社　一九八五年五月
26. 怎樣閱讀古文　鮑善淳著　上海古籍出版社　一九八二年五月
27. 文章例話　葉聖陶著　開明少年叢書　一九四六年五月
28. 文章作法　夏丏尊著　綠洲書店　一九六八年十二月
29. 秦漢三國文評注讀本　王文濡選注　廣文書局　一九八一年十二月
30. 南北朝文評注讀本　王文濡選注　廣文書局　一九八一年十二月
31. 唐文評注讀本　王文濡選注　廣文書局　一九八一年十二月
32. 清文評注讀本　王文濡選注　廣文書局　一九八一年十二月
33. 先秦散文選註　戚法仁註　華正書局　一九七四年七月
34. 史記選　吳汝煜注譯　香港三聯書店　一九九二年一月
35. 韓愈散文選　顧易生、徐粹育注譯　香港三聯書店　一九九二年五月
36. 柳宗元散文選　汪冬青注譯　香港三聯書店　一九九〇年三月
37. 歐陽修散文選　陳必祥注譯　香港三聯書店　一九九〇年三月
38. 曾鞏散文選　包敬第、陳文華注譯　香港三聯書店　一九九〇年七月
39. 王安石散文選　王水照、高克勤注譯　香港三聯書店　一九九〇年七月

40. 蘇軾散文選　劉乃昌、高洪奎注譯　香港三聯書店　一九九一年一月

41. 蘇洵蘇轍散文選　沈惠樂注譯　香港三聯書店　一九九四年九月

42. 歸有光散文選　黃明注譯　香港三聯書店　一九九一年三月

43. 明代諸家散文選　王榮初、徐沖注譯　香港三聯書店　一九九四年十月

44. 方苞劉大櫆姚鼐散文選　陳耀東注譯　香港三聯書店　一九九〇年十二月

45. 兩漢諸家散文選　孔鏡清、韓泉欣注譯　香港三聯書店　一九九四年八月

46. 魏晉南北朝諸家散文選　韋鳳娟注譯　香港三聯書店　一九九一年七月

47. 古代散文百科大辭典　王洪主編　學苑出版社　一九九三年一月

48. 散文之葩　朱自清等著　臺南北一出版社　一九七四年七月

49. 現代散文藝術論　吳歡章著　黑龍江朝鮮民族出版社　一九八六年十一月

四、駢文部分：

1. 駢文與散文　蔣伯潛著　世界書局　一九七五年六月

2. 廣注駢文讀本（不著編者姓名）　育民出版社　一九七三年六月

3. 駢文選注　成惕軒注　正中書局　一九八七年十月

4. 駢體文淺說　佚名著　廣文書局　一九八〇年十二月

5. 駢體文作法 王承之著 廣文書局 一九八〇年十二月
6. 歷代駢文選 張仁青編著 臺灣師範大學出版組 一九六五年九月
7. 駢文學 張仁青著 文史哲出版社 一九八四年三月
8. 駢文觀止 張仁青編撰 文史哲出版社 一九八六年九月
9. 中國駢文析論 張仁青著 東昇出版事業公司 一九八〇年十月
10. 駢文概論 金秬香著 臺灣商務印書館 一九六九年十二月
11. 駢文衡論（全四冊） 謝鴻軒著 廣文書局 一九七三年十月
12. 駢文史論 姜書閣著 人民文學出版社 一九八六年
13. 六朝文絜箋注 藜經誥箋注，許褳評選 育民出版社 一九七四年十二月
14. 宋四六文研究 江菊松著 華正書局 一九七七年九月
15. 清代駢文通義 陳耀南著 學生書局 一九七七年六月
16. 齊梁麗辭衡論 陳松雄著 文史哲出版社 一九八六年一月
17. 中國駢文史 劉麟生著 臺灣商務印書館 一九七一年八月
18. 四六叢話 孫梅輯 臺灣商務印書館 一九六五年十一月
19. 楹聯叢話 梁章鉅輯 臺灣商務印書館 一九七四年十月
20. 對聯新語 陸家驥編著 臺灣商務印書館 一九七八年二月

五、小說部分：

1. 小說與戲劇　蔣伯潛著　世界書局　一九八二年十一月
2. 中國古代小說十五講　李銀珠、宋浩慶等編寫　北京出版社　一九八五年十月
3. 古典小說鑑賞　周先愼著　北京大學出版社　一九二一年
4. 戲曲小說叢考　葉德鈞著（不著出版處所及時間）
5. 筆記小說研究　張暉著　華中師範大學出版社　一九九三年八月
6. 中國歷代小說家　紉菴編著　木鐸出版社　一九八〇年五月
7. 才子佳人小說研究　周建渝著　文史哲出版社　一九九八年十月
8. 中國古代短篇小說傑作評注　何滿子、李時人合著　安徽文藝出版社　一九八八年八月
9. 中國古代神話　袁珂著　北京中華書局　一九八〇年一月
10. 中國民間寓言研究　譚達先著　木鐸出版社　一九八四年九月
11. 中國歷代寓言選集　李奕定編　臺灣商務印書館　一九八〇年四月
12. 先秦寓言選譯　沈起煒著　上海古籍出版社　一九八一年十一月
13. 先秦寓言賞析　王小莘、蘇志偉合著　廣西教育出版社　一九八七年十二月
14. 中國小說史略　魯迅著（不著出版處所及時間）

15.中國小說史初稿　秦夢瀟編　河洛圖書出版社　一九七八年五月
16.中國小說史　郭箴一著　臺灣商務印書館　一九八一年三月
17.中國小說述評　王止峻編輯　臺灣商務印書館　一九七二年十月
18.中國古代寓言史　陳蒲清著　安徽教育出版社　一九八三年十一月
19.中國志人小說史　寧稼雨著　遼寧人民出版社　一九九一年
20.唐前志怪小說輯釋　李劍國輯釋　文史哲出版社　一九八七年七月
21.唐代小說研究　劉開榮著　臺灣商務印書館　一九六四年四月
22.唐人傳奇小說（不著作者姓名）　世界書局　一九八五年四月
23.晚清小說史　阿英著（不著出版處所及時間）
24.台灣小說發展史　古繼堂著　文史哲出版社　一九八九年七月
25.儒林外史人物本事攷略　何澤翰著　上海古籍出版社　一九八五年八月
26.吳敬梓評傳　陳美林著　南京大學出版社　一九九〇年十二月
27.蒲松齡及其聊齋志異　羅敬之著　國立編譯館中華叢書　一九八六年二月
28.紅樓夢的修辭藝術　林興仁著　福建教育出版社　一九八四年十二月
29.紅學六十年　潘重規著　文史哲出版社　一九七四年九月
30.紅樓夢研究　王關仕著　東大圖書公司　一九九二年十二月

31. 古典小說縱論　王瓊玲著　學生書局　二〇〇二年三月

六、戲曲部分：

1. 中國戲曲概論　吳梅著　廣文書局　一九七一年四月
2. 中國戲曲初考　趙景深著　中州書畫社　一九八三年八月
3. 中國古代戲曲十九講　周續賡、張燕瑾等撰　北京出版社　一九八六年五月
4. 中國民間戲劇研究　譚述先著　木鐸出版社　一九八四年九月
5. 戲曲叢譚　華連圃著　臺灣商務印書館　一九七四年十月
6. 中國古典戲劇選注　曾永義編注　國家出版社　一九八三年十二月
7. 教坊記箋訂　唐崔令欽撰，任半塘箋訂　宏業書局　一九八六年六月
8. 吟風閣雜劇　楊潮觀著，胡士瑩校注　華正書局　一九八六年五月
9. 元代戲曲選注　胡忌選注　華正書局　一九八五年九月
10. 中國曲藝論集　中國曲藝出版社　一九八四年
11. 曲藝特徵論　中國曲藝出版社　一九八九年
12. 宋元戲曲史　王國維著　臺灣商務印書館　一九六八年八月
13. 中國戲曲史漫話　吳國欽著　木鐸出版社　一九八三年八月

14. 元明清劇曲史　陳萬鼐著　鼎文書局　一九八〇年九月
15. 中國戲曲文學史　許金榜著　中國文學出版社　一九九四年五月
16. 中國戲劇發展史（不著作者姓名）　華藝出版社　一九七七年四月
17. 中國戲劇學史稿　葉長海著（不著出版處所及時間）
18. 中國戲劇史　周貽白著　木鐸出版社　一九八六年六月
19. 中國古劇樂曲之研究　陳萬鼐著　中山學術文化基金會獎助出版　一九七八年十一月

七、文學批評部分：

1. 先秦諸子的文藝觀　張少康著　上海出版社　一九八一年三月
2. 中國詩文理論探微　祖保泉著　安徽人民出版社　二〇〇六年六月
3. 詩經中的音樂文學　白惇仁著　弘道文化事業公司　一九七六年七月
4. 詩樂論　羅倬漢編著　正中書局　一九五四年四月
5. 中古文論十講　王運熙著　復旦大學出版社　二〇〇四年十二月
6. 中國文化與中國文論　曹順慶主編　內蒙古教育出版社　二〇〇〇年六月
7. 中國詩論史　日本鈴木虎雄著　臺灣商務印書館　一九七九年九月
8. 詩論　朱光潛著　正中書局　一九七二年六月

9. 中國古代文論研究方法論集　華東師大文學研究理論室編　齊魯書社　一九八六年
10. 文藝批評研究　白沙編著　巨人出版社　一九七〇年六月
11. 唐詩語言研究　蔣紹愚著　中州古籍出版社　一九九〇年五月
12. 人間詞話　王國維著　臺灣開明書店　一九八一年十一月
13. 詩文鑑賞方法二十講　文史知識編輯部編　中華書局　一九八六年
14. 文學與音律　謝雲飛著　東大圖書公司　一九七八年
15. 文章指南　歸有光評選　廣文書局　一九七二年四月
16. 閒情偶記　李漁著　浙江古籍出版社　一九八五年二月
17. 司空圖詩品注釋及釋文　祖保泉著　新文豐出版社　一九八〇年二月
18. 中華文化問題之探索　高明著　正中書局　一九八七年
19. 六朝美學　袁濟喜著　北京大學出版社　一九八九年八月
20. 文藝心理學　朱光潛著　臺灣開明書店　一九七二年十月
21. 古典文藝美學　張長青著　湖南師範大學出版社　一九九四年四月
22. 中國美學史資料彙編（不著編者姓名）　明文書局　一九八三年八月
23. 美學與美學史論集　北京大學哲學系美學教研室編　一九八二年七月
24. 中國歷代文藝理論家　黃緯堂編著　上海書局有限公司　一九七七年五月

三民叢刊／古典文學評賞精選好書

15 紅學六十年

潘重規 著

本書集中討論紅學發展，及列寧格勒《紅樓夢》手抄本的發現報告及研究。作者於《紅樓》真旨獨有所見，歷年來與各方論辯之文章，亦收錄於書中，庶幾使讀者一窺《紅樓夢》之真意所在，及紅學發展之流變。

133 山水與古典

林文月 著

如果你想看林文月教授兼具學術之筆與散文之筆的展現，那你絕不能錯過本書！書中或論六朝詩歌，或寫古今文人，或比較中日文學，皆可感受到作者「寫作態度雖然是認真嚴肅的，筆調卻都輕鬆無比」的說法。閱讀本書，可以讀出一名學者對於自己的研究、生活以及人情溫暖的體會。

137 清詞選講

葉嘉瑩 著

清詞之盛，號稱中興。其作者之多、流派之盛，以及對詞集之編訂整理，對詞學之探索發揚，種種方面之成就，世所共見。作者是當代詞學研究名家，她特別選擇清代代表詞家十名，領我們走入清詞的世界。

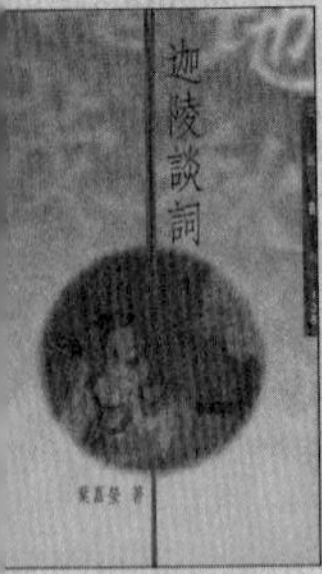

138 迦陵談詞

葉嘉瑩 著

晚唐及兩宋是中國文學史上詞的盛世，各方詞學大家不勝枚舉。本書從《人間詞話》中三種境界引發對詩歌的欣賞開始，深入評析各家詞作之精髓，引領您一窺詞學的堂奧。

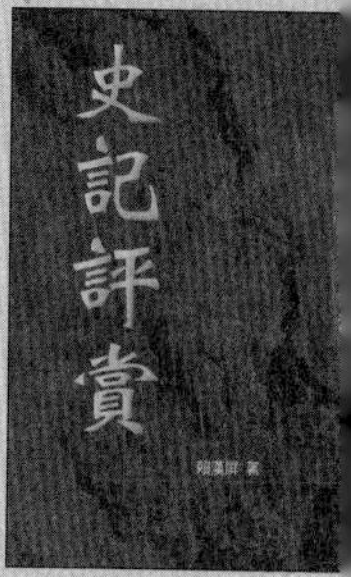

159 史記評賞

賴漢屏 著

司馬遷具有卓越的史識和進步的歷史觀，凡所記述的事件，臧否人物，無不帶有強烈的愛憎感情。書中對此多所著墨，力圖伸太史公之憤懣，發《史記》之文心。本書專門探究《史記》中人物傳記之思想內容。全書收文，上自帝王將相，下迄優伶刺客之傳記，均擇其尤著者加以賞論，以期讀者能更全面了解當時的政治和社會面貌。

246 史記的人物世界

林聰舜 著

《史記》的文學性以及對歷史的獨特觀察，主要是透過人物傳記表現出來。因此，深入《史記》的人物世界，是讀者進窺《史記》宗廟之美、百官之富的重要法門。本書討論了《史記》中許多膾炙人口的人物，透過作者的詮釋，在欣賞人物風姿之餘，讀者或許能穿越歷史時空，與司馬遷的歷史智慧照面。

259 西遊記與中國古代政治

薩孟武 著

孫行者打遍天界無敵手，筋斗雲一翻便十萬八千里，卻仍須臣服於思想迂腐但會唸緊箍咒的唐僧——這便透露出政治隱微奧妙之處。政治不過「力」而已，要防止「力」之濫用，必須用「法」。薩孟武先生廣泛援引歷史實例與諸子政治思想來解讀《西遊記》，於奇光幻景中攫取出意想不到的玄妙趣味，令人耳目一新。

國家圖書館出版品預行編目資料

中國文學講話／王更生著.——增訂二版二刷.——臺北市：三民，2009
面；　公分.——(三民叢刊:3)

ISBN 978-957-14-5043-8　(平裝)

1. 中國文學 2. 文學評論

820.7　　97006404

© 中國文學講話

著作人	王更生
發行人	劉振強
著作財產權人	三民書局股份有限公司
發行所	三民書局股份有限公司
	地址　臺北市復興北路386號
	電話　(02)25006600
	郵撥帳號　0009998-5
門市部	(復北店) 臺北市復興北路386號
	(重南店) 臺北市重慶南路一段61號
出版日期	初版一刷　1990年7月
	增訂二版一刷　2008年6月
	增訂二版二刷　2009年6月
編號	S 820410

行政院新聞局登記證局版臺業字第〇二〇〇號

ISBN 978-957-14-5043-8　(平裝)

http://www.sanmin.com.tw 三民網路書店